普通高校本科计算机专业特色教材精选·网络与通信

Windows Server组网技术

王建平 等 编著

清华大学出版社

北京

内 容 简 介

本书是学习 Windows Server 2003 组网技术的理论和实训教程,全书以 Windows Server 2003 服务器操作系统为平台,详细讲述基于 Windows Server 2003 的组网技术。教材中涵盖 Windows Server 2003 的安装与基本配置,域与活动目录服务,账户和组的管理,文件服务,磁盘管理,路由和远程访问服务,终端服务,群集服务,打印服务,数据备份与恢复,网络监视与性能测试等内容。教材的体系结构完整,知识点新颖,涉及的操作内容步骤清晰明确,具有较强的操作性。考虑到实际教学的条件限制,部分知识点采用目前市场上流行的 VMware 虚拟机来构建,为实际教学提供了廉价而真实的环境。每章末尾附有相关的习题,便于读者巩固学习内容。

本书可以作为高等学校计算机网络工程相关专业的教学用书,也可以作为网络培训或工程技术人员的自学参考书目。

图书在版编目(CIP)数据

Windows Server 组网技术/王建平等编著 . —北京:清华大学出版社,2010.6
(普通高校本科计算机专业特色教材精选·网络与通信)
ISBN 978-7-302-22144-9

Ⅰ. ①W… Ⅱ. ①王… Ⅲ. ①服务器—操作系统(软件),Windows Server 2003—高等学校—教材 Ⅳ. ①TP316.86

中国版本图书馆 CIP 数据核字(2010)第 031394 号

责任编辑:袁勤勇 李玮琪
责任校对:白 蕾
责任印制:孟凡玉

出版发行: 清华大学出版社		**地 址:** 北京清华大学学研大厦 A 座	
http://www.tup.com.cn		**邮 编:** 100084	
社 总 机: 010-62770175		**邮 购:** 010-62786544	
投稿与读者服务: 010-62776969,c-service@tup.tsinghua.edu.cn			
质 量 反 馈: 010-62772015,zhiliang@tup.tsinghua.edu.cn			
印 装 者: 北京鑫海金澳胶印有限公司			
经 销: 全国新华书店			
开 本: 185×260	**印 张:** 21.5	**字 数:** 501 千字	
版 次: 2010 年 6 月第 1 版		**印 次:** 2010 年 6 月第 1 次印刷	
印 数: 1~3000			
定 价: 29.50 元			

产品编号:035034-01

前 言

目前，面向社会培养实用性人才战略计划成为高等教育教学改革的重要内容。 2008 年 9 月教育部教高函〔2008〕21 号[①]文件中明确指出建设高等学校特色专业，要大力加强课程体系和教材建设，改革人才培养方案，强化实践教学。 目前,国内很多高校都在开展复合型技能人才培养项目，实现校企联合，任务驱动等多种教学模式，给学生毕业就业创造了很好的条件。

为此，经过多方交流和探讨，我们制定了这套计算机网络实用工程系列教材的体系结构，组织了一批网络工程技术业内人士和长期在计算机网络工程一线教学的教师共同编写了这套教材。

本套计算机网络实用工程系列教材，以当前流行的网络工程技术为依托，结合市场上实用的系统平台、软硬件产品，采用任务驱动模式编写。教材组织中淘汰已经过时的技术，精简理论教学内容，强化实践教学环节。

本套教材语言通俗易懂，体系结构完整，内容丰富翔实，图文并茂，突出了实用性。 内容上做到了系统、新颖、流行、实用和有代表性。

这本《Windows Server 组网技术》教材，以 Windows Server 2003 服务器操作系统为平台，详细讲述基于 Windows Server 2003 的组网技术。 教材中涵盖 Windows Server 2003 的安装与基本配置，域与活动目录服务，账户和组的管理，文件服务，磁盘管理，路由和远程访问服务，终端服务，群集服务，打印服务，数据备份与恢复，网络监视与性能测试等内容。

全书由王建平任主编，参加本书编写的人员还有高瑞、李晓敏、苏新红、王孙波、于江傲，全书最后由王建平统稿。 教材在编写过程中，得到了河南科技学院陈付贵教授和清华大学出版社袁勤勇编辑的大力支持，在此深表感谢！

由于时间仓促，加之编者水平有限，不足之处在所难免，恳请读者批评指正。

王建平

2010 年 3 月

---

① 教育部财政部关于批准第三批高等学校特色专业建设点的通知

目 录

CONTENTS

第 1 章

Windows Server 2003 的安装与基本配置

CHAPTER

本章知识要点：

➢ Windows Server 2003 的相关版本及特点；

➢ Windows Server 2003 的常见安装方式及步骤；

➢ Windows Server 2003 基本硬件的配置和管理；

➢ Windows Server 2003 系统的基本选项设置；

➢ Windows Server 2003 的网络配置；

➢ Windows Server 2003 多引导选项及故障恢复选项的配置。

1.1 Windows Server 2003 概述

Windows Server 2003 是微软基于 Windows NT 技术开发的网络操作系统，它继承了 Windows Server 2000 的稳定性和 Windows XP 的易用性，并且提供了更好的硬件支持和更强大的功能，是中小型网络广泛使用的服务器操作系统。

Windows Server 2003 有 4 个不同的版本，分别是：Windows Server 2003 标准版（Standard Edition）、Windows Server 2003 企业版（Enterprise Edition）、Windows Server 2003 数据中心版（Datacenter Edition）和 Windows Server 2003 Web 版（Web Edition）。

1. Windows Server 2003 标准版

Windows Server 2003 标准版提供较高的可靠性、可伸缩性、安全性，它易于管理和使用。Windows Server 2003 标准版适用于小型商业环境的网络操作系统。它提供的功能包括文件和共享打印、安全的 Internet 连接、集中式的桌面应用程序以及一个让职员、合作伙伴、顾客之间可以充分沟通的平台。

2. Windows Server 2003 企业版

Windows Server 2003 企业版非常适合中型到大型企业的服务器，它包含了企业基础架构、实务应用程序和电子商务事务的功能，是各种应用程序、Web 服务和基础结构的理想平台，并提供了高度可靠性、高性能和出色的商业价值。企业版和标准版最大的差异是企业版支持高性能的服务器以及将服务器群集在一起以处理更大负载的能力。

3. Windows Server 2003 数据中心版

Windows Server 2003 数据中心版为数据库、企业资源规划软件、高容量实时事务处理和服务器强化操作创建任务性解决方案提供了一个扎实的基础，是为运行企业和任务所依赖的应用程序而设计的，这些应用程序需要最高的可伸缩性和可用性。

Windows Server 2003 数据中心版只通过 Windows 数据中心项目提供，该项目提供了来自 Microsoft 和合格的服务器供应商的硬件、软件和服务集成，为客户提供了一系列经过彻底测试并证明高度可靠的合格服务器。它采用 OEM(Original Equipment Manufactures)方式发行，只有装载 OEM 系统后才可操作，而不能单独通过其他渠道获得。

4. Windows Server 2003 Web 版

Windows Server 2003 Web 版是 Windows Server 2003 系列中的单一用途版，可用于创建和管理 Web 应用程序、网页和 XML Web Services。Windows Server 2003 Web 版的主要目的是作为 IIS 6.0 Web 服务器使用。它提供了一个快速开发和部署 XML Web 服务和应用程序的平台，这些服务和应用程序使用 ASP.NET 技术，该技术是.NET 框架的关键部分，便于部署和管理。

1.2　安装 Windows Server 2003

本节主要讲述 Windows Server 2003 的基本安装过程。

1.2.1　安装 Windows Server 2003 的硬件要求

操作系统的安装需要相关硬件具备一定的支持能力，比如核心的相关设备 CPU、内存、磁盘等，不同操作系统对计算机硬件的要求各不相同，并且相同类型的不同版本对安装的硬件要求也各不相同，表 1-1 列出了 Windows Server 2003 各不同版本对计算机硬件系统要求的对比。

表 1-1　Windows Server 2003 各版本安装对比

要　求	标准版	企业版	数据中心版	Web 版
最小 CPU 速度	133MHz	x86：133MHz Itanium：733MHz	x86：400MHz Itanium：733MHz	133MHz
推荐的 CPU 速度	550MHz	733MHz	733MHz	550MHz
多处理器支持	1 或 2 个	最多 8 个	最少 8 个，最多 32 个	1 或 2 个
最小 RAM 要求	128MB	128MB	512MB	128MB
推荐的最小 RAM	256MB	256MB	1GB	256MB
最大 RAM 支持	4GB	x86：32GB Itanium：64GB	x86：64GB Itanium：128GB	2GB

1.2.2　利用安装光盘安装 Windows Server 2003

本节讲述基于光盘安装 Windows Server 2003 的基本步骤。

(1) 在 BIOS 中将计算机设为从光盘引导，将 Windows Server 2003 光盘放入光驱，然后重新启动计算机。系统启动后显示安装界面，如图 1-1 所示。

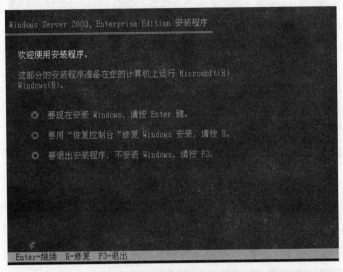

图 1-1　安装向导

(2) 按 Enter 键，出现 Windows Server 2003"授权协议"屏幕。其中显示了"最终用户许可协议"(End User Licensing Agreement，EULA)的正文，如图 1-2 所示。

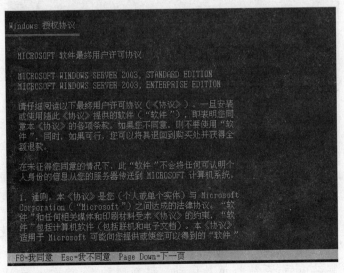

图 1-2　软件授权协议

(3) 按 F8 键同意 EULA 的条款，出现如图 1-3 所示的分区管理屏幕。

(4) 选择"未划分的空间"，然后用 C 键来创建一个分区。创建分区后，安装程序会返

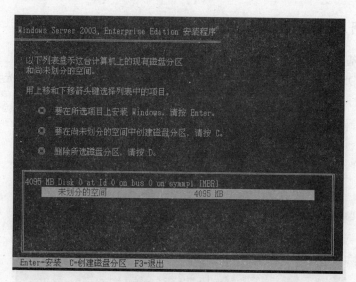

图 1-3　分区窗口

回分区管理屏幕,选定新建的分区,按 Enter 键将 Windows Server 2003 安装到该分区。接着选择文件系统的格式,如图 1-4 所示,选择该磁盘文件系统格式,即"用 NTFS 文件系统格式化磁盘分区",然后按 Enter 键以便对其进行格式化。

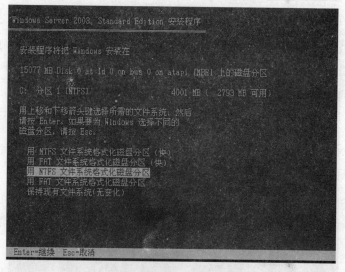

图 1-4　分区方式选择

(5) 格式化完成后,安装程序会将安装文件从 CD 复制到新格式化的分区上,如图 1-5 所示。

(6) 文件复制结束后,系统将重新启动。重新启动后,首次出现 Windows Server 2003 启动画面,如图 1-6 所示。

(7) 启动后进入图形化安装界面。安装程序开始收集必要的安装信息,并在左下角提示完成安装的时间,如图 1-7 所示。

图 1-5　复制系统文件

图 1-6　首次启动窗口

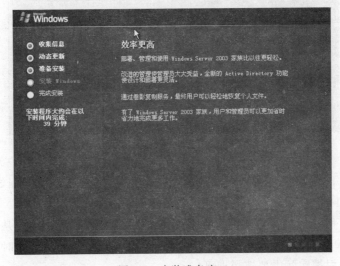

图 1-7　安装准备窗口

（8）基本安装完成后，系统会显示图 1-8 所示的"区域和语言选项"对话框。对于中文版 Windows Server 2003 而言，采用默认值即可。

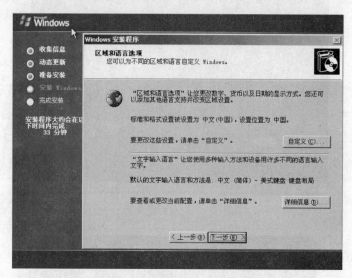

图 1-8　设置区域和语言选项

（9）单击"下一步"按钮，弹出"自定义软件"对话框，输入用户姓名和单位名称，如图 1-9 所示。

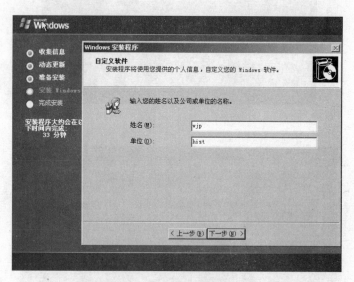

图 1-9　输入用户姓名和单位名称

（10）单击"下一步"按钮，在弹出的对话框的文本框中输入 Windows Server 2003 的产品密钥，如图 1-10 所示。

（11）单击"下一步"按钮，弹出如图 1-11 所示的"授权模式"对话框，从中选择授权方式。Windows Server 2003 支持两种不同的授权模式，即"每服务器。同时连接数"和"每设备或每用户"，根据实际需要选择即可。

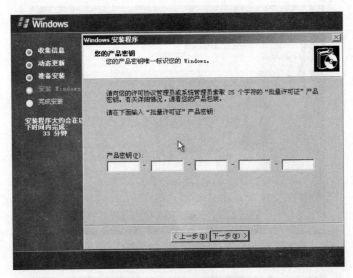

图 1-10　输入产品密钥

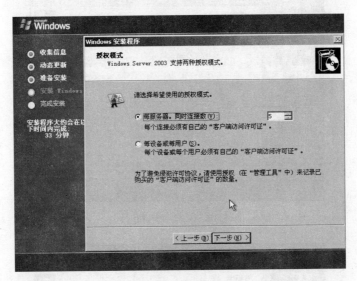

图 1-11　模式选择

（12）单击"下一步"按钮，在弹出的对话框的文本框中输入计算机名，并设置管理员密码，如图 1-12 所示。Windows Server 2003 对管理员口令要求非常严格。当输入的口令不符合复杂性要求时，会提示用户进行修改。

（13）单击"下一步"按钮，弹出"日期和时间设置"对话框，从中设置系统日期和时间，如图 1-13 所示。

（14）单击"下一步"按钮，将弹出"网络设置"对话框。如果对网络连接没有特殊要求，可以选择"典型设置"单选按钮，如图 1-14 所示。

（15）单击"下一步"按钮，弹出"工作组或计算机域"对话框，从中设置工作组或计算机域，如图 1-15 所示。

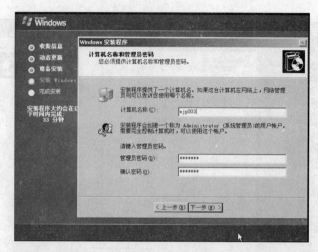

图 1-12　设置管理员密码和计算机名称

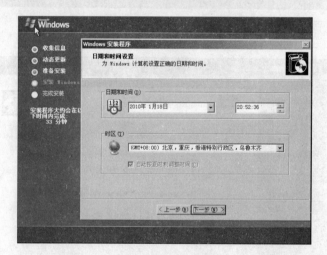

图 1-13　设置日期和时间

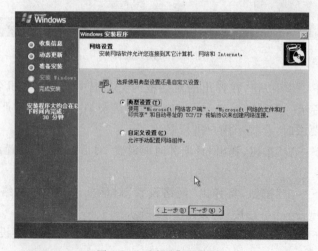

图 1-14　选择"典型设置"

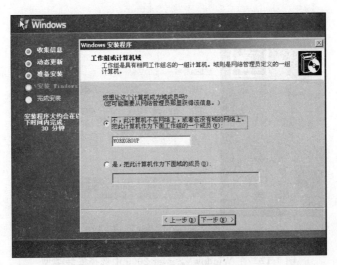

图 1-15　设置工作组和计算机

（16）单击"下一步"按钮，安装程序开始从 CD 上复制文件，文件复制完后，会弹出"正在执行最后的任务"窗口。在此期间，安装程序要配置用户所安装的服务和组件，然后从磁盘中删除临时安装的文件，最后系统自动重新启动计算机，安装完成。安装完成后自动重新启动，出现启动界面，然后出现如图 1-16 所示的欢迎界面。按 Ctrl＋Alt＋Delete 组合键后，弹出登录窗口，在其中的文本框中输入设置的账号和密码登录系统即可。

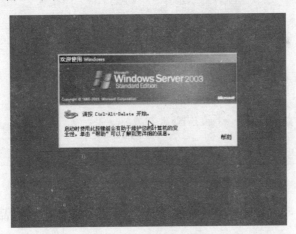

图 1-16　登录欢迎界面

1.2.3　在当前 Windows 环境中安装 Windows Server 2003

可以在当前 Windows 环境下，利用安装光盘中的 i386 目录下的 Winnt32.exe 文件进行 Windows Server 2003 的安装。

（1）找到安装光盘中的 i386\Winnt32.exe，双击运行该文件，如图 1-17 所示，选择安装类型：全新安装（高级）或者升级安装。

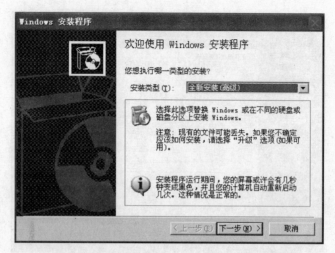

图 1-17　在 Windows Server 2003 中选择安装类型

　　(2) 单击"下一步"按钮,在弹出的对话框中选择"我接受这个协议"单选按钮,如图 1-18 所示。

图 1-18　接受协议

　　(3) 单击"下一步"按钮,在弹出的对话框的文本框中输入产品的密钥,如图 1-19 所示。

　　(4) 单击"下一步"按钮,在弹出的对话框中设置安装选项,采用默认选项即可,如图 1-20 所示。

　　(5) 下一步是选择是否对原有的文件系统进行升级,如果该计算机还需存在 Windows 95/98,则应该保留原有的文件系统,否则推荐把文件系统升级到 NTFS,如图 1-21 所示。

　　(6) 单击"下一步"按钮,如图 1-22 所示,如果计算机已经连接到 Internet,可以从弹出的对话框中选择下载更新的安装程序,否则选择跳过这一步。

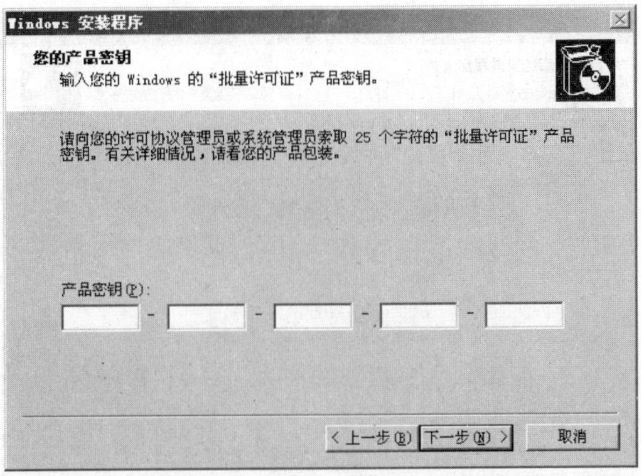

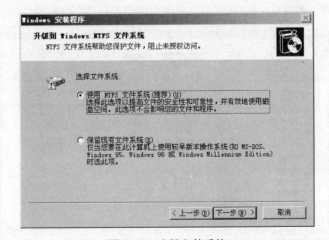

图 1-19　设置产品密钥

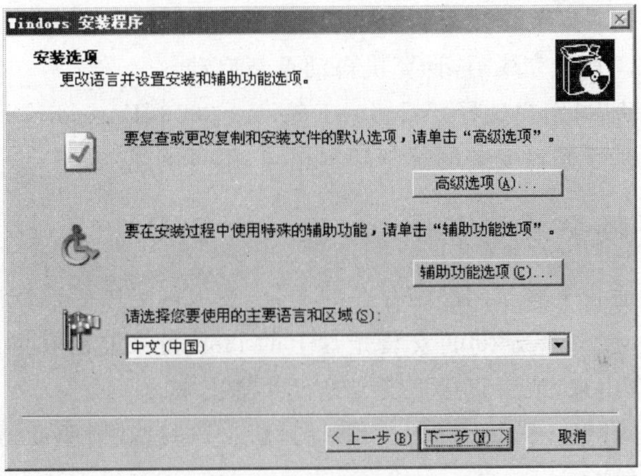

图 1-20　设置安装选项

图 1-21　选择文件系统

图 1-22　"获得更新的安装程序文件"对话框

（7）单击"下一步"按钮继续安装，安装程序开始将 i386 目录下的文件复制到硬盘上的一个临时目录下。复制完毕后，计算机自动重新启动。

（8）在重新启动后，用户选择"Windows Server 2003，Enterprise Edition"安装程序，随后的安装步骤和基于光盘安装的部分基本相同，不再阐述。

1.2.4　基于网络安装 Windows Server 2003

基于网络安装适合于局域网已经存在的场合，要求网络中的计算机之间能够互通。

（1）把 Windows Server 2003 安装光盘上的 i386 目录复制在网络中的一台服务器上，并把该目录共享出来，或者直接把安装光盘共享出来。

（2）在要安装 Windows Server 2003 的计算机上，通过映射驱动器实现映射服务器上共享的安装文件系统。

① 测试这台计算机和放置安装文件的计算机之间的连通，在这台计算机桌面上双击"我的电脑"图标，在弹出的窗口中选择"工具"→"映射网络驱动器"命令，操作如图 1-23 所示。

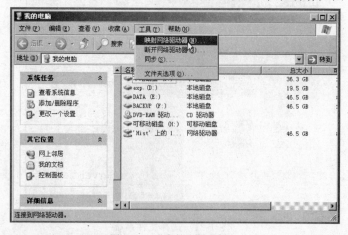

图 1-23　"我的电脑"窗口

② 在弹出的对话框中设置映射的网络驱动器的驱动器号，单击"浏览"按钮，从弹出的对话框中选择服务器上共享的操作系统来安装文件夹，如图 1-24 所示。

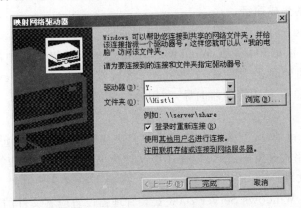

图 1-24　"映射网络驱动器"对话框

③ 单击"完成"按钮，此时可以看到"我的电脑"窗口中增加了一个网络驱动器，如图 1-25 所示。

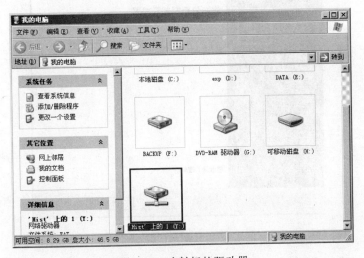

图 1-25　映射好的驱动器

④ 双击该图标打开该映射的网络驱动器，运行 i386 目录下的 Winnt32.exe 文件，实现安装即可，后面的步骤和前面在运行 Windows 的环境中安装的过程相同，所以不再阐述。

1.2.5　无人值守安装

在实际网络中，经常需要大批量地安装 Windows Server 2003，这时往往可以通过无人参与的安装方法来实现，这种方法也称为自动或半自动安装方法。

在执行无人值守安装时，系统使用了一个被称为应答文件的 ASCII 码文本文件（其名字为 Unattend.txt），这个文件记录了在安装过程中所需要的所有的参数信息，包括授权协议的接受、计算机名和网络适配器配置等。在安装时，通过这个应答文件告诉安装程序如何安装和配置 Windows Server 2003。

1. 应答文件的生成途径

1）使用 Windows Server 2003 安装管理器向导

在使用这种方法时，可解压 Windows Server 2003 安装光盘中的 \support\tools\ deploy.cab 文件到硬盘的某一个文件夹中，然后双击 Setupmgr.exe 文件，即可启动 Windows Server 2003 安装管理器向导，利用该向导可生成应答文件。

2）手工指定

Windows Server 2003 安装光盘的 i386 文件夹中有一个 Unattend.txt 应答文件的样本，如果对该文件格式非常熟悉，可以使用该文件为模板，手工定制应答文件。

2. 制作应答文件

下面讲述使用 Windows Server 2003 安装管理器设置应答文件的基本步骤。

（1）进入安装光盘的 support\tools 文件夹下，解压 deploy.cab 文件到自己指定的文件夹中，单击 Setupmgr.exe 启动安装管理器，可以看到如图 1-26 所示的欢迎界面。

图 1-26　安装管理器欢迎界面

（2）单击"下一步"按钮，在弹出的对话框中选择"创建新文件"单选按钮，操作如图 1-27 所示。

（3）单击"下一步"按钮，在弹出的对话框中选择"无人参与安装"单选按钮，如图 1-28 所示。

注意：如果为基于 CD 的安装，应答文件必须命名为 Winnt.sif。

（4）接着单击"下一步"按钮，在弹出的对话框中选择要安装的 Windows 产品为 "Windows Server 2003，Enterprise Edition"，如图 1-29 所示。

（5）单击"下一步"按钮，在弹出的对话框中选择"全部自动"单选按钮，操作如图 1-30 所示。

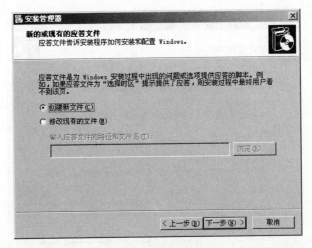

图 1-27　创建新文件

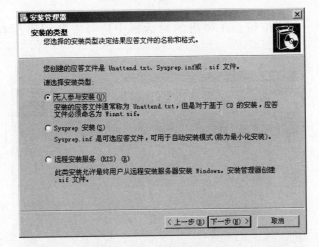

图 1-28　选择安装类型

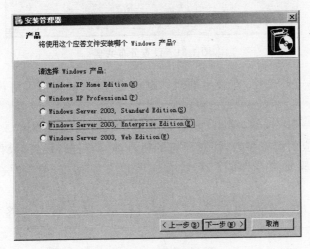

图 1-29　选择产品

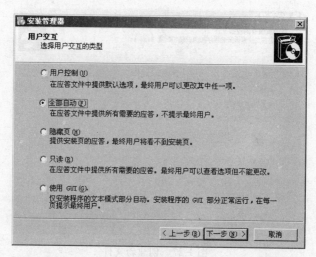

图 1-30　选择交互类型

(6) 单击"下一步"按钮。在弹出的对话框中选择安装程序所在的位置,操作如图 1-31 所示。

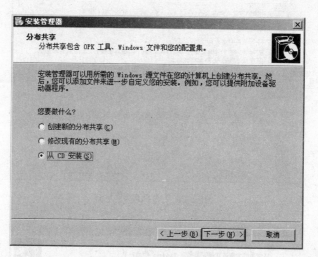

图 1-31　设置分布共享

(7) 单击"下一步"按钮,在弹出的对话框中选择"我接受许可协议"复选框,操作如图 1-32 所示。

(8) 单击"下一步"按钮,弹出"安装管理器"项目窗口,选择窗口左部的列表,在窗口的右部输入相应的应答参数,注意所有的栏目都需要进行设置,操作如图 1-33 所示。

(9) 设置到"附加命令"项目后,所有的项目设置完成,单击"完成"按钮,操作如图 1-34 所示。

(10) 此时弹出一个如图 1-35 所示的对话框,提示输入应答文件保持路径及名称。

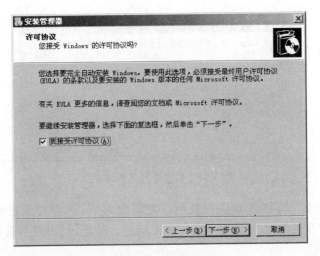

图 1-32　接受协议

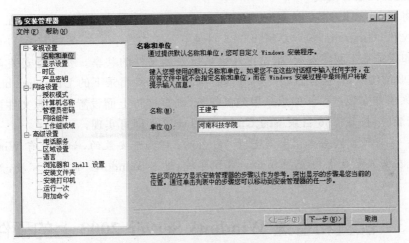

图 1-33　设置应答参数

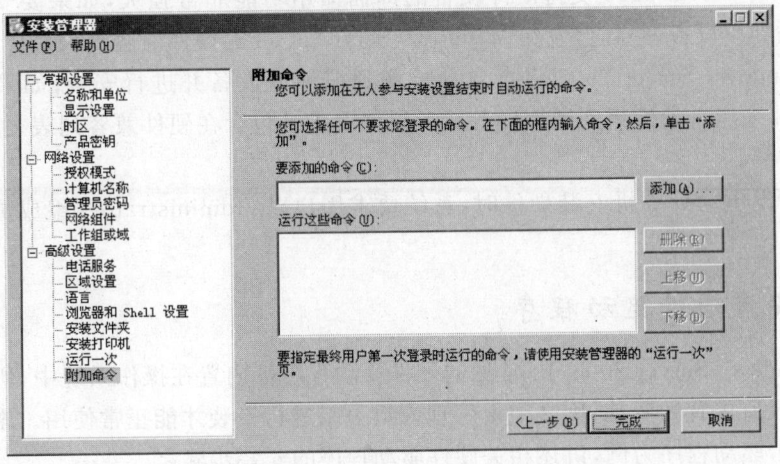

图 1-34　"附加命令"选项

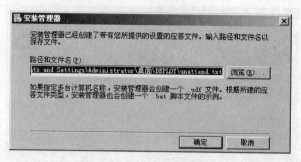

图 1-35   指定应答文件路径

（11）单击"确定"按钮开始执行复制。复制完成后，将会提示已创建好应答文件（Unattend. txt）和应答批处理文件（Unattend. bat）。至此，利用安装管理器创建应答文件的过程已经完成。

3．设置无人值守安装

（1）将源安装光盘的文件复制到硬盘上，将制作好的应答文件（Unattend. txt）和应答批处理文件（Unattend. bat）复制到 i386 目录下。

（2）如果是基于网络安装，则设置好该系统安装文件的共享。要设置安装 Windows Server 2003 的用户，直接设置映射网络驱动器，打开 i386 目录下的 Unattend. bat 文件即可实现无人值守安装过程。如想采用光盘安装，则直接将上面设置好的源文件再刻录到光盘上，安装时，打开 i386 目录下的 Unattend. bat 文件即可实现。

注意：这两种方式基本上都是基于 Windows 环境下安装的，如果没有 Windows 系统，可以先在安装光盘上内置 Windows PE 环境，进入 Windows 欲安装环境，然后实现安装。

1.3   配置和管理 Windows Server 2003 上的硬件

Windows Server 2003 支持硬件设备的即插即用功能非常强大，如果要安装的硬件设备是即插即用设备，并且包含在 Windows Server 2003 的硬件兼容列表之中，则启动计算机后，Windows Server 2003 将会自动检测到该硬件设备并进行安装；如果 Windows Server 2003 未能自动检测到硬件设备或者硬件设备未包含在硬件兼容列表之中，则需要执行硬件安装。

通常情况下为计算机安装硬件时，系统要求用户以 Administrators 组成员的身份来进行。

1.3.1   安装硬件驱动程序

在 Windows Server 2003 中，常见的硬件驱动程序都内置在操作系统中，所以不需要安装，部分没有内置的驱动，则必须由管理人员手工进行安装才能正常使用。本节以安装 SiS 630 显卡驱动程序为例，讲述相关硬件驱动程序的安装步骤。

（1）关闭计算机，将要安装的硬件设备连接到计算机上。启动计算机，以管理员身份进入 Windows Server 2003,在桌面上右击"我的电脑"图标,在弹出的快捷菜单中选择"属性"命令,弹出"系统属性"对话框,然后打开"硬件"选项卡,如图 1-36 所示。也可以选择"开始"菜单中的"控制面板"命令,在打开的窗口中双击"添加硬件"图标。

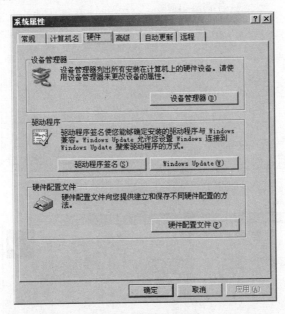

图 1-36　"硬件"选项卡

(2) 双击"添加硬件"图标后将弹出如图 1-37 所示的"添加硬件向导"对话框。

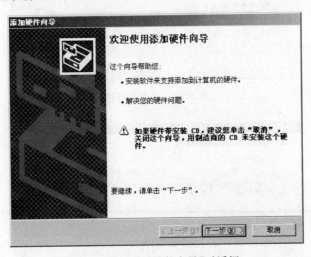

图 1-37　"添加硬件向导"对话框

(3) 单击"下一步"按钮,将弹出如图 1-38 所示的"硬件是否已连接?"对话框。

(4) 单击"下一步"按钮,将弹出如图 1-39 所示的对话框。

(5) 选择"添加新的硬件设备"选项,并单击"下一步"按钮,将弹出如图 1-40 所示的对话框。

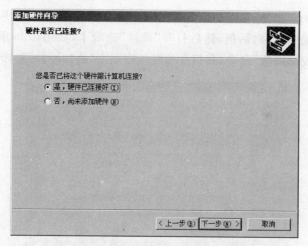

图 1-38　"硬件是否已连接?"对话框

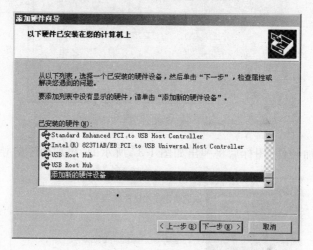

图 1-39　选择新硬件

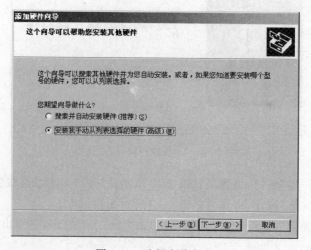

图 1-40　选择安装方式

（6）选中"安装我手动从列表选择的硬件（高级）"单选按钮，并单击"下一步"按钮，将弹出如图 1-41 所示的对话框。

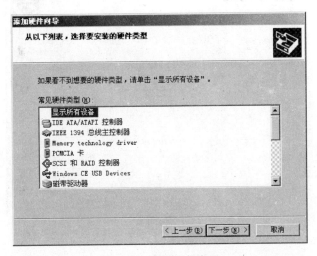

图 1-41　选择硬件类型

（7）根据实际情况选择要安装的硬件类型，例如选择"显示卡"选项，然后单击"下一步"按钮，将弹出如图 1-42 所示的对话框。

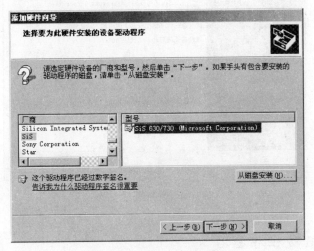

图 1-42　选择设备驱动程序

（8）根据实际情况选择设备制造商和型号，例如选择 SiS 的 630 显卡，然后单击"下一步"按钮，将弹出如图 1-43 所示的对话框。如果硬件设备的制造商提供了驱动程序，可以单击"从磁盘安装"按钮，安装制造商提供的驱动程序。如果设备没有在相应的设备列表之中，可直接从磁盘安装或者在搜索硬件后从磁盘安装。

（9）单击"下一步"按钮，将弹出如图 1-44 所示的"正在完成添加硬件向导"对话框。单击"完成"按钮，计算机将重新启动，硬件设备安装完成。

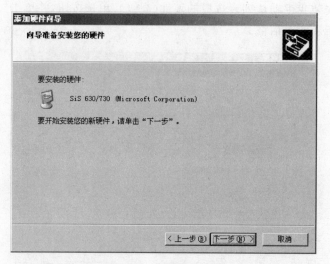

图 1-43　开始安装硬件

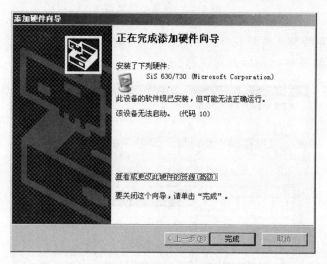

图 1-44　完成硬件安装

1.3.2　设置驱动程序签名

从 Windows 2000 开始,微软引入了硬件设备驱动程序数字签名的概念。数字签名驱动程序是指所有经过微软认证的硬件驱动程序,这些驱动程序被证明是可以和操作系统协调工作,并能够保证操作系统的稳定性和兼容性。未经签名的驱动程序虽然也可以安装到操作系统中,但由于未经认证,所以微软不会为其提供技术支持和担保,因此应尽量使用经过数字签名的驱动程序来保证系统运行的稳定性。

在安装驱动程序时操作系统会自动检查所安装的文件是否经过微软的数字签名,如果未经签名,操作系统会根据预先设定的参数给出提示。驱动程序签名选项的"文件签名验证"选项中可以选择"忽略"、"警告"和"阻止"3 个验证等级。选择"忽略"单选按钮,则

Windows Server 2003 将不再检查所安装的驱动程序是否经过数字签名;选择"警告"单

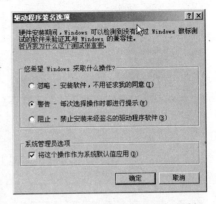

选按钮("警告"为系统默认值),则当 Windows Server 2003 检查到未经签名的驱动程序时会给出提示,告知该驱动程序未经数字签名并询问是否继续安装;选择"阻止"单选按钮,则任何未经签名的驱动程序都将无法安装到操作系统中。

(1) 在"硬件"选项卡中单击"驱动程序签名"按钮,将弹出如图 1-45 所示的"驱动程序签名选项"对话框。

(2) 根据实际需求选择驱动程序签名选项,例如使用系统默认值,即选中"警告-每次选择操作时都进行提示"单选按钮,然后单击"确定"按钮,驱动程序签名设备完成。

图 1-45　"驱动程序签名选项"对话框

1.3.3　更新硬件设备驱动程序

更新硬件设备驱动程序通常是为了提高设备的效率,改进以前设备驱动的不足,提高性能,但是一定要使用硬件厂商官方站点发布的稳定版本,绝对不能使用发烧友用户的测试版本。

(1) 在"硬件"选项卡中单击"设备管理器"按钮,将弹出如图 1-46 所示的"设备管理器"窗口。

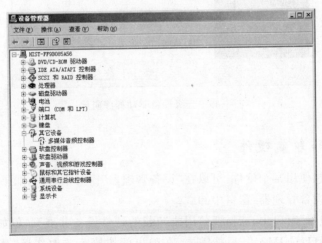

图 1-46　"设备管理器"窗口

(2) 选择要更新驱动程序的硬件设备并展开,例如选择并展开"显示卡",双击刚才安装的显卡驱动程序,将弹出如图 1-47 所示的硬件设备属性对话框。

(3) 单击"驱动程序"标签,将打开如图 1-48 所示的"驱动程序"选项卡。

(4) 单击"更新驱动程序"按钮,将弹出如图 1-49 所示的升级设备驱动程序向导。

(5) 根据该向导完成驱动程序的更新。

图 1-47　硬件设备属性

图 1-48　"驱动程序"选项卡

图 1-49　升级设备驱动程序向导

1.3.4　禁用和卸载硬件

如果暂时不想使用某个硬件,可以在"设备管理器"窗口中禁用,如果永远不想使用某个硬件,可以在"设备管理器"窗口中卸载。

在"设备管理器"窗口中,选择要禁用或卸载的硬件设备并展开,例如选择并展开"端口",右击"通信端口(COM2)",根据需要,在弹出的快捷菜单中选择"禁用"或"卸载"命令,如图 1-50 所示。

1.3.5　设置硬件配置文件

硬件配置文件是 Windows Server 2003 用来记录系统中所安装的各种硬件设备、驱动程序和配置参数等信息的文件。利用硬件配置文件可以让使用者选择加载不同的硬件设备来启动计算机。

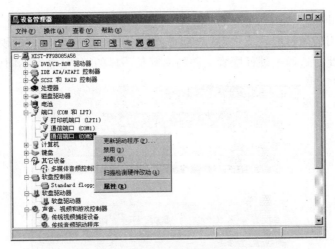

图 1-50   禁用或卸载设备

下面以设置一个不加载网卡的硬件配置文件为例,讲述设置硬件配置文件的过程。

(1) 在"硬件"选项卡中单击"硬件配置文件"按钮,将弹出如图 1-51 所示的"硬件配置文件"对话框。

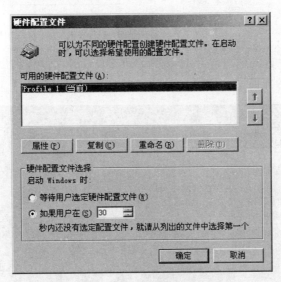

图 1-51   "硬件配置文件"对话框

(2) 单击"复制"按钮,将弹出如图 1-52 所示的"复制配置文件"对话框。根据实际情况输入硬件配置文件的名称,例如输入 NETWORK DISABLE,然后单击"确定"按钮。

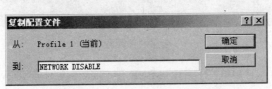

图 1-52   "复制配置文件"对话框

注意：Windows Server 2003 只能对当前的硬件配置文件进行更改。

（3）在"可用的硬件配置文件"列表框中就会多出一个刚才输入的硬件配置文件，如图 1-53 所示。此时这两个硬件配置文件的内容是一样的，只是名字不同而已。

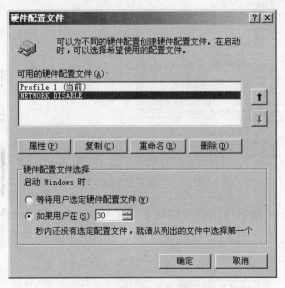

图 1-53　查看硬件配置文件

（4）重新启动计算机进入 Windows Server 2003，启动过程将出现如图 1-54 所示的选择硬件配置文件的界面。

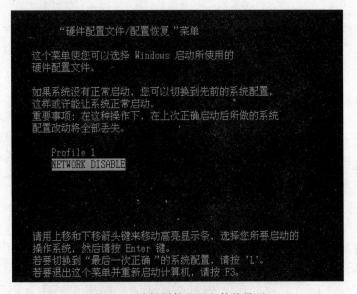

图 1-54　选择硬件配置文件的界面

（5）使用新建的 NETWORK DISABLE 硬件配置文件启动 Windows Server 2003，然后根据实际需求配置硬件，将网卡禁用。操作如图 1-55 所示。

图 1-55　禁用网卡

（6）至此，当用户在启动计算机时选择"NETWORK DISABLE"硬件配置文件，系统不加载网卡设备。当用户选择"Profile 1"硬件配置文件，则系统加载网卡。利用这种方法可以建立多个硬件配置文件满足实际的需要。

注意：如果想删除不再使用的硬件配置文件时，只需要在"硬件配置文件"对话框中单击不想要的硬件配置文件，然后单击"删除"按钮，在弹出的"确认配置文件删除"消息框中单击"是"按钮即可删除。在"可用的配置硬件配置文件"对话框中标明为"当前"的硬件配置文件即为正在使用的配置文件，是不能删除的。若要删除此配置文件需要重新启动计算机，使用其他的硬件配置文件进入系统后再删除。

1.4　Windows Server 2003 的基本配置

本节主要讲述 Windows Server 2003 的基本配置项目。

1.4.1　配置显示选项

显示属性是指在 Windows Server 2003 工作环境中有关计算机屏幕显示输出的各项参数，其中包括屏幕分辨率、显示颜色数、屏幕刷新率等。

（1）启动计算机进入 Windows Server 2003，在桌面上右击，在弹出的快捷菜单中选择"属性"命令，弹出"显示属性"对话框，如图 1-56 所示。选择"开始"菜单中的"控制面板"命令，在打开的"控制面板"窗口中双击"显示"图标，也可以弹出"显示属性"对话框。

（2）根据实际情况设置显示选项。通过"显示属性"对话框中的"主题"、"桌面"、"屏幕保护程序"、"外观"和"设置"选项卡可以调整计算机的桌面背景、屏幕保护程序、窗口颜色及字体等参数，利用这些，计算机的使用者可以自定义自己的桌面参数，从而个性化桌面效果。"显示属性"对话框中的"设置"选项卡（如图 1-57 所示）可以调整计算机屏幕的显示输出值。

图 1-56　"显示属性"对话框

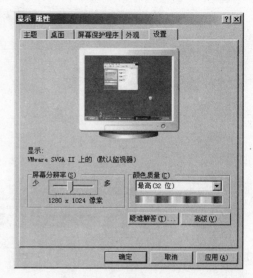

图 1-57　"设置"选项卡

（3）在"设置"选项卡中的"颜色质量"下拉列表框中可以选择屏幕颜色深度。屏幕颜色深度越深（即颜色显示位数越多），则屏幕显示的效果越好，越接近于自然的颜色，但同时也加大了显示卡的工作负担。"屏幕分辨率"中的滑块可以调整屏幕的分辨率，分辨率越高，则显示效果越清晰，同时桌面的图标和文字也就越小。单击"高级"按钮，可以在弹出的对话框中设置高级参数，如图 1-58 所示。

（4）打开"常规"选项卡，在其中可以设置屏幕字体大小，以及在更改了屏幕显示参数之后 Windows Server 2003 所采取的动作。打开"适配器"选项卡（如图 1-59 所示），在其中可以得到显示卡的型号、制造商和工作参数。

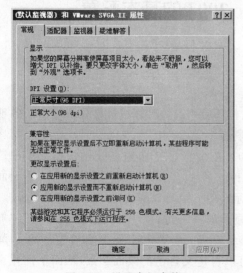

图 1-58　设置高级参数

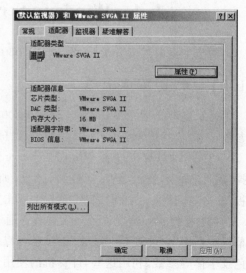

图 1-59　"适配器"选项卡

（5）单击"列出所有模式"按钮会弹出"列出所有模式"对话框，如图 1-60 所示。
在"有效模式列表"中列出了在正常情况下
显示卡可以输出的所有屏幕分辨率、颜色深
度和屏幕刷新率的组合。

（6）打开"监视器"选项卡（如图 1-61 所
示），在其中列出了当前与计算机连接的显
示器的型号、制造商和属性，其中的"监视器
设置"允许修改屏幕的刷新频率。屏幕的刷
新频率越高，则显示器输出的图像就越不易
产生闪烁感。

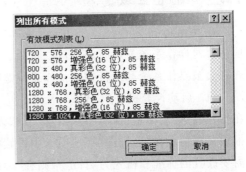

图 1-60　有效模式列表

注意：尽管刷新频率越高输出的图像越
稳定，但不应该超过显示卡和显示器所支持的最高刷新频率。超过最高刷新频率会
导致无法正常显示屏幕图像，因此，要参阅显示卡和显示器的说明书选择合适的刷
新频率。

（7）打开"疑难解答"选项卡（如图 1-62 所示），在其中可以通过调整"硬件加速"滑块
来改善图形显示性能。现在的大多数显示卡均支持"硬件加速"功能，该功能可以大幅度
提高计算机的图形显示性能。

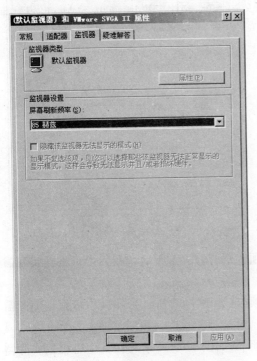

图 1-61　"监视器"选项卡

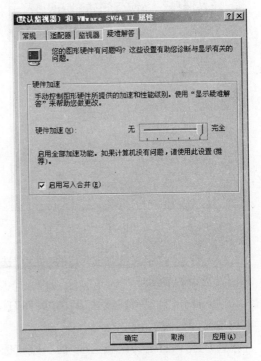

图 1-62　"疑难解答"选项卡

1.4.2 配置区域选项

在 Windows Server 2003 中,区域选项是设定该操作系统所处物理位置的选项,该选项将会对操作系统显示时间、日期、货币、数字和输入法的格式产生影响。选定的显示格式将会被操作系统和运行在该操作系统之上的应用程序所使用。

(1)启动计算机进入 Windows Server 2003,选择"开始"菜单中的"控制面板"命令,在打开的"控制面板"窗口中双击"区域和语言选项"图标,弹出"区域和语言选项"对话框。根据实际情况在"区域选项"选项卡中设置"位置"和"标准和格式"区域的相关选项,例如需要设置的标准和格式为"日语",则在"标准和格式"选项中选择"日语",另外可以在"位置"区域设置对应的位置信息,例如设置的位置为"日本",完成后单击"确定"按钮即可,如图 1-64 所示。

(2)在如图 1-63 所示的"区域选项"选项卡中单击"自定义"按钮,弹出"自定义区域选项"对话框,打开"数字"选项卡,如图 1-64 所示,可以根据实际需求在此设置数字的表示形式。

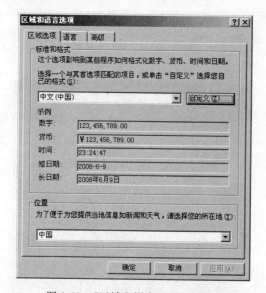

图 1-63 "区域和语言选项"对话框

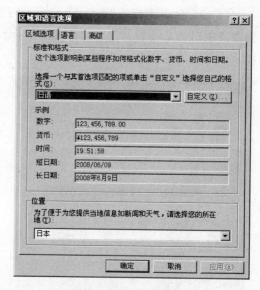

图 1-64 设置区域选项

(3)打开"自定义区域选项"的"货币"选项卡(如图 1-65 所示),在其中可根据实际需求设置货币的表示形式。

(4)打开"自定义区域选项"的"时间"选项卡(如图 1-66 所示),在其中可根据实际需求设置时间的表示形式。

(5)打开"自定义区域选项"的"日期"选项卡(如图 1-67 所示),在其中可根据实际需求设置日期的表示形式。

(6)在如图 1-63 所示的"区域和语言选项"对话框中打开"语言"选项卡,如图 1-68 所示。

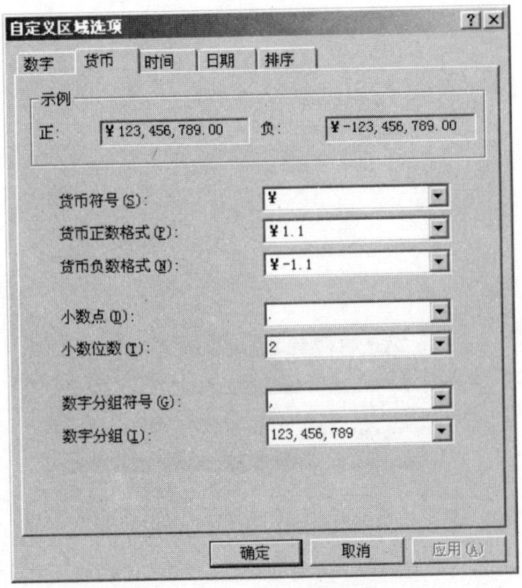

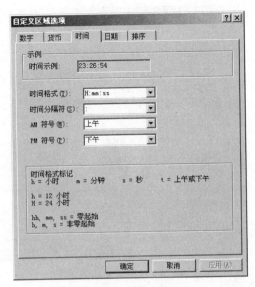

图 1-65　"货币"选项卡

图 1-66　"时间"选项卡

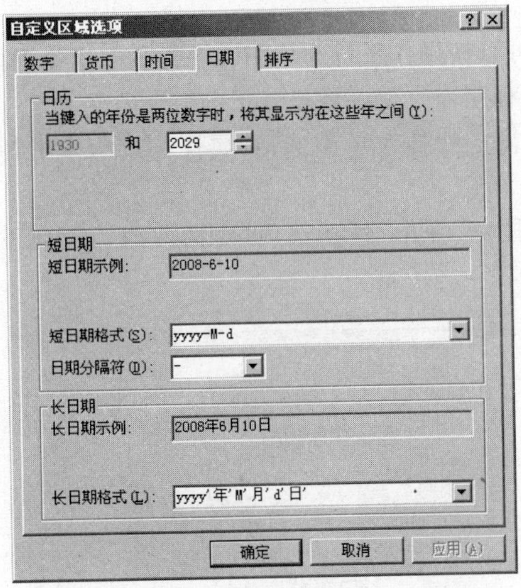

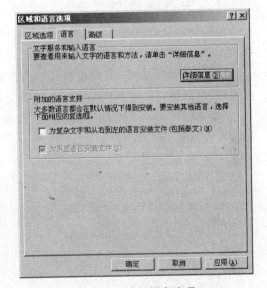

图 1-67　"日期"选项卡

图 1-68　设置语言选项

（7）在"语言"选项卡中单击"详细信息"按钮，弹出如图 1-69 所示的"文字服务和输入语言"对话框。

（8）打开"设置"选项卡，根据实际需求单击"添加"按钮，将弹出"添加输入语言"对话框，如图 1-70 所示。

（9）在"键盘布局/输入法"下拉列表框中选择想要添加的输入法，然后单击"确定"按钮返回，输入法安装成功。最后，单击"确定"按钮关闭"区域和语言选项"对话框。

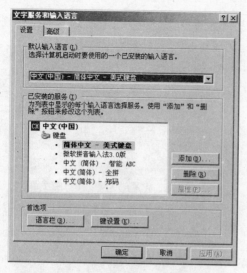

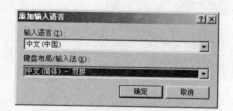

图 1-69 "文字服务和输入语言"对话框   图 1-70 "添加输入语言"对话框

1.4.3 配置虚拟内存

虚拟内存又称页面文件。应用页面文件可以使操作系统为应用程序提供超出物理内存大小的存储空间,而这些存储空间对于应用程序而言就好像是真正的物理内存。

(1)在桌面上右击"我的电脑"图标,在弹出的快捷菜单中选择"属性"命令,弹出"系统属性"对话框,打开"高级"选项卡,如图 1-71 所示。

(2)单击图 1-71 上"性能"区域的"设置"按钮,弹出"性能选项"对话框,打开"高级"选项卡,如图 1-72 所示。

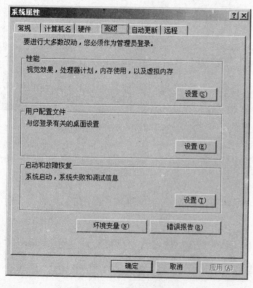

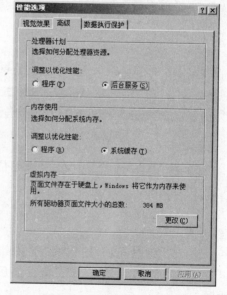

图 1-71 "高级"选项卡   图 1-72 "性能选项"对话框

（3）单击图 1-72 中的"更改"按钮,将弹出如图 1-73 所示的"虚拟内存"对话框,其中"页面文件大小"就是虚拟内存的大小。

注意：在 Windows Server 2003 中,虚拟内存以文件的形式存储在硬盘分区的根目录下,文件名为 pagefile. sys。

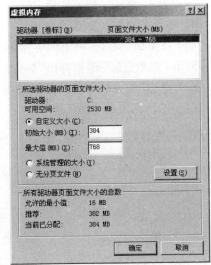

（4）根据实际需求对虚拟内存进行设置,例如将虚拟内存放在 E:驱动器上,并将"初始大小"和"最大值"分别设置为 264 和 528,然后删除 C:驱动器的虚拟内存,则需要做如下设置:

① 在"驱动器"中单击"E:",然后在"初始大小"和"最大值"栏内分别输入"264"和"528",并单击"设置"按钮;

② 在"驱动器"中单击"C:",然后将"初始大小"和"最大值"栏内清空,并单击"设置"按钮。

（5）单击"确定"按钮,将弹出"重新启动计算机才能生效"的提示对话框,单击"确定"按钮返回。

图 1-73　"虚拟内存"对话框

（6）再分别单击两次"确定"按钮,将出现重新启动计算机的提示。

（7）单击"确定"按钮,计算机将重新启动,虚拟内存设置完成。

1.5　Windows Server 2003 的网络配置

网络配置是 Windows Server 2003 的主要配置任务。

1.5.1　安装网卡和驱动程序

对于大多数网卡来说,Windows Server 2003 都能自动识别,安装完系统后,在第一次启动时,网卡驱动就会自动安装。但也有一些网卡 Windows Server 2003 不能自动识别,也就是 Windows 没有对这种硬件进行驱动程序签名,那么就需要手动安装厂商提供的驱动程序。安装驱动程序需要管理员权限。其安装过程如下:

（1）关机,将网卡插入计算机 PCI 插槽中,启动计算机,以管理员身份登录后,计算机会检测到新硬件;

（2）按照提示和要求完成驱动程序的安装;

（3）重启计算机。

1.5.2　查看网卡的 MAC 地址

MAC(Media Access Control)地址,也叫硬件地址,由 48 比特长、十六进制数组成。MAC 地址通常是由网卡生产厂家烧入网卡的 EPROM,它存储的是传输数据时真正赖以标识发出数据的计算机和接收数据的主机的地址。MAC 地址中 0～23 位是由厂家自己分配的,24~47 位叫做组织唯一标志符(organizationally unique),是识别 LAN(局域网)节点的标识。其中第 40 位是组播地址标志位。每块网卡的 MAC 地址都是唯一的,不会重复。

1. 基于图形界面的查看

(1) 在桌面上右击"网上邻居"图标,在弹出的快捷菜单中选择"属性"命令,在打开的窗口中双击"本地连接"图标,弹出"本地连接状态"对话框,打开"支持"选项卡,如图 1-74 所示。

(2) 单击"连接状态"区域的"详细信息"按钮,弹出如图 1-75 所示的对话框,该对话框将显示本地网卡的 MAC 地址。

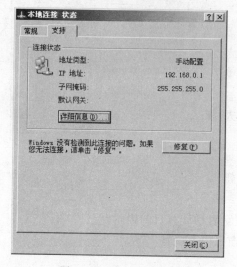

图 1-74 "支持"选项卡

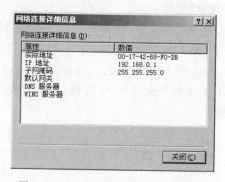

图 1-75 "网络连接详细信息"对话框

2. 基于命令的查看

(1) 选择"开始"菜单中的"运行"命令,在弹出的对话框的"打开"文本框内输入 cmd 并按 Enter 键,打开命令提示符窗口。

(2) 在命令提示符窗口中输入 ipconfig/all 并按 Enter 键,将出现网络的配置信息,如图 1-76 所示。

图 1-76 查看网卡的 MAC 地址

1.5.3 安装相关协议

TCP/IP 协议是 Windows Server 2003 的默认协议,也是 Windows Server 2003 正常运行、实现所有功能所必需的协议。在实际的使用中,通常需要添加其他与之相关的协议来实现对应的网络服务。

(1) 在桌面上右击"网上邻居"图标,在弹出的快捷菜单中选择"属性"命令,打开"网络和拨号连接"窗口,在"本地连接"图标上右击,在弹出的快捷菜单中选择"属性"命令,弹出"本地连接属性"对话框,如图 1-77 所示。

(2) 单击"安装"按钮,弹出"选择网络组件类型"对话框,如图 1-78 所示。

图 1-77 "本地连接属性"对话框

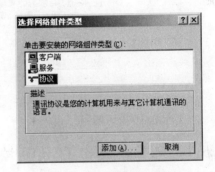

图 1-78 选择网络组件类型

(3) 在"单击要安装的网络组件类型"列表框中选择"协议"(表示要安装的组件是网络协议),再单击"添加"按钮,弹出"选择网络协议"对话框,如图 1-79 所示。

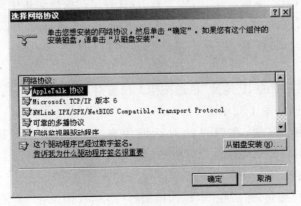

图 1-79 "选择网络协议"对话框

（4）在"网络协议"列表框中选择"AppleTalk 协议"，单击"确定"按钮。系统开始安装协议，待安装好之后，自动回到"本地连接属性"对话框，这时 AppleTalk 协议出现在"此连接使用下列项目"列表框中，如图 1-80 所示。

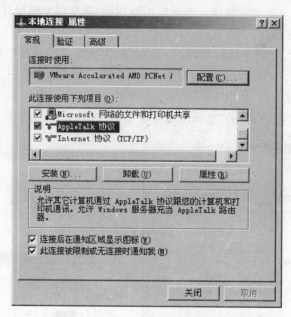

图 1-80 "本地连接属性"对话框

（5）单击"关闭"按钮结束安装。

1.5.4 配置和查看 TCP/IP 协议的相关参数

安装好 TCP/IP 协议之后就需要为其配置工作参数以使其正常工作。TCP/IP 协议有 3 个最重要的参数，分别是 IP 地址、子网掩码和默认网关。

（1）在桌面上右击"网上邻居"图标，在弹出的快捷菜单中选择"属性"命令，打开"网络和拨号连接"窗口，在"本地连接"图标上右击，在弹出的快捷菜单中选择"属性"命令，弹出"本地连接属性"对话框。在"此连接使用下列项目"列表框中选择"Internet 协议（TCP/IP）"，再单击"属性"按钮，弹出"Internet 协议（TCP/IP）属性"对话框，如图 1-81 所示。

（2）选择"使用下面的 IP 地址"单选按钮。设置对应的 IP 地址、子网掩码、默认网关和 DNS 服务器地址，如图 1-82 所示。

（3）单击"高级"按钮，在弹出的对话框中有 4 个选项卡："IP 设置"、"DNS"、"WINS"、"选项"，可以分别为这台计算机指定网络中的 DNS 服务器 IP 地址和 WINS 服务器 IP 地址等，如图 1-83 和图 1-84 所示。

（4）单击"确定"按钮，然后在"本地连接属性"对话框中单击"关闭"按钮即可。如果计算机与网络相连，则所做的配置改动不能够立即生效并需要重新启动计算机。

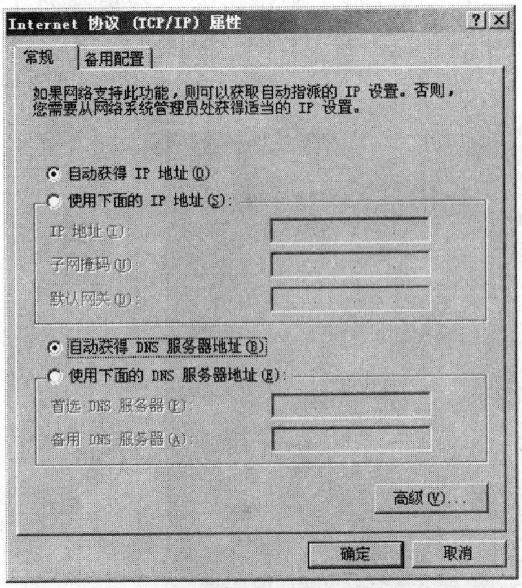

图 1-81　"Internet 协议（TCP/IP）属性"对话框

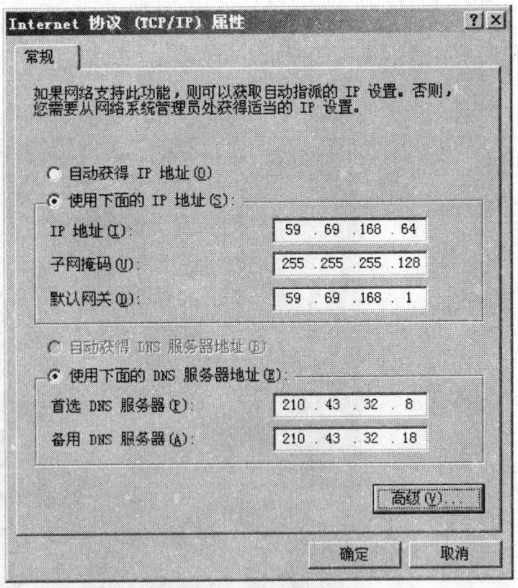

图 1-82　设置 IP 地址

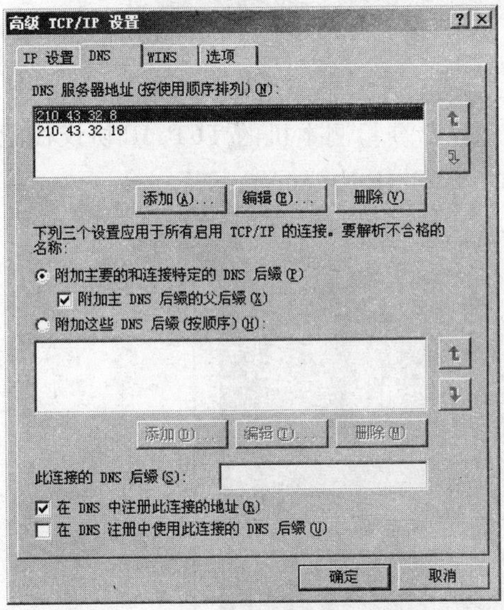

图 1-83　指定 DNS

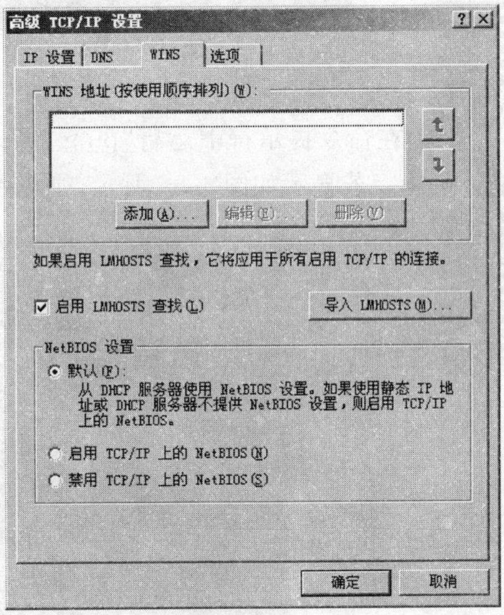

图 1-84　指定 WINS

1.5.5　检查和测试 Windows Server 2003 网络连接

当配置好 TCP/IP 协议参数之后，应该检查一下配置是否正确，即能否正确与网络连通。检查和测试网络连接常用的命令有：ipconfig 和 ping。其中 ping 是一个使用 TCP/IP 协议工作的工具，用以检测目标地址是否能够到达。ping 的语法结构是："ping 目标主机 IP 地址或者主机名"。

（1）在命令提示符下运行 ipconfig 命令，该命令将检测本机上 TCP/IP 协议栈是否被正确安装，并且将检测到的 TCP/IP 参数显示出来。使用 ipconfig 命令只能查看基本的 TCP/IP 配置信息,如果需要查看详细的 TCP/IP 配置信息,则可以在命令提示符下输入"ipconfig/all"或"ipconfig-all",将会列出详细的 TCP/IP 配置信息,如图 1-85 所示。

图 1-85　ipconfig/all 命令

(2) 在命令提示符下运行"ping 127.0.0.1",该命令检测本机的 TCP/IP 协议栈配置是否正确。若显示如图 1-86 所示,则表示本机的 TCP/IP 协议配置正确。

图 1-86　测试正确

(3) 仍然使用 ping 工具,但在这一步中 ping 的 IP 地址为本地计算机的 IP 地址。这一步操作将检查本机的 IP 地址配置是否有效。若显示如图 1-87 所示,则表示配置正常;若显示"Timeout";则表示配置不正常。

(4) 如果涉及和远程网络通信,则需要检查本地主机到网关的连接是否正常,ping 的目标 IP 地址是网关地址。如果成功,则表示本机的默认网关配置正确,并且网关设备网络功能正常,如图 1-88 所示。

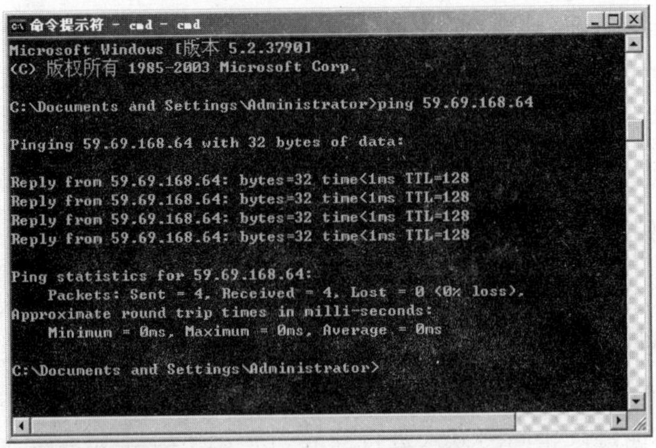

图 1-87　"命令提示符"窗口

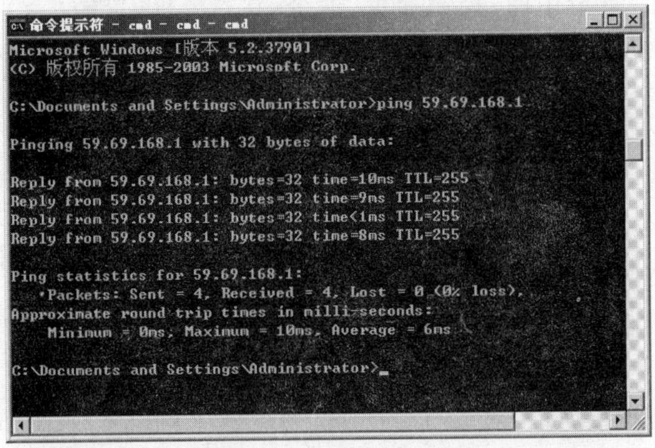

图 1-88　ping 网关

（5）在这一步中使用 ping 工具检查一个远程网络能否到达。在本步骤中 ping 的目标 IP 地址应该是远程子网（由路由器隔开的子网）中一台主机的 IP 地址。如果显示为 Destination host unreachable，则表示不能和远程主机通信，也可能网关的路由表配置不正确或者远程主机有故障，如图 1-89 所示。

图 1-89　ping 远程子网

若这 4 步操作都正确,则表示 TCP/IP 协议参数配置正确,并且和远程主机通信无故障。当然这 4 步操作并不一定要顺序完成,如果后面的步骤成功,则前面的步骤也就一定成功。作为一名网络工程师,应该熟练掌握这项基本技能,并在网络故障排除中会使用这些方法。

1.5.6 IPv6 协议的安装和设置

IPv6 是下一代互联网的协议。IPv6 采用 128 位地址长度,它的设计解决了 IPv4 的地址短缺问题,按照目前最流行的说法是 IPv6 可以为世界上每一粒沙子都分配一个 IP 地址。从 Windows XP 开始,操作系统中已经将 IPv6 协议设置在 TCP/IP 协议中,用户可以使用和安装其他协议相同的方式进行安装。

1. 安装 IPv6

(1)选择“开始”菜单中的“控制面板”命令,在打开的窗口中单击“网络和 Internet 连接”图标,在打开的窗口中单击“网络连接”图标,在打开的窗口中右击“本地连接”图标,在弹出的快捷菜单中选择“属性”命令,在弹出的对话框中单击“安装”按钮,弹出如图 1-90 所示的对话框。

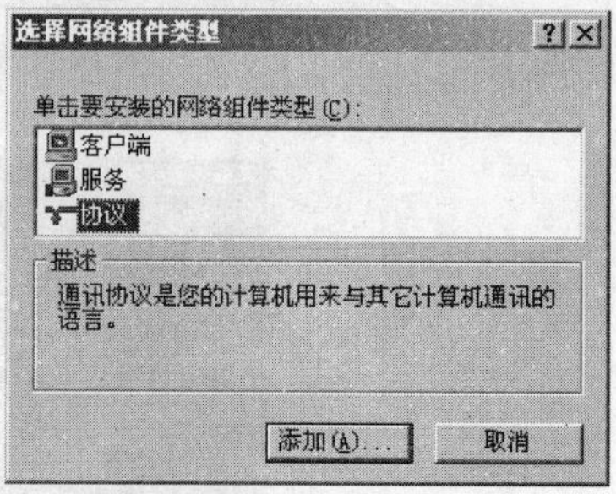

(2)选择“协议”,单击“添加”按钮,弹出“选择网络协议”对话框,在“网络协议”列表中选择“Microsoft TCP/IP 版本 6”,单击“确定”按钮,如图 1-91 所示。

(3)返回“本地连接属性”对话框,在项目列表框中可以发现 IPv6 协议已经安装,如图 1-92 所示。

图 1-90　网络组件类型

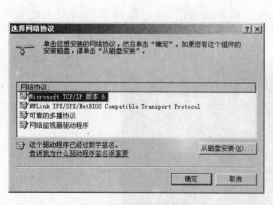

图 1-91　选择网络协议

图 1-92　设置本地连接属性

(4)至此,IPv6 协议的安装已经完成,经过安装发现,IPv6 不能向 IPv4 那样直接双击对应的项目列表来实现配置过程,原因是 IPv6 在 Windows XP 中提出,作为对 IPv4 的一个升级和补充,在用户安装 IPv4 后再安装 IPv6 时,IPv6 将按照 IPv4 的配置格式进行升级,所以它不直接提供配置过程。

(5) 选择"开始"菜单中的"运行"命令,在弹出的对话框的"打开"文本框中输入 cmd 命令,弹出 MS-DOS 命令窗口。输入 IPConfig 命令查看机器的 IPv6 地址,如图 1-93 所示。

图 1-93　查看 IPv6 地址

注意:在 Windows XP 下提供使用命令方式配置 IPv6,在命令提示行下输入 IPv6 install 命令,即可安装 IPv6 协议栈。IPv6 协议的卸载非常简单,可以直接在"本地连接属性"对话框卸载,也可以使用命令方式卸载。命令方式为:IPv6 uninstall。但是该方式在 Windows 2003 下失效。

2. IPv6 的测试

安装好 IPv6 协议,就可以进行 IPv6 的测试,IPv6 的测试和 IPv4 的测试基本相似,步骤是先测试内部网络是否连通,然后测试和外部网络是否连通。IPv6 的测试使用和前面相同的 ping 命令。

注意:Windows XP 下不能使用 ping 命令来测试 IPv6。IPv6 的测试使用 ping6 命令。

(1) 使用 ping 命令测试本地地址,显示结果如图 1-94 所示。

(2) 使用 ping 命令测试其他网络地址,如图 1-95 所示为使用 ping 命令的测试结果。

注意:Windows XP 下,IPv6 的测试必须使用 ping6 命令,其后面的 IP 地址必须写成 IPv6 地址格式,它不接受 IPv4 地址格式,当然测试 IPv4 也不能用 ping6 命令进行。

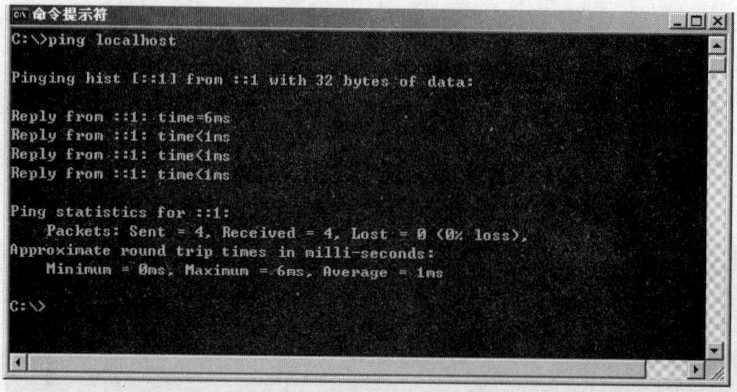

图 1-94　ping 命令本地测试

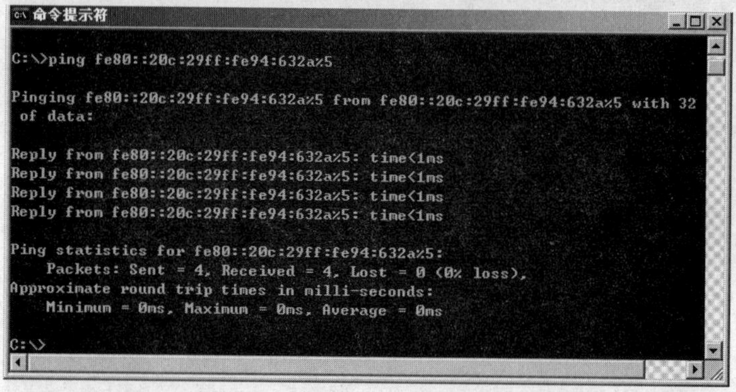

图 1-95　ping 命令网络测试

1.6　多引导选项及故障恢复选项的配置

本节主要讲述多引导选项及故障恢复选项的基本配置。

1.6.1　配置多引导选项

如果计算机安装了包括 Windows Server 2003 在内的多个操作系统,则在计算机启动时将出现一个启动操作系统列表供用户选择,例如,安装了两个 Windows Server 2003 操作系统,其默认操作系统列表如图 1-96 所示。

这种启动操作系统列表就是多引导选项,可以在"系统特性"的"高级"选项卡中进行配置。

(1) 在桌面上右击"我的电脑"图标,在弹出的快捷菜单中选择"属性"命令,弹出"系统属性"对话框,在"高级"选项卡中单击"启动和故障恢复"区域的"设置"按钮,将弹出如图 1-97 所示的"启动和故障恢复"对话框。

(2) 根据实际需求在"默认操作系统"下拉列表框内设置计算机启动时默认启动的操作系统,在"显示操作系统列表的时间"微调框中设置在启动默认操作系统之前等待的秒数,然后单击"确定"按钮。

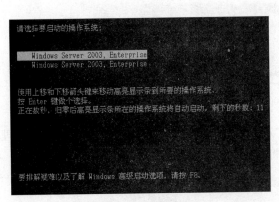

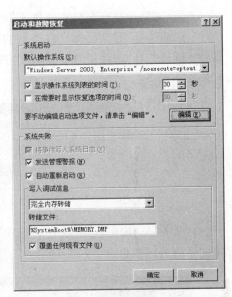

图 1-96　默认操作系统列表　　　　图 1-97　"启动和故障恢复"对话框

　　在此对话框中不能更改启动时操作系统列表中所显示的名称,如果更改显示名称,需要编辑 boot.ini 文件,该文件在系统分区根目录下。Windows Server 2003 系统默认情况下隐藏系统文件 boot.ini,需要改变其隐藏属性才能对其进行编辑。

　　(3) 在桌面上右击"我的电脑"图标,在弹出的快捷菜单中选择"资源管理器"命令,打开"我的电脑"窗口,选择"工具"菜单中的"文件夹选项"命令,将弹出"文件夹选项"对话框,如图 1-98 所示。

　　(4) 打开"文件夹选项"的"查看"选项卡,如图 1-99 所示。

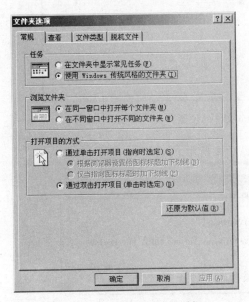

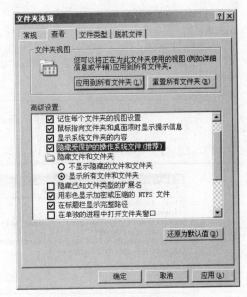

图 1-98　"文件夹选项"对话框　　　　图 1-99　"查看"选项卡

（5）选择"显示所有文件和文件夹"单选按钮。

（6）取消选择"隐藏已知文件类型的扩展名"复选框。

（7）取消选择"隐藏受保护的操作系统文件（推荐）"复选框，这时将弹出如图 1-100 所示的警告信息。

图 1-100   警告信息

（8）单击"是"按钮返回"文件夹选项"对话框，再单击"确定"按钮。这时在资源管理器中的系统分区根目录下（大多数为 C:）将列出 boot.ini 文件，如图 1-101 所示。

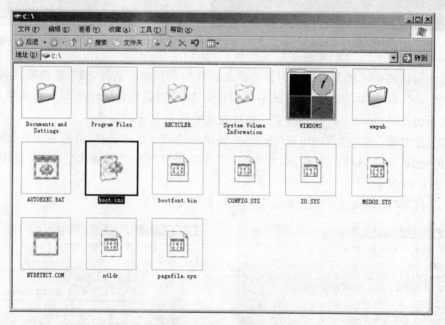

图 1-101   boot.ini 文件的位置

（9）双击打开 boot.ini 文件，其内容如图 1-102 所示。

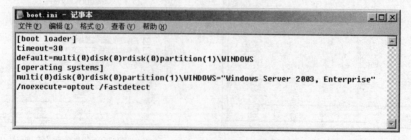

图 1-102   boot.ini 文件的内容

① timeout：该参数是在启动进入默认的操作系统之前等待的秒数。

② default：该参数是默认启动的操作系统。

③ multi(0) disk(0) rdisk(0) partition(1)\WINDOWS="Windows Server 2003，Enterprise"/noexecute=optout/fastdetect：该参数是安装的操作系统，其中第 1 个"="前面的内容是操作系统所在的路径，第 1 个"="后面双引号中的内容是计算机启动时操作系统列表中显示的名称。

(10) 为了更改操作系统列表中显示名称以区分操作系统，需要更改双引号中的内容。

① 右击 boot.ini 文件，在弹出的快捷菜单中选择"属性"命令，在弹出的对话框中确保其"只读"选项为未选中状态。

② 双击打开 boot.ini 文件，更改"="后面双引号中的显示名称，例如将第一个"Windows Server 2003"更改为"教师培训用 Windows Server 2003 中文版"，而将第二个"Windows Server 2003"更改为"学员培训用 Windows Server 2003 中文版"，然后选择"文件"菜单中的"保存"命令或按 Ctrl+S 组合键保存 boot.ini 文件。

(11) 重新启动计算机，将出现如图 1-103 所示的操作系统列表，多引导选项配置完成。

图 1-103　更改后的操作系统列表

1.6.2　故障恢复选项配置

故障恢复选项将决定操作系统在出现严重的错误(如系统死机)时操作系统的动作及相应的措施。

(1) 在桌面上右击"我的电脑"图标，在弹出的快捷菜单中选择"属性"命令，在弹出的"系统属性"对话框中打开"高级"选项卡。

(2) 在"高级"选项卡中单击"启动和故障恢复"区域的"设置"按钮，弹出"启动和故障恢复"对话框。

(3) 在"启动和故障恢复"对话框中选中"将事件写入系统日志"复选框，则一旦出现死机故障时,操作系统会向系统日志中写入该事件。系统管理员可以在计算机恢复正常后使用"事件查看器"来阅读该事件。显示如图 1-104 所示。

(4) 选择"发送管理警报"复选框,则当出现死机故障时,操作系统会向远程的计算机发送一个警报消息。

(5) 选择"自动重新启动"复选框,当出现死机故障后,操作系统会自动重新启动计算机。

注意:当出现死机故障时,键盘和鼠标的响应将被终止,同时,一些类型的计算机主机上的 Reset 键也将停止响应,而如果用户不希望"冷启动"计算机时,"自动重新启动"将会十分有用,试图在无干涉情况下帮助用户回到正常情况。

(6) 在"写入调试信息"选项组中的下拉列表框中可以选择一种内存转储模式,如图 1-105 所示,弹出"转储文件"对话框。内存转储就是当出现死机故障时操作系统将当时内存中的数据保存到硬盘上的页面文件(虚拟内存)中,待重新启动计算机后将页面文件中的数据保存到 MEMORY.DMP 文件中,以供技术支持人员分析之用。

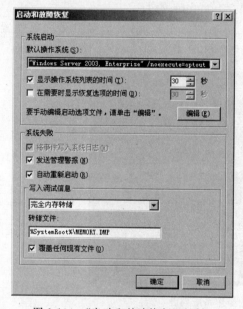
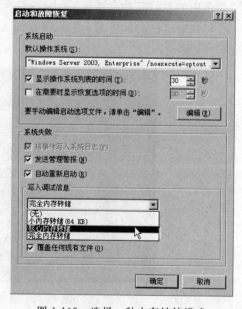

图 1-104 "启动和故障恢复"对话框   图 1-105 选择一种内存转储模式

(7) 在"转储文件"对话框中输入转储文件的保存路径和文件名。

注意:如无特殊要求,尽量使用系统默认值。其中%SystemRoot%是一个变量,即为存放系统文件的文件夹,默认是 WINNT 文件夹。

(8) 选中"覆盖任何现有文件"复选框,则当有新的内存转储文件时会覆盖上次保存的内存转储文件。

(9) 重新启动操作系统以使改变生效。

注意:如果对"系统启动"选项组或"系统失败"选项组中的内容做了修改,则必须重新启动操作系统以使改变生效。

本 章 小 结

　　本章讲述了 Windows Server 2003 操作系统的安装和基本配置,主要的知识点包括 Windows Server 2003 操作系统的常见版本及其特点,各种安装方式及其步骤,Windows Server 2003 硬件系统的基本配置。Windows Server 2003 系统的基本配置,网络的基本配置和多引导选项及故障恢复选项的配置等。学习完本章应该重点掌握 Windows Server 2003 的各种安装方法,Windows Server 2003 硬件系统的基本配置,Windows Server 2003 网络的基本配置。

习 题 1

1. 简述常见的 Windows Server 2003 操作系统的版本及其特点。
2. 简述无人值守安装 Windows Server 2003 的基本步骤。
3. 什么是虚拟内存? 在 Windows Server 2003 中如何配置虚拟内存?
4. 简述在 Windows Server 2003 中安装和测试 IPv6 协议的步骤。
5. Windows Server 2003 如何实现故障恢复选项的配置?

第 2 章 Windows Server 2003 域与活动目录服务

本章知识要点:
- ➢ 活动目录的基本概念;
- ➢ 活动目录的逻辑结构和物理结构;
- ➢ 活动目录的安装与删除;
- ➢ 活动目录的基本配置;
- ➢ 活动目录数据库的备份和恢复;
- ➢ 管理控制台的基本应用。

2.1 活动目录概述

活动目录是 Windows Server 2003 操作系统实现的目录服务。

2.1.1 活动目录的基本概念

1. 目录与目录服务

目录是一个数据库,用于保存网络资源相关的分层信息结构,包括资源的位置及管理等信息。

目录服务是一种网络服务,用于标记管理网络中的所有实体资源(如计算机、用户、打印机、文件及应用等),并且提供命名、描述、查找、访问,以及保护这些实体信息的一致性方法,使网络中的所有用户及应用都能访问到这些资源。

2. 活动目录

活动目录(Active Directory,AD)是存储网络上对象的相关信息并使该信息可供用户和网络管理员使用的目录服务。

活动目录包括目录和与目录相关的服务两个方面。目录是存储各种对象的一个物理上的容器。而目录服务是使目录中所有信息和资源发挥作用的服务。

活动目录是一个分布式的目录服务,信息可以分散在多台不同的计算机上,保证用户能够快速访问,因为多台机器上有相同的信息,所以在信息容器方面具有很强的控制能力,正因为如此,不管用户从何处访问或信息身处何处,都对用户提供统一的视图。

Windows Server 2003 的活动目录是一个全面的目录服务管理方案,它以轻目录访问协议(LDAP)作为基础,支持 X.500 中定义的目录体系结构,并具有可复制、可分区及分布式的特点。它采用 Internet 的标准协议,集成了 Windows 服务器的关键服务,如域名服务(DNS)、消息队列服务(MSMQ)及事务服务(MTS)等。在应用方面,活动目录集成了关键应用,如电子邮件、网络管理及 ERP 等。

2.1.2　活动目录的逻辑结构

活动目录的逻辑结构侧重于网络资源的管理,活动目录的逻辑单元包括组织单元、域、域树、域林。

1. 组织单元

组织单元(Organizational Unit,OU)是用户、组、计算机和其他对象在活动目录中的逻辑管理单位,OU 可以包含各种对象,比如用户账户、用户组、计算机、打印机,甚至可以包括其他的 OU。

组织单元是可以指派组策略设置或委派管理权限的最小作用单位。使用组织单元,可在组织单元中代表逻辑层次结构的域中创建容器,这样就可以根据组织模型管理账户、资源的配置和使用,可使用组织单元创建可缩放到任意规模的管理模型。

2. 域

域(Domain)是对网络中计算机和用户的一种逻辑分组。域是 Windows Server 2003 目录服务的基本管理单位,Windows Server 2003 把一个域作为一个完整的目录,在 Windows Server 2003 网络中,一个域能够轻松管理数万个对象。

一个域可以分布在多个物理位置上,同时一个物理位置又可以划分不同网段为不同的域,在独立的计算机上,域即指计算机本身。

在 Windows Server 2003 之间可以建立以下信任关系。

1) 单向信任关系

单向信任关系是单独的委托关系,所有单向信任关系都是不传递的。默认情况下,所有不传递信任关系都是单向的。

2) 双向信任关系

双向信任关系也是一对单独的委托关系,即域 A 信任域 B,而域 B 也信任域 A,所有传递信任关系都是双向的。为使不传递信任关系成为双向,必须在域间创建两个单向信任关系。

3) 传递信任关系

传递信任关系不受关系中两个域的约束,而是经父域向上传递给域目录树中的下一个域。传递信任关系是双向的,关系中的两个域相互信任。默认情况下,域目录树或林中的所有信任关系都是传递的。

4) 不传递信任关系

不传递信任关系受关系中两个域的约束，并且不经父域向上传递给目录树中的下一个域。默认情况下，不传递信任关系是单向的。

3. 域树

域树由多个域组成，这些域共享同一个表结构和配置，形成一个连续的名字空间。树中的域通过双向信任关系连接起来。域树中的第一个域称作根域。相同域树中的其他域为子域。相同域树中直接在另一个域上一层的域称为父域。具有公用根域的所有域构成连续名称空间。这意味着单个域目录中的所有域共享一个等级命名结构。

例如在 Wjp. com 这个 Windows Server 2003 域名下再建一个域，并把它添加到现存目录中，这个新的域就是现存母域的子域（child domain）如 Hist. wjp. com 或 Snnu. wjp. com，并且每个子域和母域之间都建立了双向可传递的信任关系，如图 2-1 所示。

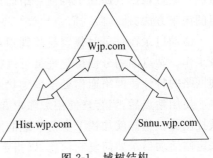

图 2-1　域树结构

4. 域林

域林是指一个或多个没有形成连续名字空间的域树。域林中的所有域树共享同一个表结构、配置和全局目录。域林中的所有域树通过 Kerberos 信任关系建立起来。

域林包括多个域树。其中的域树不形成邻接的名称空间。而且域林也有根域。域林的根域是域林中创建的第一个域。域林中所有域树的根域与域林的根域建立可传递的信任关系。

如图 2-2 所示，即是由 Wjp. com 域树和 zj. com 域树组成的域林。

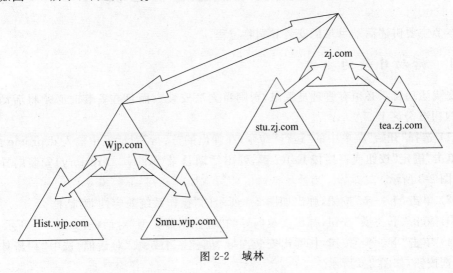

图 2-2　域林

2.1.3　活动目录的物理结构

活动目录的物理结构侧重于网络的配置和优化。活动目录的物理结构主要讨论站点和域控制器两个基本概念。

1. 站点

站点是指域服务器的一个网络位置,通常由一个或多个通过 TCP/IP 连接的 IP 子网组成。站点根据其所在子网或一组已连接子网中的位置指定,子网提供一种表示网络分组的简单方法。

活动目录在登录时很容易找到用户所在的站点,进而找到活动目录域服务器完成登录工作。站点的划分使得管理员可以很方便地配置活动目录的复杂结构,更好地利用物理网络的特性使网络通信处于最优状态。

使用站点后,当客户使用域账户登录时,登录机制首先搜索与客户处于同一站点内的域控制器。这样就加快了身份验证的速度,提高了验证的效率。另外可以通过站点链接来定制活动目录如何复制信息,以指定站点的连接方法等。

2. 域控制器

域控制器(Domain Controller, DC)是指安装了活动目录服务的服务器,主要是利用它来进行网络的安全核查以及资源共享。域控制器可以保存目录数据并管理用户域的交互关系,包括用户登录过程、身份验证和目录搜索等。一个域可以有多个域控制器。为了获得高可用性和容错能力,规模较小的域可以只需要两个域控制器,一个实际使用,另一个用于容错性检查;规模较大的域可以使用多个域控制器。

Windows Server 2003 的网络环境中,各域必须至少有一台域控制器,存储此域中的 Active Directory 信息,并提供域相关服务,例如登录验证、名称解析等。

2.2　安装与删除活动目录

本节主要讲述活动目录的安装和删除过程。

2.2.1　活动目录的安装

安装活动目录必须有管理员权限,否则将无法安装。而且在安装时必须将活动目录装到 NTFS 分区上。

(1) 选择"开始"菜单中的"运行"命令,在弹出的"运行"对话框中输入 dcpromo 命令,然后单击"确定"按钮或直接按 Enter 键,弹出活动目录(Active Directory)安装向导对话框,如图 2-3 所示。

(2) 单击"下一步"按钮,弹出如图 2-4 所示的"操作系统兼容性"对话框。

(3) 单击"下一步"按钮,弹出安装向导的"域控制器类型"对话框,如图 2-5 所示。

(4) 单击"下一步"按钮,将弹出安装向导"创建一个新域"对话框,选中"在新林中的域"单选按钮,如图 2-6 所示。

(5) 单击"下一步"按钮,弹出如图 2-7 所示的"新的域名"对话框。

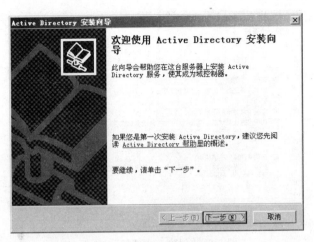

图 2-3　活动目录安装向导

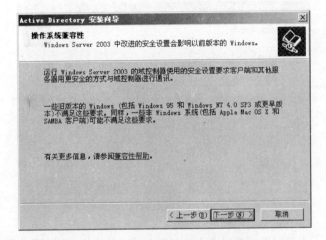

图 2-4　"操作系统兼容性"对话框

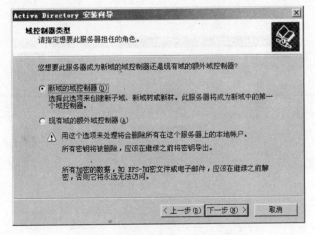

图 2-5　"域控制器类型"对话框

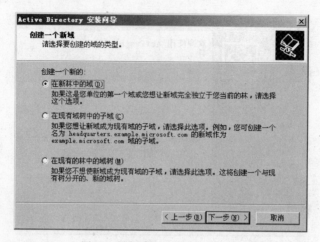

图 2-6 "创建一个新域"对话框

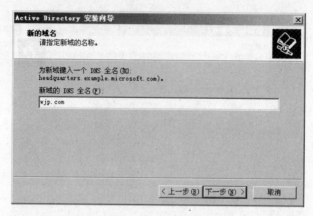

图 2-7 设置新域名

（6）单击"下一步"按钮，将弹出"NetBIOS 域名"对话框，根据事先设计的域命名方案在"域 NetBIOS 名"文本框中输入域的 NetBIOS 名，例如使用安装向导默认指定的名称，如图 2-8 所示。

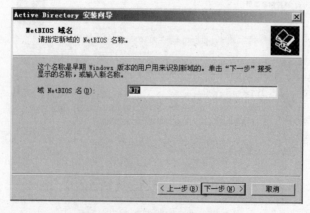

图 2-8 指定新域 NetBIOS 名

注意：此处可以不使用安装向导默认选择的 NetBIOS 名，而自行指定。

（7）单击"下一步"按钮，将弹出"数据库和日志文件文件夹"对话框，根据实际情况分别在"数据库文件夹"栏和"日志文件夹"栏中指定数据库和日志文件的保存位置，例如使用默认值，如图 2-9 所示。

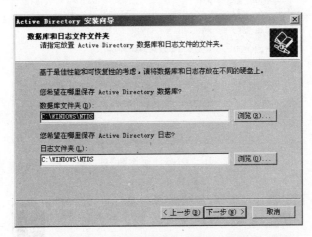

图 2-9　指定数据库和日志文件位置

（8）单击"下一步"按钮，弹出"共享的系统卷"对话框，如图 2-10 所示。

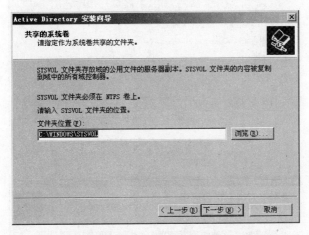

图 2-10　指定共享系统卷保存位置

（9）单击"下一步"按钮，弹出"DNS 注册诊断"对话框，选中"在这台计算机上安装并配置 DNS 服务器，并将这台 DNS 服务器设为这台计算机的首选 DNS 服务器"，如图 2-11 所示。

（10）单击"下一步"按钮，将弹出"权限"对话框，如图 2-12 所示。权限用来限制对活动目录的访问，即限制对域信息的读取。

（11）单击"下一步"按钮，将弹出"目录服务还原模式的管理员密码"对话框，如图 2-13 所示。目录服务恢复模式的管理员密码，是在使用 Windows Server 2003 高级启动选项中的目录服务恢复模式启动 Windows Server 2003 域控制器时，登录所需要的密码。

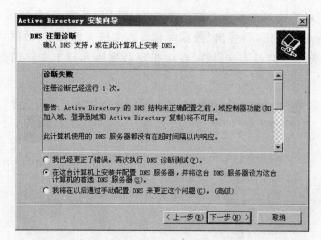

图 2-11　"DNS 注册诊断"对话框

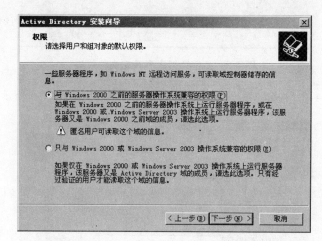

图 2-12　"权限"对话框

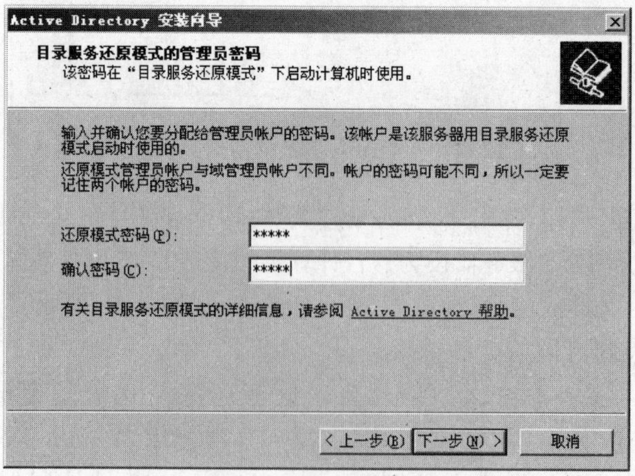

图 2-13　设置恢复密码

（12）单击"下一步"按钮，将弹出"摘要"对话框，如图 2-14 所示，其中显示了通过安装向导所配置的安装选项。

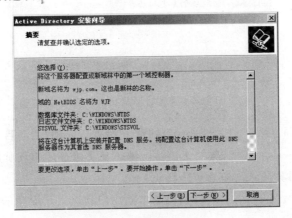

图 2-14　"摘要"对话框

（13）根据实际情况，如果需要更改前面配置的安装选项，则单击"上一步"按钮；否则，单击"下一步"按钮，将开始安装和配置活动目录，如图 2-15 所示。

图 2-15　正在安装和配置活动目录

（14）单击"下一步"按钮，弹出如图 2-16 所示的完成向导对话框。

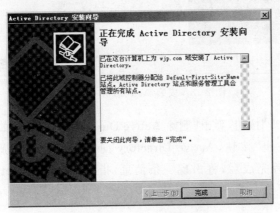

图 2-16　完成向导

（15）单击"完成"按钮，弹出重新启动计算机的提示对话框，如图 2-17 所示。

图 2-17　重启计算机提示对话框

（16）单击"立即重新启动"按钮，计算机将开始重新启动，活动目录安装成功。

注意：同等硬件的情况下，域控制器启动的速度要比普通的成员服务器或客户机慢。所以，应该为域控制器提供更高的硬件环境。

当活动目录安装完毕后，这台计算机的本地用户和组出于安全的原因将被禁用，取而代之的是域用户和组。

2.2.2　删除活动目录

（1）选择"开始"菜单中的"运行"命令，在弹出的"运行"对话框中输入 dcpromo 命令，单击"确定"按钮，弹出"Active Directory 安装向导"对话框，系统会自动探测到本机已经安装了 Active Directory，如图 2-18 所示。

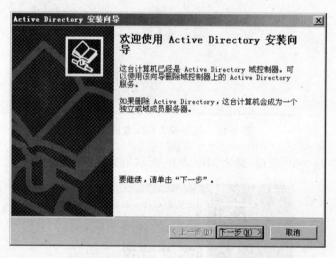

图 2-18　安装 Active Directory 向导

（2）单击"下一步"按钮，弹出"删除 Active Directory"对话框，如图 2-19 所示。

（3）单击"下一步"按钮，Active Directory 向导将开始从该服务器中删除 Active Directory。这一过程完成后，将出现一条消息，指出 Active Directory 已从该计算机中删除。

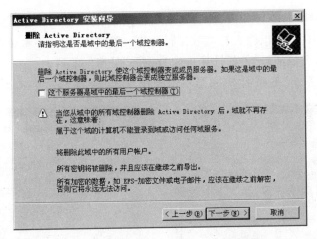

图 2-19　"删除 Active Directory"对话框

2.3　活动目录的基本配置

管理域的过程,便是对 Active Directory 进行配置的过程。

2.3.1　域的基本配置

域的基本配置选项包括设置域控制器的属性和创建域信任关系。

1. 设置域控制器的属性

(1) 选择"开始"菜单中的"控制面板"命令,在打开的窗口中双击"管理工具"图标,在打开的窗口中双击"Active Directory 用户和计算机"图标,在打开的窗口的目录树中展开域节点,并单击 Domain Controllers,在右边窗格内显示出作为域控制器的主机,右击主机名,弹出的快捷菜单如图 2-20 所示。

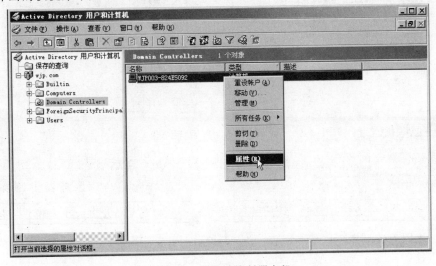

图 2-20　选择域控制器主机

（2）选择"属性"命令,弹出该控制器的属性对话框,如图 2-21 所示。在"常规"选项卡的"描述"文本框中,可以输入对该域控制器的一般描述;如果不希望域控制器的可受信任用来作为委派,可取消对"信任计算机作为委派"复选框的选中。

（3）在"操作系统"选项卡中,可显示出操作系统的名称和版本,如图 2-22 所示。

图 2-21　设置域控制器主机属性

图 2-22　"操作系统"选项卡

（4）要为域控制器添加隶属对象,可以打开"隶属于"选项卡,单击"添加"按钮,弹出"选择组"对话框,即可以为域控制器选择一个要添加的组。操作如图 2-23 所示。

（5）为便于查找域控制器,可打开"位置"选项卡,在"位置"文本框中输入域控制器的位置;或单击"浏览"选择路径,查找指定的域控制器。操作如图 2-24 所示。

图 2-23　"隶属于"选项卡

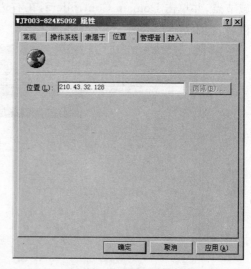

图 2-24　"位置"选项卡

（6）要更改域控制器的管理者，可打开"管理者"选项卡，单击"更改"按钮，弹出"选择用户或联系人"对话框，选择新的管理者。同时也可单击"属性"按钮查看修改管理者的属性设置，也可单击"清除"按钮删除指定的管理者，如图 2-25 所示。

（7）对"拨入"选项卡中的信息进行配置，可设定用户是否可远程登录，如图 2-26 所示。

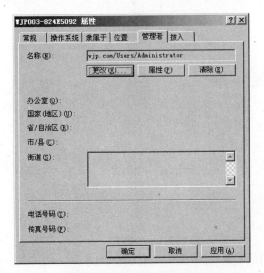

图 2-25　"管理者"选项卡　　　　　　图 2-26　"拨入"选项卡

（8）域控制器属性设置完成后，单击"确定"按钮保存设置。

2．创建域信任关系

（1）打开"Active Directory 域和信任关系"窗口，在打开的窗口中右击 wjp.com 节点，在弹出的快捷菜单中选择"属性"命令，操作如图 2-27 所示。

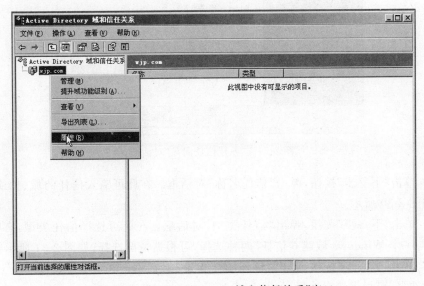

图 2-27　"Active Directory 域和信任关系"窗口

（2）在弹出的"wjp.com 属性"对话框中打开"信任"选项卡，如图 2-28 所示。

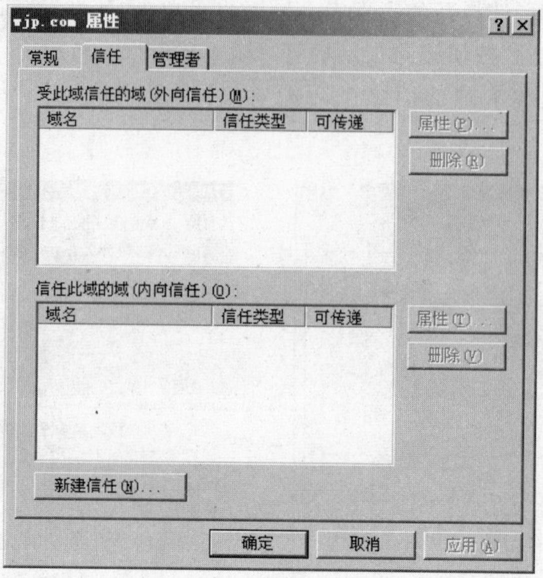

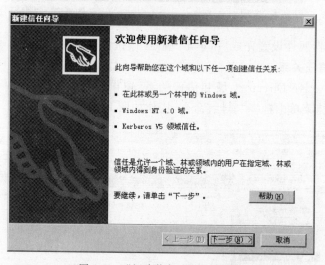

图 2-28 "信任"选项卡

（3）单击"新建信任"按钮，弹出"新建信任向导"对话框，如图 2-29 所示。

图 2-29 "新建信任向导"对话框

（4）单击"下一步"按钮，弹出"信任名称"对话框。在此可输入信任的域、林或领域的名称，如图 2-30 所示。

（5）单击"下一步"按钮，弹出"信任类型"对话框。在此可选择信任类型，有"领域信任"和"与一个 Windows 域建立信任"两种选择，可根据情况选择，如图 2-31 所示。

（6）单击"下一步"按钮，弹出"信任的传递性"对话框。在此有"不可传递"与"可传递"两种选择，可根据情况选择，如图 2-32 所示。

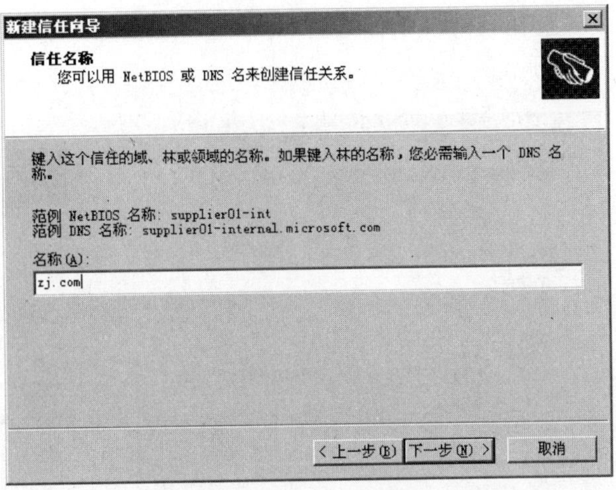

图 2-30　设置信任名称

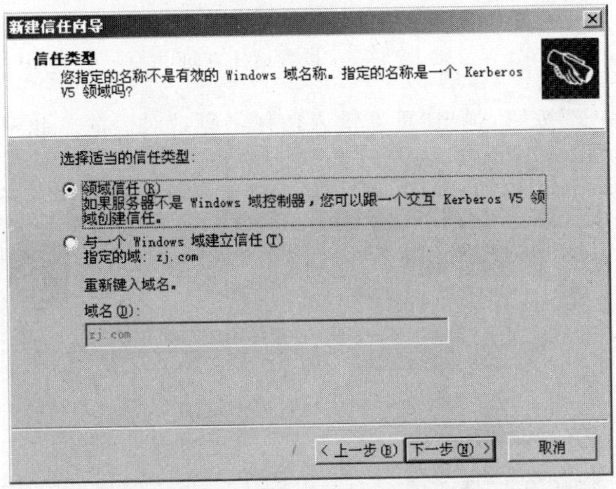

图 2-31　设置信任类型

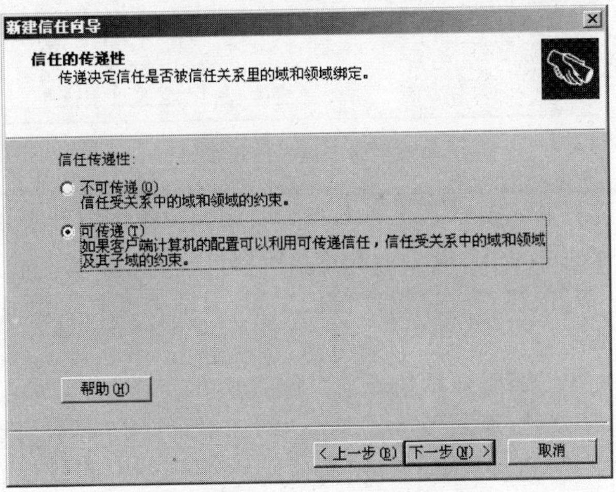

图 2-32　设置信任传递

(7) 单击"下一步"按钮，弹出"信任方向"对话框。可选择"双向"、"单向：内传"、"单向：外传"，如图 2-33 所示。

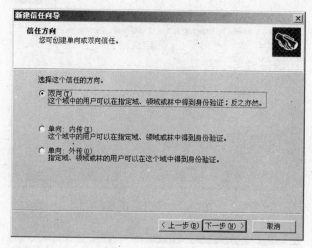

图 2-33　设置信任方向

(8) 单击"下一步"按钮，弹出"重新键入信任密码。"对话框。此密码被域控制器用来确认信任关系，需要两方的密码一致，如图 2-34 所示。

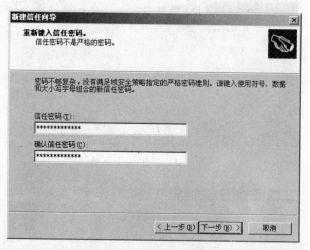

图 2-34　设置信任密码

注意：密码必须强壮，否则，系统自动返回要求用户重新设置信任密码，系统建议用户设置的密码是字母的大小写、符号和数字的组合。

(9) 单击"下一步"按钮，弹出"选择信任完毕"对话框。此处会显示用户所选择的所有选项，如图 2-35 所示。

(10) 单击"下一步"按钮，显示信任关系创建成功，如图 2-36 所示。

(11) 单击"完成"按钮，返回到"wjp.com 属性"对话框的"信任"选项卡，在"受此域信任的域(外向信任)"与"信任此域的域(内向信任)"列表框中，出现了新添加的信任域，如图 2-37 所示。

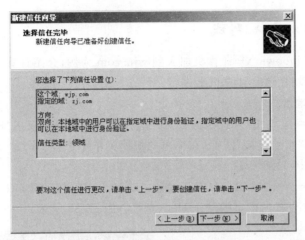

图 2-35　"选择信任完毕"对话框

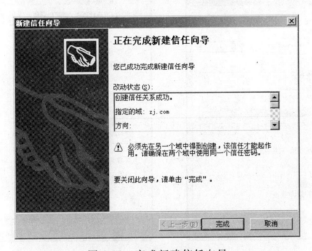

图 2-36　完成新建信任向导

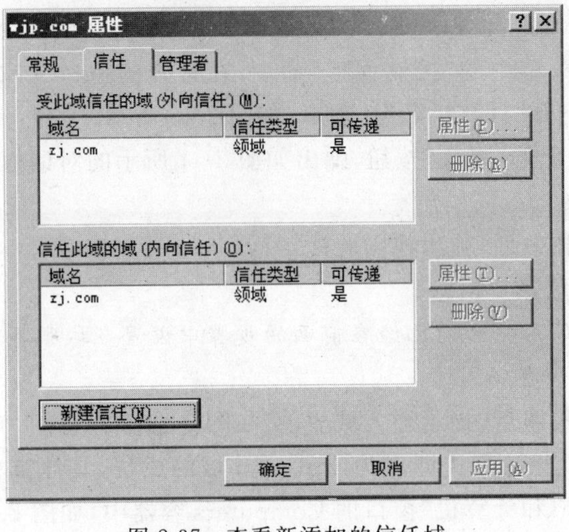

图 2-37　查看新添加的信任域

2.3.2 将计算机加入到域

下面以一台 Windows XP 计算机加入到 wjp.com 为例,介绍计算机加入到域的基本操作。以后的设置均在这台计算机上进行。

1. 设置 DNS 地址

(1) 选择"开始"菜单中的"控制面板"命令,在打开的窗口中双击"网络连接"图标,在打开的窗口中右击"本地连接"图标,在弹出的快捷菜单中选择"属性"命令,弹出"本地连接属性"对话框,如图 2-38 所示。

(2) 双击"Internet 协议(TCP/IP)",弹出"Internet 协议(TCP/IP)属性"对话框。将DNS 服务地址设置为域内指定的默认 DNS 地址,如图 2-39 所示。

图 2-38 本地连接属性

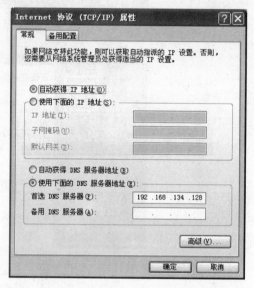

图 2-39 "Internet 协议(TCP/IP)属性"对话框

2. 加入域

(1) 选择"开始"菜单中的"控制面板"命令,在打开的窗口中双击"系统"图标,弹出"系统属性"对话框,打开"计算机名"选项卡,如图 2-40 所示。

(2) 单击图 2-40 上的"更改"按钮,弹出如图 2-41 所示的对话框。在该对话框中设置计算机名和隶属的域。

(3) 单击"确定"按钮后,弹出权限验证对话框,如图 2-42 所示,在此需要提供具有将计算机加入域权限的域账户信息。

注意:要求加入的用户必须已经在前面的步骤中设置在域服务器上。不是输入本地计算机上设置的用户和密码。

(4) 单击"确定"按钮后,提示加入域成功,如图 2-43 所示。

(5) 重新启动后,此计算机即成为 wjp.com 域的成员,其计算机名称会同时出现在"Active Directory 用户和计算机"窗口的 Computers 容器中,如图 2-44 所示。

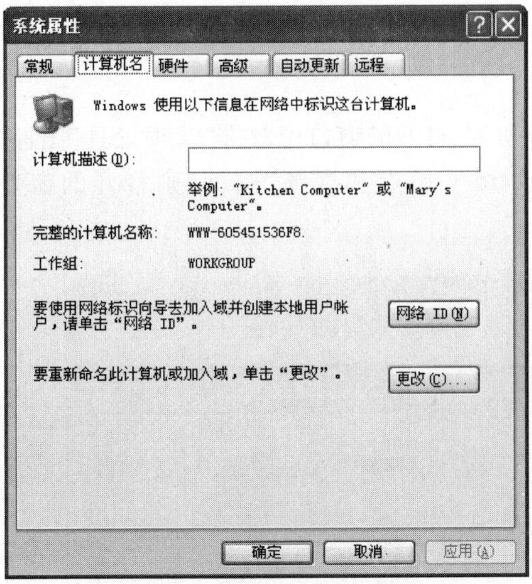

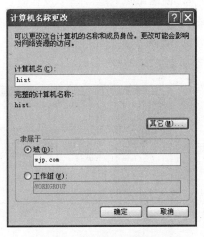

图 2-40　"系统属性"对话框　　　　图 2-41　设置计算机名和域

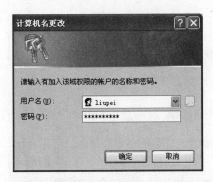

图 2-42　权限验证

图 2-43　提示成功信息

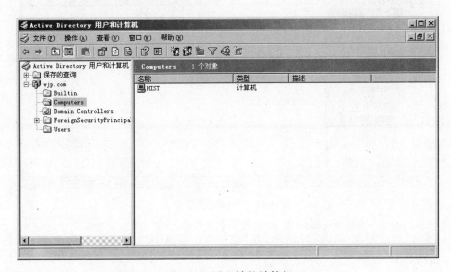

图 2-44　添入域的计算机

2.3.3 站点管理

1. 创建站点

（1）选择"开始"菜单中的"控制面板"命令，在打开的窗口中双击"管理工具"图标，在打开的"管理工具"窗口中双击"Active Directory 站点和服务"图标，则打开的窗口如图 2-45 所示。

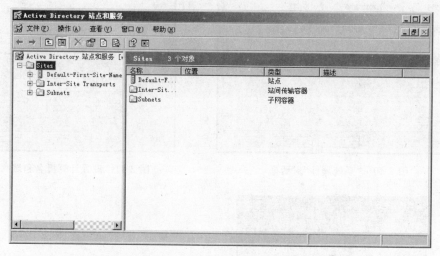

图 2-45 "Active Directory 站点和服务"窗口

（2）右击 Sites 文件夹，在弹出的快捷菜单中选择"新站点"命令，如图 2-46 所示。

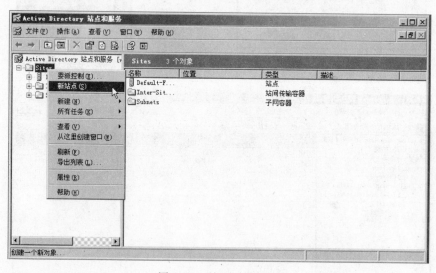

图 2-46 "新站点"命令

（3）弹出"新建对象-站点"对话框，在"名称"文本框中输入新站点的名称，单击设置链接名，如图 2-47 所示。

注意：第一个站点设置的是默认的 IP 站点链接。

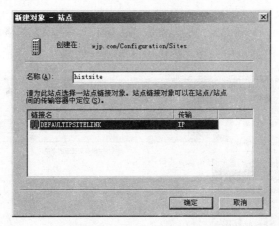

图 2-47 设置站点链接对象

（4）单击"确定"按钮，弹出的对话框如图 2-48 所示，显示新站点已建立，还需要做哪些配置。

图 2-48 确认对话框

（5）单击"确定"按钮，将会在控制台中出现以 histsite 命名的新站点，如图 2-49 所示。

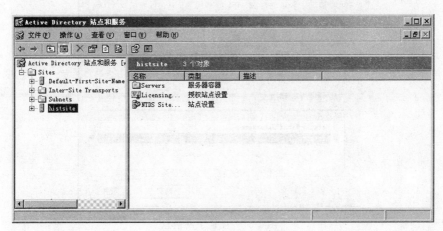

图 2-49 显示创建的新站点

2. 创建子网

（1）打开"Active Directory 站点和服务"窗口，在左边窗格的树形目录中右击 Subnets，在弹出的快捷菜单中选择"新建子网"命令，如图 2-50 所示。

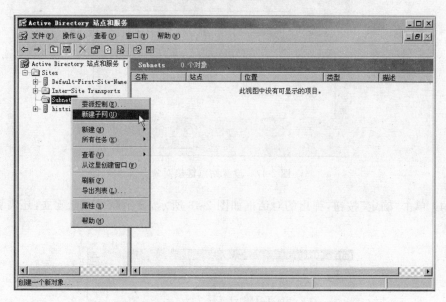

图 2-50 "新建子网"命令

（2）弹出"新建对象-子网"对话框，如图 2-51 所示。在"地址"文本框中输入子网地址，在"掩码"文本框中输入子网掩码，它描述包括在此子网中的地址范围。在"为此子网选择站点对象"下的列表框中单击将与该子网关联的站点。

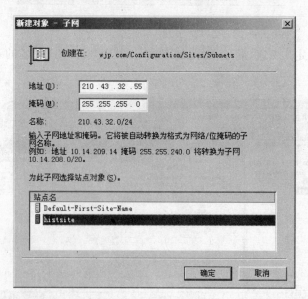

图 2-51 设置子网信息

（3）单击"确定"按钮，子网创建成功。在树形目录的 Subnets 文件夹中出现新建的
子网，如图 2-52 所示。

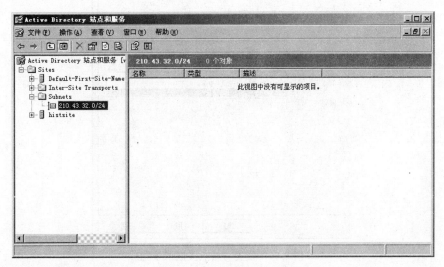

图 2-52　查看设置好的子网

3. 将子网与站点关联

（1）右击树形目录中要与站点关联的子网，然后从弹出的快捷菜单中选择"属性"命
令，如图 2-53 所示。

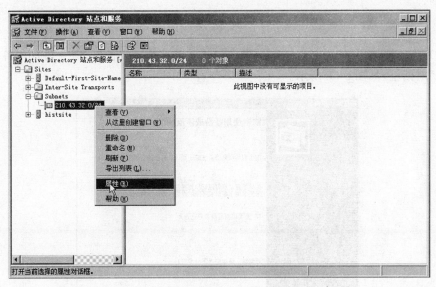

图 2-53　选择与站点关联的子网

（2）弹出所设置子网属性的对话框，从"站点"下拉列表框中选择要与该子网关联的
站点，在描述中可写出关联的描述文字，如图 2-54 所示，单击"确定"按钮完成关联。

图 2-54　设置与站点关联的子网

2.4　活动目录数据库的备份与恢复

实现活动目录的备份,是对活动目录安全性的一种保证。

2.4.1　备份 Active Directory 数据库

(1)选择"开始"→"所有程序"→"附件"→"系统工具"→"备份"命令,弹出"备份或还原向导"对话框,如图 2-55 所示。

图 2-55　"备份或还原向导"对话框

(2)单击"下一步"按钮,弹出"备份或还原"对话框。选中"备份文件和设置"单选按钮,如图 2-56 所示。

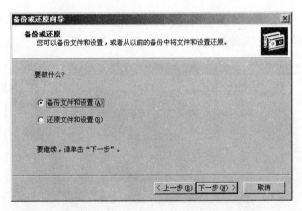

图 2-56　选中"备份文件和设置"单选按钮

（3）单击"下一步"按钮，弹出"要备份的内容"对话框。选中"让我选择要备份的内容"单选按钮，如图 2-57 所示。

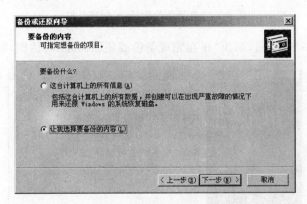

图 2-57　选择要备份的内容

（4）单击"下一步"按钮，弹出"要备份的项目"对话框。在左边窗格中展开"桌面"下的"我的电脑"文件夹，选中 System State 复选框，如图 2-58 所示。

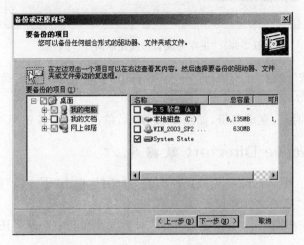

图 2-58　选中 System State 复选框

（5）单击"下一步"按钮，弹出"备份类型、目标和名称"对话框。在其中根据提示选择备份文件的存储路径，并设置备份文件的名称，如图 2-59 所示。

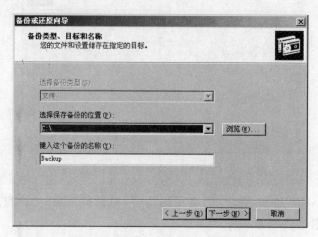

图 2-59　选择备份类型、目标和名称

（6）单击"下一步"按钮，弹出"正在完成备份或还原向导"对话框，如图 2-60 所示。

图 2-60　"正在完成备份或还原向导"对话框

（7）单击"完成"按钮，开始执行 Active Directory 数据库的备份操作，弹出如图 2-61 所示的"备份进度"对话框。

（8）经过一段时间，完成备份，如图 2-62 所示，单击"关闭"按钮即可。

2.4.2　还原 Active Directory 数据库

（1）打开备份工具，弹出"备份或还原向导"对话框，单击"下一步"按钮，弹出"备份或还原"对话框，选中"还原文件和设置"单选按钮，如图 2-63 所示。

（2）单击"下一步"按钮，弹出"还原项目"对话框。在其中选择要还原的备份文件，如图 2-64 所示。

图 2-61　"备份进度"对话框　　　　　　　图 2-62　完成备份

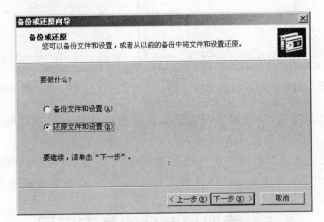

图 2-63　选中"还原文件和设置"单选按钮

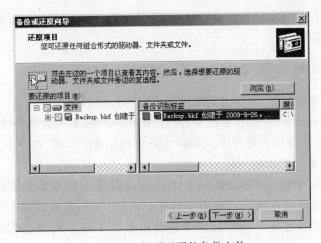

图 2-64　选择要还原的备份文件

（3）单击"下一步"按钮，弹出"还原项目"对话框。选择要恢复的 System State 选项，如图 2-65 所示。

（4）单击"下一步"按钮，弹出"正在完成备份或还原向导"对话框，单击"完成"按钮，系统弹出一个警告提示框，单击"确定"按钮，开始 Active Directory 数据库的还原操作，并显示还原进度，经过一段时间的还原操作后，系统会提示还原操作的结果，如图 2-66 所示。

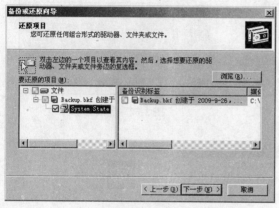

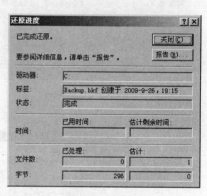

图 2-65　选择 System State 选项　　　　图 2-66　还原操作的结果

（5）单击"关闭"按钮，弹出提示是否需要重新启动计算机的对话框，单击"是"按钮，重新启动计算机。

注意：如果在还原 AD 数据库时忘记还原密码，可以在"运行"对话框中输入 Ntdsutil 命令。在弹出的对话框中设置目录还原模式的密码，成功后重新启动计算机即可。

2.5　管理控制台的基本应用

Microsoft 管理控制台（Microsoft Management Console，MMC）是用于管理应用程序的可扩展的通用服务。

2.5.1　管理控制台简介

Microsoft 管理控制台（MMC）是用于管理应用程序的可扩展的通用服务。MMC 包括在 Windows Server 2003 操作系统中，是为 Microsoft 和第三方软件供应商的管理单元提供一个通用的宿主环境。管理单元提供实际管理功能，MMC 本身不提供任何管理功能，它使各种管理单元集成在一起。

系统管理员和其他用户可以使用各个供应商创建的管理单元创建自定义管理工具。系统管理员可以保存他们创建的工具供日后使用，或者和其他系统管理员和用户共享。除了这些优点之外，MMC 还向管理员提供了为了任务委派而创建各种复杂工具的功能。

2.5.2　管理控制台应用

(1) 选择"开始"菜单中的"运行"命令,在弹出的对话框的"打开"文本框中输入 MMC,单击"确定"按钮,弹出"控制台"窗口,如图 2-67 所示。

(2) 选择"控制台"菜单中的"添加/删除管理单元"命令,弹出如图 2-68 所示的对话框。

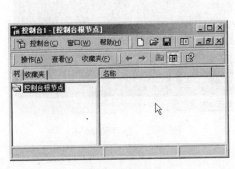

图 2-67　管理控制台

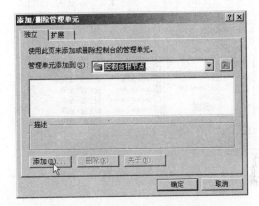

图 2-68　添加/删除管理单元前

(3) 单击对话框中的"添加"按钮,弹出如图 2-69 所示的"添加独立管理单元"对话框。

(4) 在弹出的对话框中有很多的独立管理单元,从中选择自己想要使用的管理单元,单击"添加"按钮,就可以添加。添加完自己想要使用的管理单元后,单击"关闭"按钮。返回到"添加/删除管理单元"对话框,这时的对话框已经不再是空的,所添加的管理单元都已经出现在该对话框中,如图 2-70 所示。

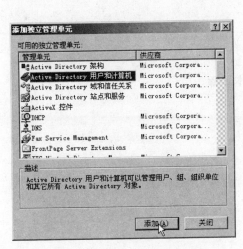

图 2-69　添加独立管理单元

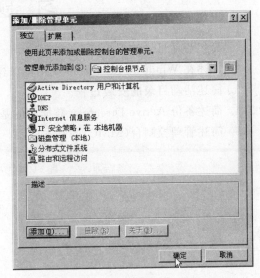

图 2-70　添加/删除管理单元后

（5）单击"确定"按钮，回到自己定制的 MMC，如图 2-71 所示。

（6）可以将自己定制好的 MMC 保存在桌面或其他地方，以后需要使用时，直接双击保存的 MMC 就可以了，如图 2-72 所示。

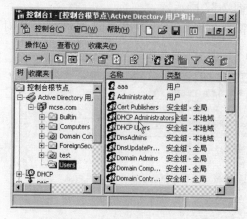

图 2-71　定制的 MMC

图 2-72　保存的 MMC

本 章 小 结

本章讲述 Windows Server 2003 的域与活动目录服务，主要的知识点包括活动目录的基本概念，活动目录的逻辑结构和物理结构，活动目录的安装与删除，活动目录的基本配置，活动目录数据库的备份和恢复，管理控制台的基本应用。学习完本章，应该重点掌握活动目录的安装和基本配置，活动数据库的备份和恢复。

习 题 2

1. 简述活动目录的基本概念和特点。
2. 简述在 Windows Server 2003 中可以建立的域之间信任关系类型及其特点。
3. 简述活动目录的安装过程。
4. 简述备份 Active Directory 数据库的基本步骤。
5. 简述管理控制台（MMC）的基本应用。

第 **3** 章

CHAPTER

Windows Server 2003 账户 和组的管理

本章知识要点：
➢ 本地账户管理；
➢ 本地组的管理；
➢ 域账户的管理；
➢ 域模式中组的管理；
➢ 用户配置文件的创建和使用。

3.1 本地账户管理

本地用户账户是指在本地计算机中建立的账户。

3.1.1 本地账户的创建

在 Windows Server 2003 中，管理员可以使用"本地用户和组"管理工具创建用户账户并为其设置访问权限。下面介绍本地用户账户的创建步骤。

（1）在桌面上右击"我的电脑"图标，在弹出的快捷菜单中选择"管理"命令，打开"计算机管理"窗口，如图 3-1 所示。

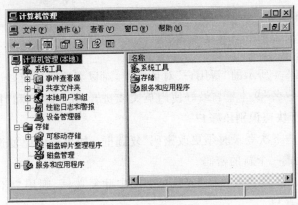

图 3-1 "计算机管理"窗口

（2）在树形目录中双击展开"本地用户和组"，选择"用户"，在右边的窗格中显示系统中已有用户账户的列表，如图 3-2 所示。

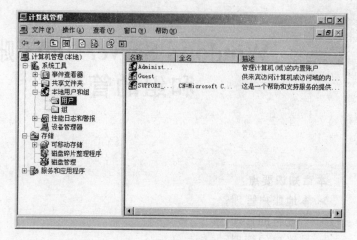

图 3-2 用户账户列表

（3）右击"用户"或在右边窗格的空白处右击，在弹出的快捷菜单中选择"新用户"命令，如图 3-3 所示。

（4）弹出"新用户"对话框，设置"用户名"和"密码"等参数，如图 3-4 所示。

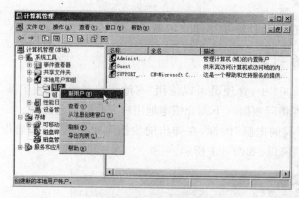

图 3-3 选择"新用户"

图 3-4 "新用户"对话框

在如图 3-4 所示的"新用户"对话框中，对以下选项作简要说明。

① "用户名"文本框：最好使用英文或拼音，在"全名"和"描述"中可以输入一些说明信息，有助于快速识别该账户。

② "用户下次登录时须更改密码"复选框：如果选中此复选框，则要求用户在下次登录时必须设置一个新的密码。

③ "用户不能更改密码"复选框：选中此复选框，则用户不能更改密码，通常用于设置一些公共账户。

④ "密码永不过期"复选框：默认情况下，用户密码的使用期限是 42 天，如果不希望定期更改密码，可以选中此复选框。

⑤ "账户已禁用"复选框：如果一个用户暂时（或永久）不使用这台计算机，可以将其账户暂时禁用。尽量不要删除账户，因为在创建用户账户时，系统会为每个用户账户分配一个 SID，这个 SID 称为"安全的标识符"，用于唯一标识一个对象。系统创建的每一个 SID 都不能重复。当删除了一个账户后，即使再重新建立一个同名的账户，因为 SID 不一样，系统也会认为这两个账户是不同的账户，这使新的用户账户不能正常访问原来的账户可以访问的资源。所以，对于不用的账户，尽可能选择禁用（停用）账户而不是删除账户。

(5) 单击"创建"按钮，在计算机管理控制台中将能够看到新创建的用户账户，如图 3-5 所示。

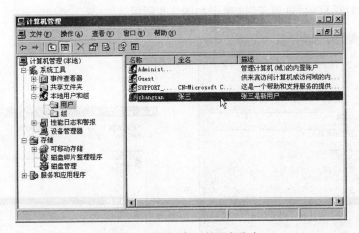

图 3-5　成功创建一个用户账户

3.1.2　本地账户属性设置

创建完本地账户后，下面介绍如何设置本地账户属性。

(1) 在计算机管理控制台的一个用户账户上右击，弹出如图 3-6 所示的快捷菜单。

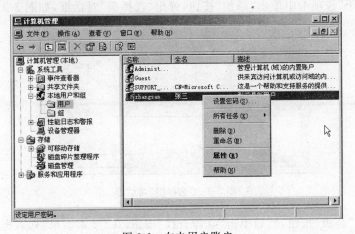

图 3-6　右击用户账户

（2）在快捷菜单中选择"设置密码"命令，可以更改当前用户账户的密码；选择"删除"或"重命名"命令可以删除当前用户账户或更改当前用户账户的名称；选择"属性"命令，将会弹出该账户的属性对话框，如图 3-7 所示。

下面对属性对话框的"常规"选项卡中的一些选项作简要说明。

①"全名"文本框：用于输入用户的全名。这里可以为用户设置一个中文名称，以方便识别。

②"描述"文本框：用于输入用户的描述信息，如部门、职位等，可以用中文。

③"账户已锁定"复选框：当用户输错一定次数的密码时账户会被锁定。用户账户被锁定后，用户将不能登录系统。使用管理员账户登录系统后取消该选项即可解除锁定。

（3）属性对话框的"隶属于"选项卡如图 3-8 所示。

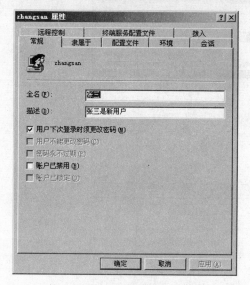

图 3-7　用户账户的属性对话框

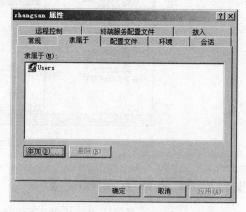

图 3-8　"隶属于"选项卡

在"隶属于"选项卡中单击"添加"按钮，弹出"选择组"对话框，如图 3-9 所示。

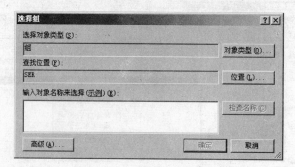

图 3-9　"选择组"对话框

（4）单击"高级"按钮，然后单击"立即查找"按钮，在"搜索结果"列表框中选择要添加的组，如图 3-10 所示，单击"确定"按钮，则使用户隶属于新添加的组。

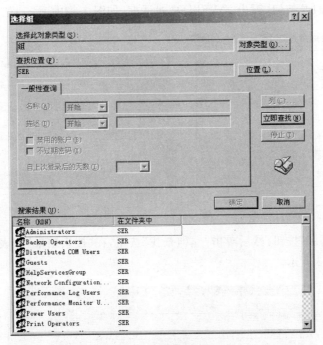

图 3-10　选择要添加的组

3.2　本地组的管理

组账户是具有相同权限的用户账户的集合。组账户可以对组内的所有用户赋予相同的权利和权限。在安装 Windows Server 2003 操作系统时会自动创建一些内置的组，即默认本地组。下面介绍 Windows Server 2003 中的默认本地组。

① Administrators 组：该组的成员对服务器有完全控制权限，可以为用户指派用户权利和访问控制权限。

② Guests 组：该组的成员拥有一个在登录时创建的临时配置文件。"来宾"账户（默认为禁用）也是 Guests 组的默认成员。

③ Power Users 组：该组的成员可以创建本地组并在已创建的本地组中添加或删除用户，还可以在 Users 组和 Guests 组中添加或删除用户。

④ Users 组：该组的成员可以运行应用程序、使用本地和网络打印机以及锁定服务器。但该组成员不能共享目录或创建本地打印机。

在 Windows Server 2003 系统中，管理员可以用以下几步创建组账户。

（1）在如图 3-2 所示的"计算机管理"窗口，右击"本地用户和组"中的"组"选项，在弹出的快捷菜单中选择"新建组"命令。

（2）在弹出的"新建组"对话框的"组名"文本框中输入组名（最好使用英文字符，以方便管理），在"描述"文本框中输入一些描述信息以便识别该组（描述信息可以使用中文），如图 3-11 所示。

（3）单击"添加"按钮，弹出"选择用户"对话框，如图 3-12 所示。

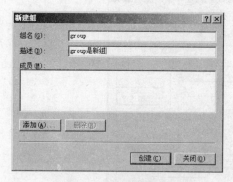

图 3-11 "新建组"对话框

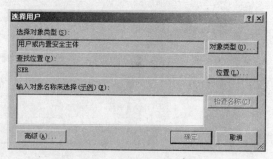

图 3-12 "选择用户"对话框

（4）单击"高级"按钮，然后单击"立即查找"按钮，在"搜索结果"列表框中选择一个用户账户，如图 3-13 所示。

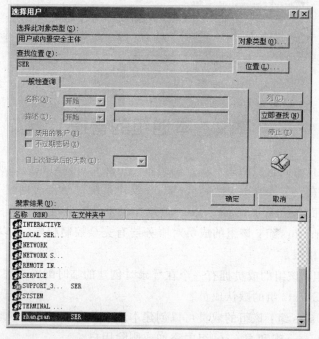

图 3-13 选择一个用户账户

注意：按住 Ctrl 键的同时依次单击要选择的用户，可以同时选择多个用户。

（5）单击"确定"按钮，选中的用户显示在"输入对象名称来选择"列表框中，如图 3-14 所示。

（6）单击"选择用户"对话框中的"确定"按钮，即可在组中添加选择的用户，如图 3-15 所示。

注意：可以向本地组添加本地用户账户、域用户账户、计算机账户以及组账户，但不能向域组账户添加本地用户账户和本地组账户。

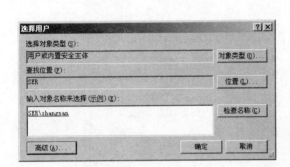

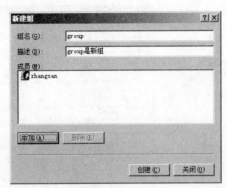

图 3-14　显示选择的用户账户　　　　　　图 3-15　在组中添加选中的用户

3.3　域账户的管理

　　域用户账户是使用网域用户账户注册的用户。它必须在域控制器上建立,并且作为活动目录的一个对象保存在域的活动目录数据库中。域用户账户信息被复制到其他网域控制器中,因此它可以使用网域上的资源。

　　域用户账户保存在 Active Directory(活动目录)数据库中,该数据库位于在域控制器上的\％systemroot％\NTDS 文件夹下。为了保证账户在域中的唯一性,每一个账户都被 Windows Server 2003 签订一个唯一的安全识别符(Security Identifier,SID)。SID 将成为一个账户的属性,不随账户的修改、更名而改动,即便重新创建一个一模一样的账户,其 SID 也不会和原有的一样,对于 Windows Server 2003 而言,这就是两个不同的账户。在 Windows Server 2003 中系统实际上是利用 SID 来对应用户权限的,因此只要 SID 不同,新建的账户就不会继承原有账户的权限与组的隶属关系。

3.3.1　创建域用户

　　创建域用户账户一般是在域控制器中进行的,包括以下几步。

　　(1) 选择"开始"→"控制面板"→"管理工具"→"Active Directory 用户和计算机"命令,打开"Active Directory 用户和计算机"窗口。在该窗口左边的列表框中展开本机中新创建的 Active Directory(这里是 wjphist.com),右击 User,在弹出的快捷菜单中选择"新建"→User 命令,如图 3-16 所示。

　　注意:也可在启动 Windows Server 2003 操作系统时,在弹出的"管理您的服务器"对话框中单击"管理 Active Directory 中的用户和计算机"按钮,打开"Active Directory 用户和计算机"窗口。

　　(2) 选择"新建"→User 命令后,弹出"新建对象-User"对话框。在该对话框中输入姓名和登录名等相关信息,如图 3-17 所示。

　　(3) 输入完成后,单击"下一步"按钮,弹出安全设置对话框,在此进行密码设置等,如图 3-18 所示。

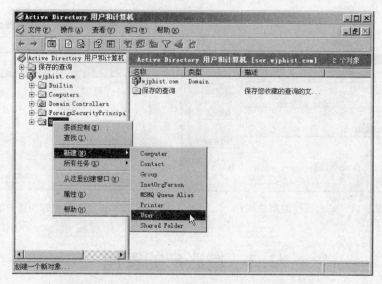

图 3-16　"Active Directory 用户和计算机"窗口

图 3-17　"新建对象-User"对话框

图 3-18　进行安全设置

（4）需要注意的是，为了域用户账户的安全，在给每个用户设置初始化密码后，最好选中"用户下次登录时须更改密码"复选框，以便用户在第一次登录时更改自己的密码。在服务器提升为域控制器后，Windows Server 2003 对域用户的密码复杂性要求比较高，如果不符合要求，就会提示用户无法创建，如图 3-19 所示。

图 3-19　提示密码不符合要求

（5）符合域控制器安全性密码设置条件设置完成后，单击"下一步"按钮，弹出如图 3-20 所示的对话框。单击"完成"按钮，即完成对域用户的创建。

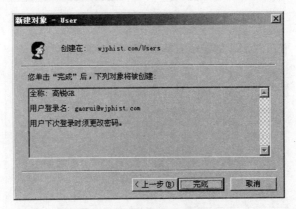

图 3-20　完成域用户的创建

3.3.2　设置域用户属性

域账户的属性设置相对本地用户的属性来说要复杂得多。下面以前面新创建的账户为例，讲解如何设置域账户属性。

（1）在"Active Directory 用户和计算机"窗口中，展开 User，在右侧窗格中右击"高锐GR"，在弹出的快捷菜单中选择"属性"命令，弹出"高锐 GR 属性"对话框，如图 3-21 所示。在"高锐 GR 属性"对话框中，可以看见有"常规"、"地址"、"账户"、"配置文件"、"电话"等多个选项卡。

（2）在"常规"选项卡中，可以修改姓、名、显示名称等信息。在如图 3-22 所示的"账户"选项卡中，可以设置登录名、账户策略等信息。在"账户"选项卡中，可以控制用户的登录时间和只能登录哪些服务器或计算机。

（3）单击"登录时间"按钮，可在如图 3-23 所示的对话框中设置登录时间（图中横轴每个方块代表一小时，纵轴每个方块代表一天，蓝色方块表示允许用户使用的时间，空白方块表示该时间不允许用户使用，默认为在所有时间均允许用户使用）。

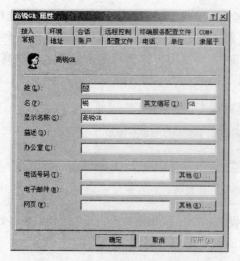

图 3-21　"高锐 GR 属性"对话框

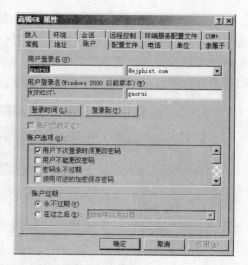

图 3-22　"账户"选项卡

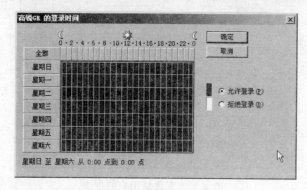

图 3-23　设置登录时间

（4）在"账户"选项卡中，通过单击"登录到"按钮，可在弹出的对话框中控制用户只能登录哪些服务器或计算机，如图 3-24 所示。

（5）在如图 3-25 所示的"隶属于"选项卡中，单击"添加"按钮，可以将该用户添加到组。

图 3-24　可以登录哪些服务器或计算机

图 3-25　"隶属于"选项卡

3.3.3　设置委派控制

创建委派用户后，需要设置委派控制，操作步骤有以下几步。

（1）打开"Active Directory 用户和计算机"窗口，右击 wjp.com，选择快捷菜单中的"委派控制"命令，弹出"控制委派向导"对话框，如图 3-26 所示。

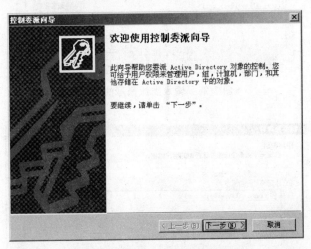

图 3-26　"控制委派向导"对话框

（2）单击"下一步"按钮，弹出"用户和组"对话框，如图 3-27 所示。

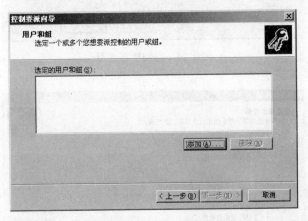

图 3-27　"用户和组"对话框

（3）单击"添加"按钮，弹出"选择用户、计算机或组"对话框。在其中输入委派账号的名称，如图 3-28 所示。

（4）单击"确定"按钮，返回"用户和组"对话框。这时已添加委派账号，如图 3-29 所示。

（5）单击"下一步"按钮，弹出"要委派的任务"对话框。在其中选中"将计算机加入到域"复选框，如图 3-30 所示。

（6）单击"下一步"按钮，完成控制委派向导，如图 3-31 所示。

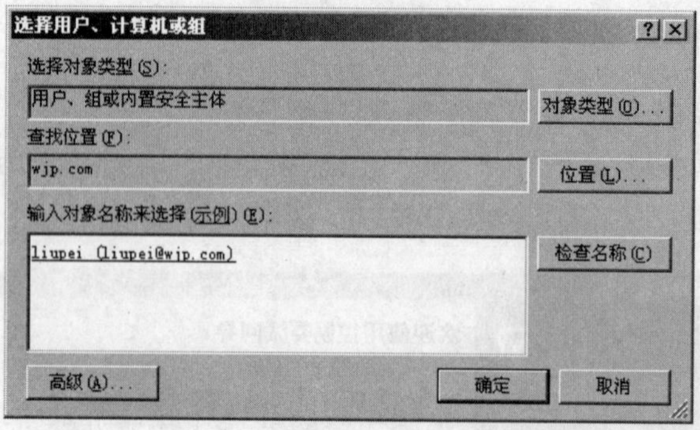

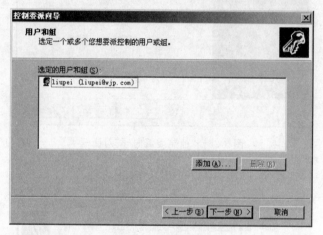

图 3-28　输入委派账号的名称

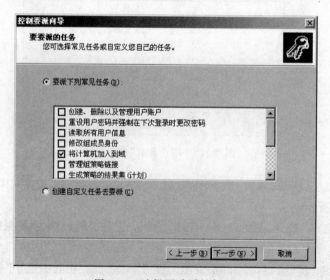

图 3-29　添加委派账号

图 3-30　选择要委派的任务

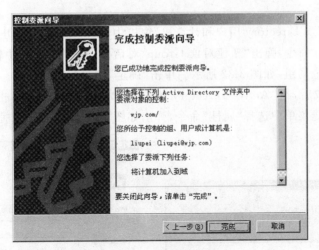

图 3-31　完成控制委派

3.4　域模式中组的管理

通常情况下,管理员不会为每个用户分别配置权限,而是将权限分配给组,当某个用户被添加到某个组中时,这个用户将拥有分配给该组的所有权限。很显然,这样可以极大地提高管理员的工作效率。

1. 域模式中的组的类型

在域模式中,Active Directory 中的组可以分为两种类型。

(1) 安全组:属于 Windows Server 2003 的安全主体,一般用于定义与安全性有关的功能。使用安全组可以定义资源和对象的访问权限,控制和管理用户和计算机对 Active Directory 对象及其属性、文件、目录和打印机等资源的访问,安全组中的成员会自动继承其所属安全组的所有权限。

(2) 通信组:通信组一般用于组织用户。使用通信组可以向一组用户发送电子邮件,由于它不能用于与安全有关的功能,因此只有在电子邮件应用程序中才会用通信组。

2. 组的作用域

Active Directory 中的组的作用域可以分为本地域、全局和通用三种。它们的区别在于它们可以包含的用户和指派权限的位置不同。

(1) 本地域组的成员可以包括 Windows 2000、Windows NT 或 Windows Server 2003 域中的其他组和账户,而且只能在域中指派权限。

(2) 全局组中的成员可以包括只在其中定义该组的域中的其他组和账户,而且可以在林中的任意域中指派权限。

(3) 通用组的成员可以包括域树或林中任意域中的其他组和账户,而且可以在该域树或林中的任意域中指派权限。

3. 创建域组

(1) 在"Active Directory 用户和计算机"窗口中,右击 User,在弹出的快捷菜单中选择"新建"→Group 命令,弹出"新建对象-Group"对话框。在该对话框中输入用户信息,并设置组作用域为全局组,如图 3-32 所示。单击"确定"按钮即完成创建。

(2) 创建完成后,在"Active Directory 用户和计算机"窗口中,右击刚创建的"计科系",在弹出的快捷菜单中选择"属性"命令,弹出如图 3-33 所示的对话框。

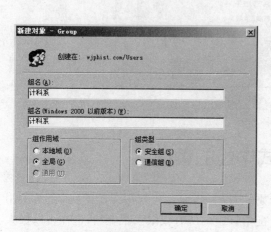

图 3-32 "新建对象-Group"对话框

图 3-33 "计科系属性"对话框

(3) 打开"成员"选项卡,如图 3-34 所示。

(4) 单击"添加"按钮,在弹出的如图 3-35 所示的"选择用户、联系人或计算机"对话框中输入用户名称(如果需要添加多个用户,则用户之间用分号隔开),然后单击"确定"按钮,用户就添加到全局组中了。

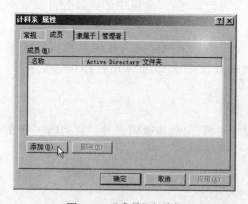

图 3-34 "成员"选项卡

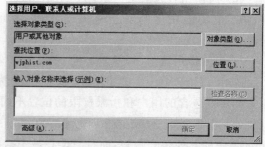

图 3-35 "选择用户、联系人或计算机"对话框(1)

(5) 如果忘记需要添加的用户名称,可以单击"高级"按钮,在对话框中再单击"立即查找"按钮,如图 3-36 所示。计算机将域中所有的用户、联系人或计算机都显示在对话框中,从中选择需要添加的用户,单击"确定"按钮即可。

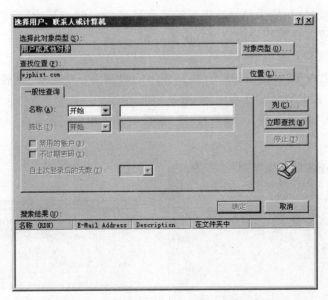

图 3-36　"选择用户、联系人或计算机"对话框(2)

3.5　用户配置文件的创建和使用

本节主要讲述用户配置文件的创建和使用。

3.5.1　用户配置文件的类型

用户第一次登录到某台计算机上时,Windows Server 2003 即为该用户创建一个用户配置文件。该文件保存在 C:\Documents and Settings\User name 文件夹中,其中 User name 为该用户的用户名。用户在登录的计算机上对工作环境所进行的修改将被保存到该文件夹下的配置文件中,并在下次进入到系统时应用修改后的配置。用户配置文件包括多种类型,分别用于不同的工作环境。

1. 默认的用户配置文件

默认的用户配置文件用于生成一个新用户的工作环境,所有对用户配置文件的修改都是在默认用户配置文件上进行的。默认的用户配置文件在所有基于 Windows Server 2003 的计算机上都存在,该文件保存在 C:\Documents and Settings\Default User 隐藏文件夹中。当用户第一次登录到计算机上的时候其用户配置文件的内容就是由 Default User 文件夹中的内容和 All Users 文件夹中的内容组成的。

1) 本地用户配置文件

当某个用户第一次登录到一台计算机上时所创建的用户配置文件就是本地用户配置文件。一台计算机上可以有多个本地用户配置文件,分别对应于每一个曾经登录过该计算机的用户。域用户配置文件夹的名字,其形式为"用户名.域名",而本地用户的配置文件的名字直接就是以用户命名。用户配置文件不能直接被编辑,要想修改配置文件的内容需要以该用户登录,然后手动修改用户的工作环境如桌面、"开始"菜单等,系统会自动地将修改后的配置保存到用户配置文件中去。

下面介绍如何查看目前的计算机上的本地用户配置文件。

(1) 在桌面上右击"我的电脑"图标,在弹出的快捷菜单中选择"属性"命令,弹出"系统属性"对话框。打开"高级"选项卡,如图 3-37 所示。

(2) 单击"用户配置文件"区域的"设置"按钮,弹出"用户配置文件"对话框,如图 3-38 所示。

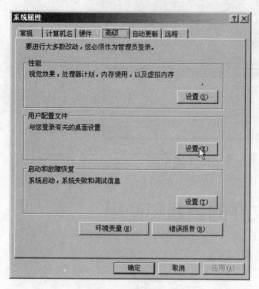

图 3-37 "高级"选项卡

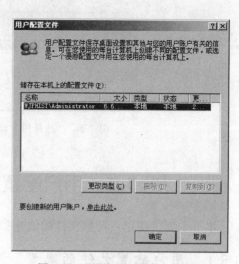

图 3-38 "用户配置文件"对话框

2) 漫游用户配置文件

当一个用户需要经常在其他计算机上登录,并且每次都希望使用相同的工作环境时就需要使用漫游用户配置文件。该配置文件被保存在网络中的某台服务器上,并且当用户更改了其工作环境后,新的设置也将自动保存到服务器上的配置文件中,以保证其在任何地点登录都能使用相同的新的工作环境。所有的域用户账户默认使用的是该类型的用户配置文件。该文件是在用户第一次登录时由系统自动创建的。

2. 强制性用户配置文件

强制性用户配置文件不保存用户对工作环境的修改,当用户更改了工作环境参数之后退出再重新登录时,工作环境又恢复到强制用户配置文件中所设定的状态。当需要一个统一的工作环境时该文件就十分有用。该文件由管理员控制,可以是本地的也可以是漫游的用户配置文件,通常将强制性用户配置文件保存在某台服务器上,这样不管用户从哪台计算机上登录都将得到一个相同且不能更改的工作环境。因此强制性用户配置文件有时候也被称为强制性漫游用户配置文件。

3.5.2 设置漫游用户配置文件

要创建漫游用户配置文件,管理员首先要在网络上的一台服务器上共享一个文件夹,用于存放漫游用户配置文件。下面详细介绍如何为域用户高锐 GR 创建一个漫游用户配置文件，使该用户在域中的任何一台计算机登录时，都可以使用相同的工作环境。

（1）以管理员的身份登录到要保存漫游用户配置文件的服务器上，此例要在计算机名为 Ser1 的服务器上创建一个文件夹，文件夹名为 gaorui。

（2）在该文件夹上右击，在弹出的快捷菜单中选择"共享和安全"命令，然后在弹出的"gaorui 属性"对话框中打开"共享"选项卡。

（3）选中"共享该文件夹"单选按钮，在"共享名"文本框中输入文件夹的共享名，这里采用默认的共享名即文件夹的名称，如图 3-39 所示。单击"确定"按钮，关闭"gaorui 属性"对话框，这时 gaorui 文件夹即成为共享文件夹。

（4）以管理员的身份登录到域控制器上。打开"Active Directory 用户和计算机"窗口，展开要配置的用户所属的域 wjphist.com，找到要配置的用户高锐 GR。

（5）右击高锐 GR，在弹出的快捷菜单中选择"属性"命令，弹出"高锐 GR 属性"对话框，打开"配置文件"选项卡，如图 3-40 所示。

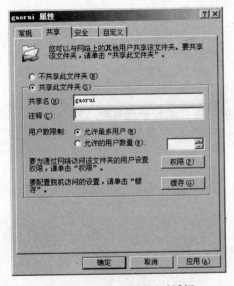 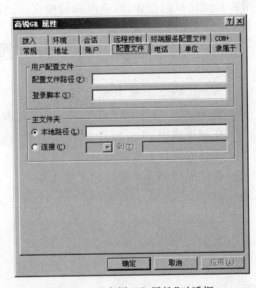

图 3-39　"gaorui 属性"对话框　　　　图 3-40　"高锐 GR 属性"对话框

（6）在"配置文件路径"文本框中输入配置文件放置的路径，路径的形式为\\Server_name\Shared_folder_name\％User_name％，其中，％user_name％为一个变量，系统会按照用户的登录名自动创建该文件夹。单击"确定"按钮结束操作。

当高锐 GR 用户在网络中登录时，系统会自动在服务器（Ser1）上保存漫游用户配置文件的共享文件夹（gaorui）中创建一个与用户登录名同名的文件夹来保存用户配置文件，并且以后用户对工作环境所做的一切修改都将被保存到该文件夹中。

3.5.3　设置强制性漫游用户配置文件

为了将漫游用户文件改成强制性的，只需要在保存漫游用户配置文件的共享文件夹下将 ntuser.dat 文件更名为 ntuser.man 即可。ntuser.dat 文件包括应用于个人用户账号的 Windows Server 2003 系统注册表设置和用户环境设置(桌面显示)。用.man 扩展名命名后,该文件成为只读文件,这样可以防止 Windows Server 2003 在用户注销时将更改写入配置文件。

需要注意的是,在保存用户配置的共享文件下 ntuser.dat 文件是隐藏的,让它显示的操作为在桌面上双击"我的电脑"图标,在打开的"我的电脑"窗口中选择"工具"→"文件夹选项"命令,在弹出的"文件夹选项"对话框中打开"查看"选项卡,在"高级设置"列表框中选中"显示所有文件和文件夹"单选按钮。

本 章 小 结

本章主要介绍 Windows Server 2003 账户和组的管理。主要的知识点包括本地账户和本地组的创建及管理,域用户账户的创建和管理,域模式中的组的类型,组的作用域和如何创建及管理域组,用户配置文件的创建和使用方法等。学习完本章,应该重点掌握本地用户和域用户的创建,本地组和域模式中的组的管理。

习 题 3

1. Windows Server 2003 提供了哪几种不同种类的用户账户?
2. 在 Windows Server 2003 中,可以对本地用户账户进行哪些管理工作?
3. 在域模式中,Active Directory 中的组可以分为哪几种类型?
4. 简述如何设置委派控制。
5. 简述如何创建漫游用户配置文件。

CHAPTER

第 4 章 Windows Server 2003 文件服务

本章知识要点：

➤ 常见文件系统；

➤ NTFS 文件系统的权限类型及其属性；

➤ NTFS 文件系统的权限设置；

➤ NTFS 文件系统的数据压缩；

➤ 分布式文件系统的基本概念及其特点；

➤ DFS 的配置和管理；

➤ Windows Server 2003 文件服务器。

4.1 文件系统概述

文件系统是指文件命名、存储和组织的总体结构。在安装系统、格式化现有分区或安装新的硬盘时，首先要进行文件系统的选择。Windows Server 2003 支持三类文件系统：FAT16、FAT32 和 NTFS。

4.1.1 FAT 文件系统

文件分配表 FAT(File Allocation Table)是一种适合小卷集与双重引导需要的文件系统。FAT 的两个备份存储在卷中，一旦一个备份损坏，就可以使用另一个。采用 FAT 文件系统格式化的卷以簇的形式进行分配。默认的簇的大小由卷的大小决定。FAT16 支持卷最大只有 4GB，而 FAT32 可使卷最大可达到 2TB。从安全和管理的观点来看，FAT 文件系统有以下几个缺点。

（1）易受损害：由于 FAT 文件系统缺少错误恢复技术，因此每当 FAT 文件系统损坏时计算机可能会死机，甚至不正常关机。

（2）单用户：FAT 文件系统是为类似于 MS-DOS 这样的单用户操作系统开发的，它不保存文件的权限信息。因此，除了隐藏、只读等少数几个公共属性之外，无法实施任何安全防护措施。

（3）没有防止碎片的最佳措施：在需要时，FAT 文件系统只是简单地以第一个可用扇区为基础来分配空间，这会增加碎片，因而也就增加了添加与删除文件的访问时间。

（4）非最佳更新策略：FAT 文件系统在磁盘的第一个扇区保存其目录信息。当文件改变时，FAT 必须随之更新，这样磁盘驱动器就要不断地在磁盘分区表进行寻找。

4.1.2 NTFS 文件系统概述

Microsoft 公司从 Windows NT 开始推出了 NTFS(New Technology File System) 文件系统。

1. NTFS 文件系统的特点

Windows Server 2003 的 NTFS 文件系统支持以下一些特性。

（1）活动目录：使网络管理员和网络用户可以方便灵活地查看和控制网络资源。

（2）域：它是活动目录的一部分，帮助网络管理员能够兼顾管理的简单性和网络的安全性。

（3）文件加密：能够大大提高信息的安全性。Windows Server 2003 使用加密文件系统(Encrypting File System，EFS)将数据存储在加密表当中，它在当存储介质从使用 Windows Server 2003 的系统中移走时提供安全机制。

（4）改动日志：提供了对卷中文件所做改动的持续的记录。对每个卷，NTFS 使用改动日志以跟踪有关添加、删除和改动文件的信息。

（5）磁盘配额：是 NTFS 的新特性，可以提供对基于网络存储器的更简洁的控制。通过磁盘配额，管理员可以管理和控制每个用户所能使用的最大磁盘空间。

（6）良好的扩展性：NTFS 中最大驱动器的尺寸远远大于 FAT 格式的，而且，NTFS 的性能和存储效率并不像 FAT 那样随着驱动器尺寸的增大而降低。这一点对于日益增大的硬盘容量来讲，优势非常明显。

2. NTFS 文件权限类型

NTFS 文件权限是应用在文件上的 NTFS 权限，用来控制用户对文件的访问。

（1）读取：允许用户读取文件，查看文件的只读、隐藏、存档等属性，查看文件的所有者及权限。

（2）写入：允许用户改写文件，改变文件的属性，查看文件的所有者及权限。

（3）读取及执行：允许用户运行应用程序和执行读取权限操作。

（4）修改：允许用户修改文件，执行写入、读取及执行权限。

（5）完全控制：允许用户修改文件 NTFS 权限并获得文件所有权，允许用户执行修改权限。

3. NTFS 文件夹权限类型

NTFS 文件夹权限用来控制用户对文件夹和该文件夹中文件的访问。默认情况下，该文件夹中的文件继承该文件夹的 NTFS 权限，所以通过对文件夹的权限设置就可以赋予该文件夹中的文件以权限。

（1）读取：允许用户查看文件夹中的文件，查看文件夹的属性、所有者及其权限。

（2）写入：允许用户在文件夹中创建新文件，改变文件夹的属性，查看文件夹的所有者及权限。

（3）列出文件夹内容：允许用户查看文件夹中的文件。

（4）读取及执行：允许用户将文件夹移动到其他文件夹中。

（5）修改：允许用户对文件夹有写入、读取及执行权限，并允许删除文件夹。

（6）完全控制：允许用户执行所有权限，包括修改文件夹 NTFS 权限并获得文件夹所有权、删除文件的 NTFS 权限。

4.1.3　NTFS 权限属性

在默认的情况下，大多数的文件夹和文件对所有用户都是完全控制的，但这不能满足不同网络的权限设置需求，所以还需要根据应用的需求进行重新设置。

要正确有效地设置好系统文件或文件夹的访问权限，必须注意 NTFS 文件夹和文件权限具有的以下属性。

1. 继承性

权限的继承性，就是下级文件夹的权限设置在未重设之前，是继承其上一级文件的权限设置的。例如，如果一个用户对某一文件夹具有写入的权限，那这个用户对这个文件夹的下级文件夹同样具有写入的权限，除非打断这种继承关系，重新设置。但要注意的是，这仅是对静态的文件权限来讲，对于文件或文件夹的移动或复制，其权限的继承性依照以下原则进行。

（1）在同一 NTFS 分区间复制或移动。在同一 NTFS 分区间复制到不同文件夹时，它的访问权限和原文件或文件夹的访问权限不一样。但在同一 NTFS 分区间移动一个文件或文件夹时，其访问权限保持不变，继承原先未移动时的访问的权限。

（2）在不同 NTFS 分区间复制或移动。在不同 NTFS 分区间复制文件或文件夹，其访问权限会随之改变，复制的文件不是继承原权限，而是继承目标（新）文件夹的访问权限。同样如果是在不同 NTFS 分区间移动文件或文件夹，则访问权限随着移动而改变，也继承移动后所在文件夹的权限。

（3）从 NTFS 分区复制或移动到 FAT 格式分区。因为 FAT 格式的文件或文件夹根本没有权限设置项，所以原来文件或文件夹也就不再有访问权限配置了。

2. 累加性

NTFS 文件或文件夹的权限的累加性，具体表现在以下几个方面。

用户对某文件的有效权限是分配给该用户和该用户所在的组的 NTFS 权限的总和。例如，用户 User A 同时属于组 Group A 和 Group B，而 Group A 对某一文件或文件夹的访问权限为只读，而 Group B 对这一文件或文件夹的访问权限为完全控制，则用户 User A 对该文件或文件夹的访问权限为两个组权限累加所得，即只读＋完全控制＝完全控制。

3. 权限的优先性

如果既对某文件设置了 NTFS 权限，又对该文件所在的文件夹设置了 NTFS 权限，文件的权限就高于所在文件夹的权限。例如，用户 User A 对文件夹 C:\Folder A 有读取权限，但又对文件 C:\Folder A\Test.exe 有修改权限，则该用户最后的有效权限是修改。

4. 访问权限和共享权限的交叉性

当同一文件夹在为某一用户设置了共享权限的同时，又为用户设置了该文件夹的访问权限，且所设权限不一致时，它的取舍原则是取两个权限的交集。如文件夹 Folder A 为用户 User A 设置的共享权限为只读，同时文件夹 Folder A 为用户 User A 设置的访问权限为完全控制，那么用户 User A 的最终访问权限为只读。

注意：这个文件夹只能是在 NTFS 文件格式的分区中，若是 FAT 格式的分区中也就不存在访问权限了，因为 FAT 文件格式的文件夹没有本地访问权限的设置。

4.2 NTFS 的基本设置

NTFS 的基本设置包括权限的设置、NTFS 文件系统的数据压缩等。

4.2.1 NTFS 权限设置

NTFS 的权限设置包括文件夹的权限设置和文件的权限设置。

1. 文件夹的设置权限

对于指定的文件夹，只有其所有者、管理员和有完全控制权限的用户才可以设置其 NTFS 权限。下面将介绍如何将文件夹的权限赋予其他用户，例如，要设置 User 组的用户"高锐"对 C:\Folder A 文件夹有修改的权限，其步骤有以下几步。

（1）打开 C 盘，右击 Folder A，在弹出的快捷菜单中选择"属性"命令，弹出"Folder A 属性"对话框，打开"安全"选项卡，如图 4-1 所示。

（2）单击"添加"按钮，弹出"选择用户、计算机或组"对话框，在"输入对象名称来选择"文本框中输入"高锐"，如图 4-2 所示。

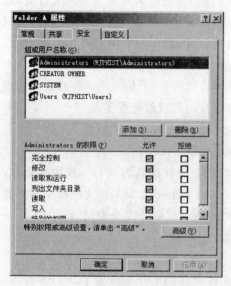

图 4-1 "安全"选项卡

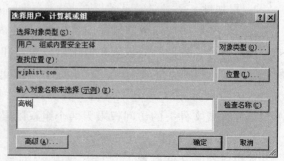

图 4-2 "选择用户、计算机或组"对话框

（3）单击"确定"按钮，弹出如图 4-3 所示的对话框。在该对话框下面的列表中设置用户"高锐"的"修改"权限为"允许"，完成后单击"确定"按钮即可。

2．文件的权限设置

对于指定的文件，只有其所有者、管理员和有完全控制权限的用户才可以设置其 NTFS 权限。例如，要设置 User 组的用户"高锐"对 C:\Folder A\Test.exe 文件有写入的权限，有以下几个步骤。

（1）右击 Test.exe 文件，在弹出的快捷菜单中选择"属性"命令，在弹出的对话框中打开"安全"选项卡，如图 4-4 所示。

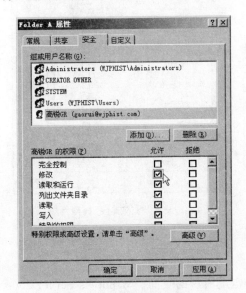

图 4-3　设置用户的权限

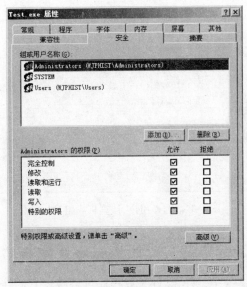

图 4-4　"安全"对话框

（2）单击"高级"按钮，弹出"Test.exe 的高级安全设置"对话框，如图 4-5 所示。

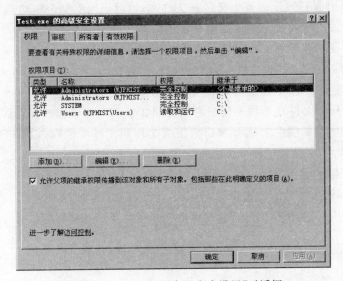

图 4-5　"Test.exe 的高级安全设置"对话框

（3）在如图4-5所示的对话框中单击"添加"按钮，弹出"选择用户、计算机或组"对话框。在"输入要选择的对象名称"文本框中输入"高锐"，如图4-6所示。

（4）单击"确定"按钮，弹出"Test.exe 的权限项目"对话框，设置"写入属性"权限为"允许"，如图4-7所示，单击"确定"按钮完成设置。

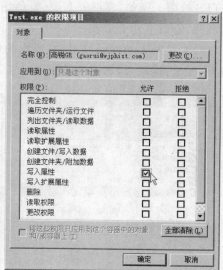

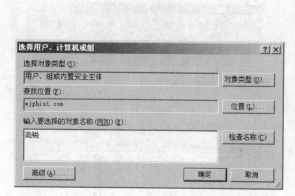

图4-6　"选择用户、计算机或组"对话框　　　　图4-7　设置"写入属性"权限为"允许"

4.2.2　NTFS 文件系统的数据压缩

压缩文件、文件夹或程序可以减少它们在磁盘上所占的空间。Windows Server 2003有两种文件压缩方式：NTFS压缩和使用压缩软件压缩。

只有在NTFS文件系统中才能进行NTFS压缩，NTFS压缩有以下特点。

（1）可以利用NTFS压缩各个文件和文件夹，也可以压缩整个驱动器。

（2）可以压缩一个文件夹而不压缩其中的内容。

（3）可以不进行解压缩而直接使用NTFS压缩文件。

（4）当使用NTFS压缩文件时会降低性能。打开压缩文件时Windows会自动解压缩，而关闭时又重新压缩，这个过程可能会降低计算机性能。

（5）NTFS压缩文件和文件夹仅当它们存储在NTFS驱动器时才会保持压缩状态。

（6）可以使用不同颜色来显示NTFS压缩文件和文件夹名称，以利于区分它们。默认情况下，压缩后的文件夹名称及该文件夹信息用蓝色字体显示。

1. NTFS压缩的设置

下面介绍NTFS压缩的设置步骤。

（1）右击要压缩的磁盘或文件夹，在弹出的快捷菜单中选择"属性"命令，弹出如图4-8所示的对话框。

（2）在"常规"选项卡中单击"高级"按钮，弹出"高级属性"对话框。选中"压缩内容以便节省磁盘空间"复选框，如图4-9所示。

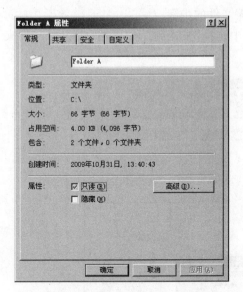

图 4-8 "Folder A 属性"对话框

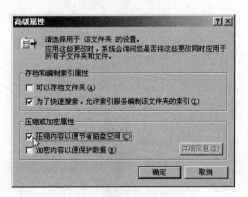

图 4-9 "高级属性"对话框

（3）单击"确定"按钮，返回到"Folder A 属性"对话框。再单击"确定"按钮，弹出"确认属性更改"对话框，如图 4-10 所示。如果要压缩整个文件夹，则应选中"将更改应用于该文件夹、子文件夹和文件"单选按钮；如果仅要压缩该文件夹，则选中"仅将更改应用于该文件夹"单选按钮。

（4）设置完成后依次单击"确定"按钮，开始执行文件夹压缩过程，如图 4-11 所示。

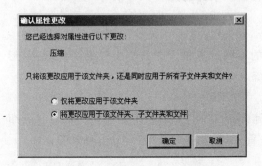

图 4-10 "确认属性更改"对话框

图 4-11 NTFS 压缩过程

需要说明的是，如果在文件夹属性对话框中没有出现"高级"按钮，说明所选的文件或文件夹不在 NTFS 驱动器上。

2. 使用 ZIP 压缩文件夹

由于 NTFS 压缩只能应用在 NTFS 卷上，而用压缩文件夹进行文件压缩还可以应用在 FAT 卷上。压缩文件夹的特性有以下几个。

（1）可在 FAT16、FAT32 分区上保持其压缩特性。

（2）可直接读取和运行压缩文件夹中的压缩文件，系统会自动解压。

（3）压缩文件可以被移动和复制到其他分区中。

（4）可以设置密码，保护压缩文件夹中的文件。

下面以 C:\Folder A 为例，来讲解建立压缩文件的步骤。

右击 Folder A 文件夹，从弹出的快捷菜单中选择"发送到"→"压缩（zipped）文件夹"命令即可，如图 4-12 所示。

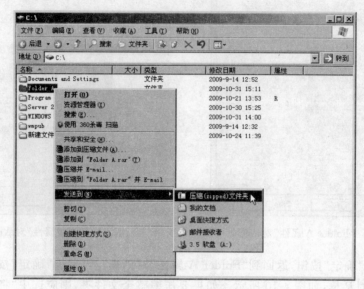

图 4-12　使用 ZIP 压缩文件夹

4.3　分布式文件系统

分布式文件系统（Distributed File System，DFS）为文件系统提供了单个访问点和一个逻辑树结构，通过 DFS，可以将同一网络中的不同计算机上的共享文件夹组织起来，形成一个单独的、逻辑的、层次式的共享文件系统。

1. 基本概念

可以按下面两种方式中的任何一种来实施分布式文件系统：作为独立的根目录分布式文件系统，或者作为域的分布式文件系统。首先，需要明白几个与 DFS 有关的术语。

1）DFS 名称空间

DFS 名称空间是由根和许多链接，以及目标组成的名称空间。该名称空间以映射到一个或多个根目标的根开始，根的下方是映射到其目标的链接。DFS 名称空间为用户提供分布式网络共享的逻辑视图。

2）独立的根目录

独立的根目录是一种 DFS 名称空间，其配置信息（也称为拓扑信息）存储在主服务器上。访问根或链接的路径以主服务器名开始。独立的根目录只有一个根目标，没有根级别的容错。因此，当根目标不可用时，整个 DFS 名称空间都不可访问。

3）DFS 根目录

DFS 根目录是 DFS 名称空间的起始点，通常用于表示整个名称空间。根目录映射到一个或多个根目标，每个根目标对应于服务器上的一个共享文件夹。DFS 根目录必须是运行 Windows Server 2000 或 Windows Server 2003 系统。

4）域 DFS

域 DFS 是 DFS 的一种实现方式。在这种实现中,DFS 拓扑信息被存储在 Active Directory 里。因为该信息对域中多个域控制器都可用,所以域 DFS 为域中的所有分布式文件系统都提供了容错。

5）DFS 链接

DFS 链接是 DFS 名称空间中的一个元素,位于根下面,并映射到一个或多个目标,每个根对应一个共享文件夹或另一个 DFS 根目录。

在根目录下,可以存在许多不同的链接,这些链接也被称为根目录下的映射目标。根目标可以没有 DFS 链接。

6）根目标

根目标是 DFS 根目录的映射目标,与服务器上的某个共享文件夹相对应。它是为了确保在 DFS 根目录出现故障时,整个 DFS 系统仍然有效。当然也可以不添加根目标。根目标必须是运行 Windows Server 2000 或 Windows Server 2003 系统。

2. 分布式文件系统的特性

DFS 的基本特征有以下几个。

1）容易访问文件

（1）分布式文件系统使用户可以更容易地访问文件。即使文件可能在物理上分布于多个服务器上,用户也只需转到网络上的一个位置即可访问文件。

（2）当更改目标的物理位置时,不会影响用户访问文件夹。因为文件的位置看起来相同,所以用户仍然以与以前相同的方式访问文件夹。

（3）用户不再需要多个驱动器映射即可访问他们的文件。

（4）计划的文件服务器维护、软件升级和其他任务（一般需要服务器脱机）可以在不中断用户访问的情况下完成。这对 Web 服务器特别有用。通过选择网站的根目录作为 DFS 根目录,可以在分布式文件系统中移动资源,而不会断开任何 HTML 链接。

2）可用性

域 DFS 用以下两种方法确保用户可以保持对文件的访问。

（1）Windows Server 2003 操作系统自动将 DFS 映射发布到 Active Directory。这可确保 DFS 名称空间对于域中所有服务器上的用户是可见的。

（2）管理员可以复制 DFS 根目录和目标。复制指可在域中的多个服务器上复制 DFS 根目录和目标。这样,即使在保存这些文件的某个物理服务器不可用的情况下,用户仍然可以访问他们的文件。

3）服务器负载平衡

DFS 根目录可以支持物理上分布在网络中的多个目标。如果知道某个文件将被用户频繁访问,这一点将很有用。与所有用户都在单个服务器上以物理方式访问此文件从而增加服务器负载的情况不同,DFS 可确保用户对该文件的访问分布于多个服务器。然而,在用户看来,该文件是驻留在网络的同一位置上。

4）文件和文件夹安全

因为共享的资源 DFS 管理使用标准 NTFS 和文件共享权限,所以可使用以前的安全组和用户账户以确保只有授权的用户才能访问敏感数据。

3. 使用分布式文件系统的几种情形

以下几种情况常使用 DFS。

（1）期望添加文件服务器或修改文件位置。

（2）用户需要连续地访问目标。

（3）大多数用户都需要访问多个目标。

（4）访问目标的用户分布在一个站点的多个位置或多个站点上。

（5）通过重新分布目标可以改善服务器的负载平衡状况。

4.4　DFS 的基本配置和管理

本节主要讲述 DFS 的基本配置和管理项目。

4.4.1　DFS 根目录的基本配置

DFS 根目录是文件和 DFS 链接的容器，在 Windows Server 2003 中创建 DFS 根目录时，用户可以在 FAT 或 NTFS 分区中进行。创建时，可以选择基于域的 DFS 根目录或者独立的 DFS 根目录。

基于域的 DFS 根目录要求宿主在域成员服务器上，其 DFS 拓扑可以自动发布到 Active Directory 中，它可以有根目录级的 DFS 共享文件夹并且层次结构不受限制。独立的 DFS 根目录不使用 Active Directory，没有根目录级的 DFS 共享文件夹并且层次结构有限，根目录只能有一级 DFS 链接。

1. 创建 DFS 根目录

下面介绍如何在 Windows Server 2003 的分布式文件系统组件中创建 DFS 根目录。

（1）选择"开始"→"控制面板"→"管理工具"→"分布式文件系统"命令，打开"分布式文件系统"管理控制台，如图 4-13 所示。

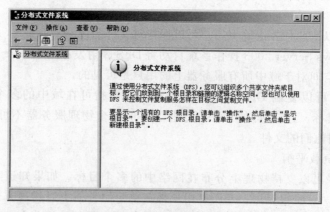

图 4-13　"分布式文件系统"管理控制台

（2）右击左边窗格中的"分布式文件系统"，在弹出的快捷菜单中选择"新建根目录"命令，弹出"新建根目录向导"对话框，如图 4-14 所示。

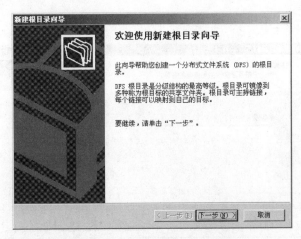

图 4-14　"新建根目录向导"对话框

（3）单击"下一步"按钮，弹出"根目录类型"对话框，这里选中"域根目录"单选按钮，如图 4-15 所示。

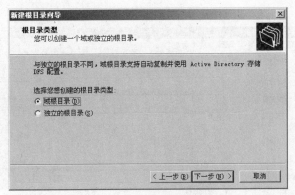

图 4-15　"根目录类型"对话框

（4）单击"下一步"按钮，弹出"主持域"对话框，在"域名"文本框中输入用于主持根目录的域名，如图 4-16 所示。

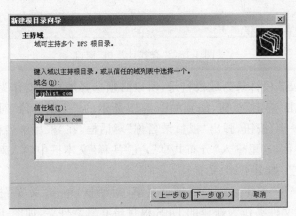

图 4-16　"主持域"对话框

（5）单击"下一步"按钮，弹出"主服务器"对话框，如图 4-17 所示。

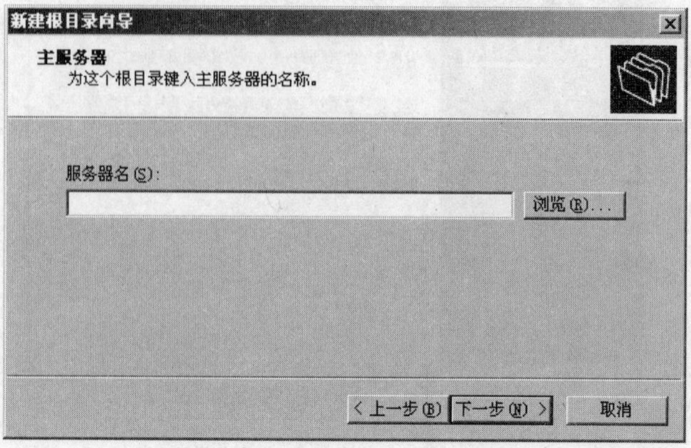

图 4-17 "主服务器"对话框

单击"浏览"按钮，在弹出的"查找计算机"窗口中，选择 DFS 主服务器的名称，如图 4-18 所示。

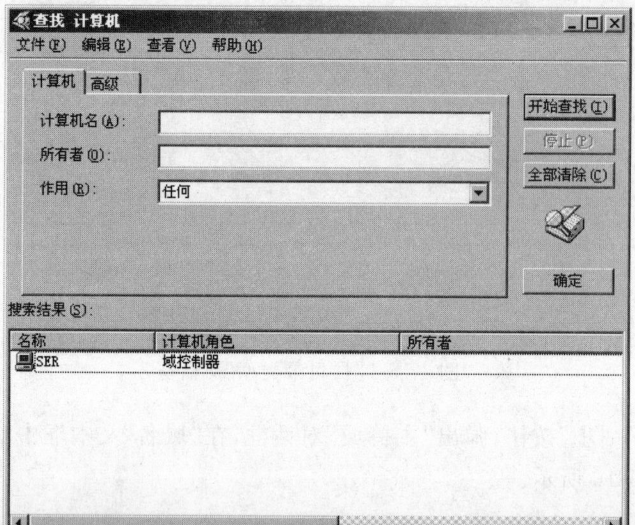

图 4-18 "查找计算机"窗口

由于创建的 DFS 根目录为域根目录，所以必须选择域控制器作为宿主服务器。这里选择 SER，然后单击"确定"按钮，回到如图 4-19 所示的"主服务器"对话框。

（6）单击"下一步"按钮，弹出"根目录名称"对话框，在"根目录名称"文本框中输入要创建的根目录的名称，这里输入"分布共享"，在"注释"文本框中输入对该分布式文件系统的注释信息，可为空，如图 4-20 所示。

（7）单击"下一步"按钮，弹出"根目录共享"对话框，单击"浏览"按钮，在弹出的对话框中指定一个共享文件夹作为新建的 DFS 根目录共享文件夹，如图 4-21 所示。

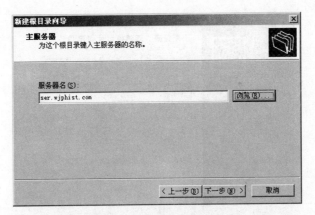

图 4-19　"主服务器"对话框

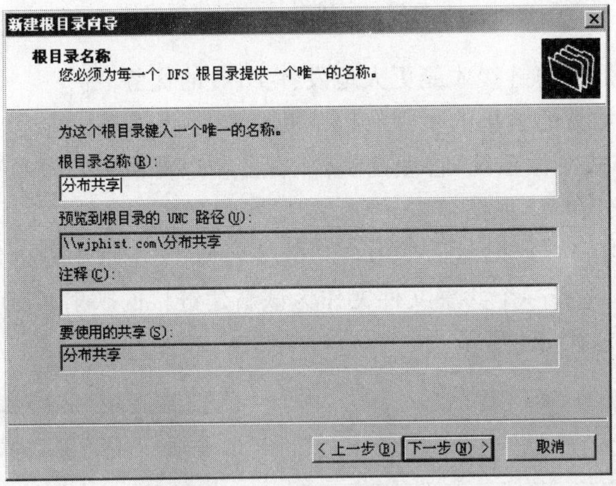

图 4-20　"根目录名称"对话框

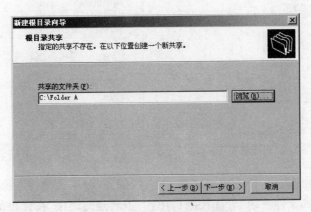

图 4-21　"根目录共享"对话框

（8）单击"下一步"按钮，完成对 DFS 根目录的创建，如图 4-22 所示。

2．为根目录创建 DFS 链接

根目录中除了包含根目录共享文件夹外，还允许包含更多的链接目标，为此，必须为

图 4-22　完成根目录创建窗口

创建的根目录中添加新的链接才能更大地发挥 DFS 的优势。

向根目录中添加新的链接的步骤有以下几步。

（1）打开"分布式文件系统"管理控制台，右击左边窗格中的根目录，在弹出的快捷菜单中选择"新建链接"命令，如图 4-23 所示。

（2）在弹出的"新建链接"对话框中，在"链接名称"文本框中输入新建链接的名称，然后单击"浏览"按钮，选择一个共享文件夹作为该新建链接的映射目标，接着在注释文本框中输入注释内容，如图 4-24 所示。

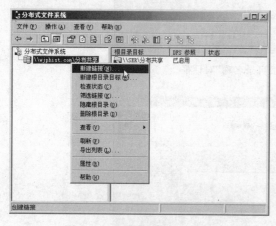

图 4-23　选择"新建链接"命令

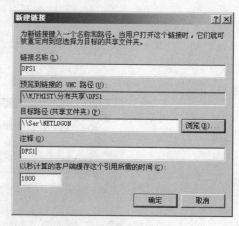

图 4-24　"新建链接"对话框

（3）单击"确定"按钮，即完成新链接的创建，回到"分布式文件系统"管理控制台。

（4）在"分布式文件系统"管理控制台中，右击新建的链接，在弹出的快捷菜单中选择"检查状态"命令，如图 4-25 所示，可以验证新建链接的联机状态。

当系统处于正确的联机状态时，可以看到在新链接的图标上将出现一个绿色对号标识，同时显示"联机"状态，如图 4-26 所示。

注意：重复上述步骤，可以为根目录添加更多的链接目标。

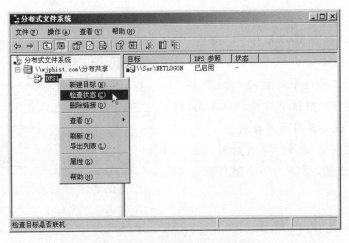

图 4-25 选择"检查状态"命令

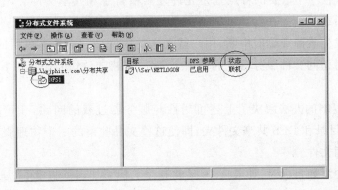

图 4-26 验证新建链接的联机状态

3. 向链接中添加目标

一个链接中可以包含许多映射目标,向一个链接中添加映射目标的步骤有以下几步。

(1)在"分布式文件系统"管理控制台中,右击要添加映射目标的链接,在弹出的快捷菜单中选择"新建目标"命令,如图 4-27 所示。

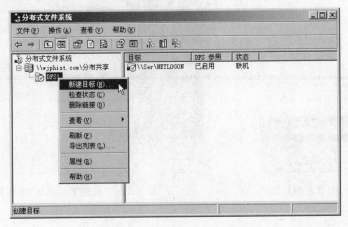

图 4-27 选择"新建目标"命令

（2）弹出"新建目标"对话框，单击"浏览"按钮，选择共享文件或文件夹，然后选中"将这个目标添加到复制集中"复选框，如图 4-28 所示。

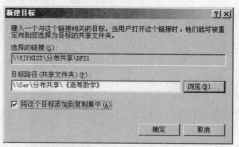

注意：选中"将这个目标添加到复制集中"复选框后就可以将这个目标加以复制，以便在多个 DFS 服务器间同步数据。

（3）单击"确定"按钮，完成对目标的添加。重复以上步骤，可以为一个链接添加更多的映射目标。

图 4-28 "新建目标"对话框

4.4.2 DFS 复制的配置

在 DFS 中，有一个重要的特点就是允许复制根目录和共享文件夹，它保证了文件系统的可用性和负载平衡。在计算机网络中，如果文件只存放在一个文件服务器上，那么一旦文件服务器发生故障或临时中断，用户就无法访问文件。文件不可用的另外一种情形是许多用户同时访问文件服务器上的同一个文件，这将导致访问速率的下降，引发过重的负载处理。

DFS 采用复制的办法解决了上述可用性与服务器过载的问题。DFS 允许系统管理员复制 DFS 根目录和 DFS 共享文件夹，即使这些文件驻留的一个物理服务器不可用，用户仍然可以访问文件。

在向链接中添加目标时，如果选中了"将这个目标添加到复制集中"复选框，则弹出如图 4-29 所示的对话框，要求必须配置复制策略。

下面介绍配置复制的步骤。

（1）单击如图 4-29 所示的对话框中的"是"按钮，弹出"配置复制向导"对话框，如图 4-30 所示。

图 4-29 提示配置复制对话框　　　　图 4-30 "配置复制向导"对话框

　　注意：在"分布式文件系统"管理控制台中，右击链接，从弹出的快捷菜单中选择"配置复制"命令，也可打开配置复制向导。

　　（2）单击"下一步"按钮，在弹出的对话框的列表框中选择一个要复制的目标，作为初始主机，如图 4-31 所示。

　　（3）单击"正在暂存"按钮，为复制选择一个存储临时文件的文件夹作为复制缓冲，系统将自动在磁盘上新建一个名为 Frs-Staging 的文件夹用以存放复制时的临时文件。单击"浏览"按钮，选择暂存文件夹的位置，如图 4-32 所示。

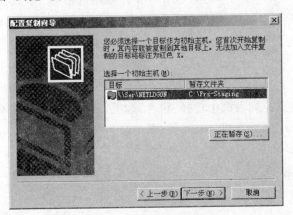

图 4-31　选择一个初始主机

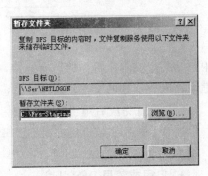

图 4-32　暂存文件夹

　　（4）设置完暂存文件夹的位置后，单击"确定"按钮，返回到"配置复制向导"对话框，单击"下一步"按钮，完成配置复制。

4.4.3　DFS 的管理

　　本节主要讲述 DFS 的基本管理项目。

　　1. 显示 DFS 根目录

　　显示 DFS 根目录的步骤有以下几步。

　　（1）选择"开始"→"控制面板"→"管理工具"→"分布式文件系统"命令，打开"分布式文件系统"管理控制台。

　　（2）右击"分布式文件系统"，在弹出的快捷菜单中选择"显示根目录"命令，弹出如图 4-33 所示的对话框。

　　（3）在"根目录或主服务器"文本框中输入现有的 DFS 根目录的名称；或者在下面的"信任域"列表框中展开信任域列表，并单击 DFS 根目录，然后单击"确定"按钮，完成操作。

　　2. 筛选 DFS 链接显示

　　筛选 DFS 链接显示的步骤包括以下

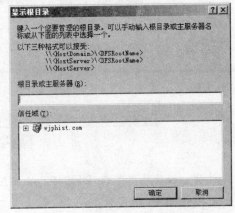

图 4-33　"显示根目录"对话框

几步。

（1）打开"分布式文件系统"管理控制台，在左侧窗格中右击根目录，在弹出的快捷菜单中选择"筛选链接"命令。

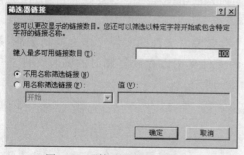

图 4-34 "筛选器链接"对话框

（2）弹出如图 4-34 所示的对话框，在"键入最多可用链接数目"文本框中输入要在控制台中显示的链接的最大数量（默认为100），然后选中"用名称筛选链接"单选按钮，执行以下操作：如果要显示名称以某个文本字符串开始的所有链接，在下拉列表框中选择"开始"选项，然后在后面的文本框中输入要筛选的文本字符串；如果要显示名称中包括某个文本字符串的所有链接，在下拉列表框中选择"包含"选项，然后在后面的文本框中输入要筛选的文本字符串。

（3）设置完成后单击"确定"按钮即可。

注意：如果要显示所有的 DFS 链接，可以在"键入最多可用链接数目"文本框中输入一个不小于当前链接总数的数字，然后选中"不用名称筛选链接"单选按钮。

3. 启用或禁用 DFS 引用

下面介绍启用或禁用 DFS 引用的步骤。

（1）选择"开始"→"控制面板"→"管理工具"→"分布式文件系统"命令，打开"分布式文件系统"管理控制台。

（2）在右边窗格中右击要启用或禁用的 DFS 引用，在弹出的快捷菜单中选择"启用或禁用参照"命令，如图 4-35 所示。

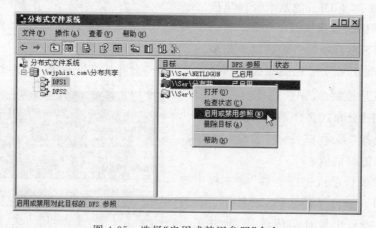

图 4-35 选择"启用或禁用参照"命令

注意：如果禁用参照，DFS 将无法使用户定向到目标，直到启用 DFS 参照为止。

4. 隐藏 DFS 根目录

隐藏 DFS 根目录的步骤有以下几步。

（1）选择"开始"→"控制面板"→"管理工具"→"分布式文件系统"命令,打开"分布式文件系统"管理控制台。

（2）在左边窗格中右击根目录,在弹出的快捷菜单中选择"隐藏根目录"命令,如图 4-36 所示。

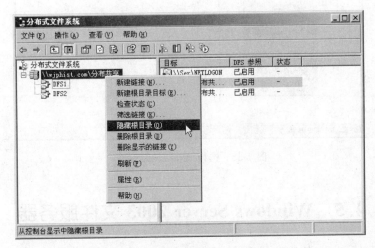

图 4-36 选择"隐藏根目录"命令

（3）在弹出的如图 4-37 所示的对话框中单击"是"按钮确认即可。

图 4-37 提示确认隐藏

注意：隐藏根目录对分布式文件系统本身没有影响,也不影响对根目录的访问。

5. 删除 DFS 根目录、根目标、链接或目标

下面介绍删除 DFS 根目录、根目标、链接或目标的方法。

（1）选择"开始"→"控制面板"→"管理工具"→"分布式文件系统"命令,打开"分布式文件系统"管理控制台。

（2）在左边窗格中右击要删除的 DFS 根目录、根目标、链接或目标,从弹出的快捷菜单中选择删除命令即可。如图 4-38 所示即为选择"删除链接"命令的界面。

（3）在弹出的询问是否删除对话框中单击"是"按钮即可。

注意：删除根目录是一个不可恢复的操作,删除根目录将从管理工具中清除该根目录并清除与该根目录相关的 DFS 结构,但不会删除任何数据。如果删除的是一个独立的根目录,该过程将从主机中清除 DFS 配置数据。如果删除的是一个域根,该过程将从每个主机和 Active Directory 中清除配置数据。

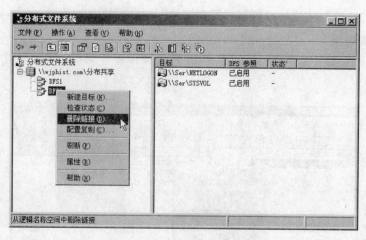

图 4-38 选择"删除链接"命令

4.5 Windows Server 2003 文件服务器

在局域网中,为了有效地进行各项文件管理功能,通常是把一台运行 Windows Server 2003 系统的成员服务器配置成"文件服务器"。在局域网中搭建文件服务器以后,可以通过设置用户对共享资源的访问权限来保证共享资源的安全。

(1)选择"开始"→"控制面板"→"管理工具"→"管理您的服务器"命令,打开"管理您的服务器"窗口,如图 4-39 所示。

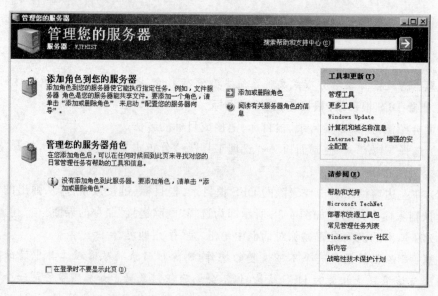

图 4-39 "管理您的服务器"窗口

(2)在"添加角色到您的服务器"区域中单击"添加或删除角色"按钮,弹出如图 4-40 所示的"预备步骤"对话框。

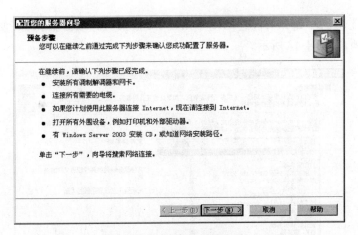

图 4-40　"预备步骤"对话框

（3）单击"下一步"按钮，打开一个检测配置窗口，如图 4-41 所示。

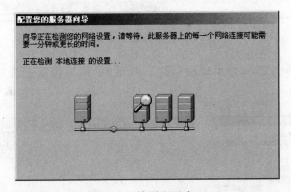

图 4-41　检测配置窗口

（4）配置向导完成网络设置的检测后，会弹出"配置选项"对话框。选中"自定义配置"单选按钮，如图 4-42 所示。

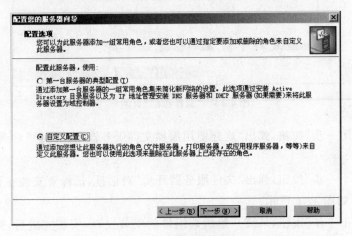

图 4-42　设置配置选项

（5）单击"下一步"按钮，弹出"服务器角色"对话框，在"服务器角色"列表中选择"文件服务器"选项，如图 4-43 所示。

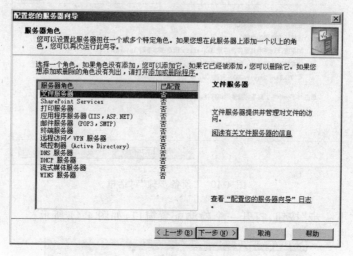

图 4-43 选择服务器角色

（6）单击"下一步"按钮，弹出"选择总结"对话框，用户可以查看并确认选择的选项，如图 4-44 所示。

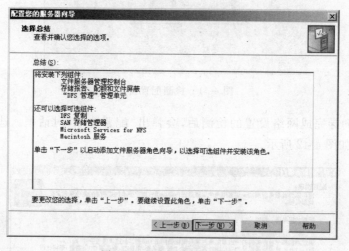

图 4-44 "选择总结"对话框

（7）单击"下一步"按钮，弹出"欢迎使用添加文件服务器角色向导"对话框，如图 4-45 所示。

（8）单击"下一步"按钮，弹出"文件服务器环境"对话框，选择要安装在该文件服务器上的可选组件，如图 4-46 所示。

（9）单击"下一步"按钮，系统开始所选组件的安装过程，安装完成后，弹出如图 4-47 所示的对话框。单击"完成"按钮，完成文件服务器的安装过程。

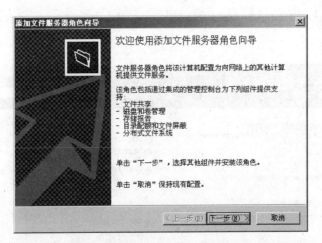

图 4-45　"欢迎使用添加文件服务器角色向导"对话框

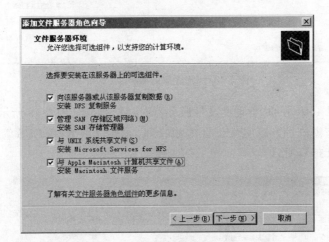

图 4-46　选择安装组件

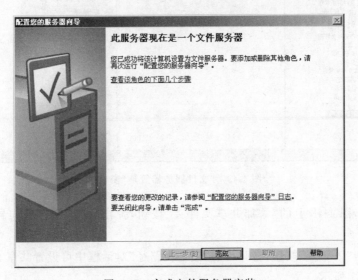

图 4-47　完成文件服务器安装

(10) 返回到"管理您的服务器"窗口，可以看到文件服务器的角色已经配置完成，如图 4-48 所示。

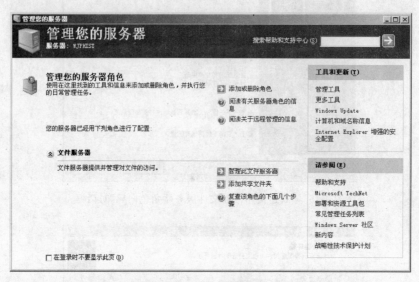

图 4-48 "管理您的服务器"窗口

(11) 单击图 4-48 上的"管理此文件服务器"按钮，打开如图 4-49 所示的"文件服务器管理"窗口。在该窗口里可以实现设置配额管理、文件屏蔽管理、DFS 管理、共享文件夹管理、磁盘和卷管理等项目。

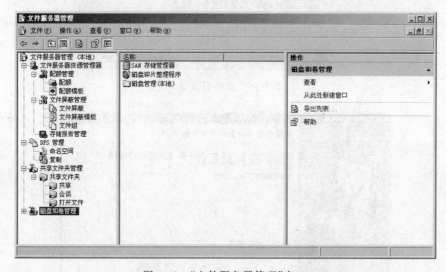

图 4-49 "文件服务器管理"窗口

(12) 单击图 4-48 上的"添加共享文件夹"按钮，弹出"共享文件夹向导"对话框，如图 4-50 所示。

(13) 单击"下一步"按钮，在弹出的"文件夹路径"对话框中可设置共享文件夹的物理路径，如图 4-51 所示。

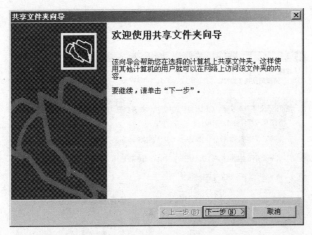

图 4-50　"共享文件夹向导"对话框

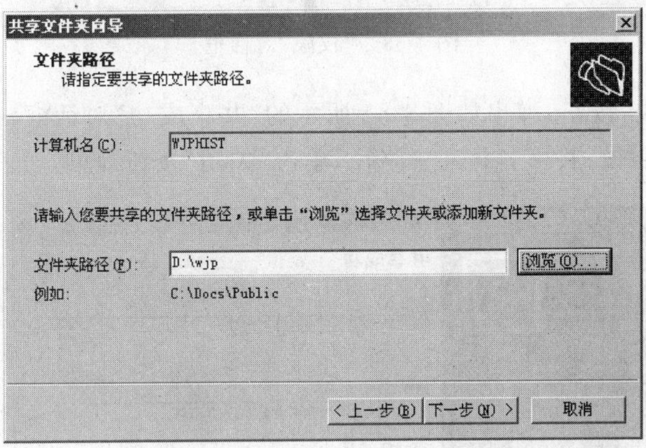

图 4-51　"文件夹路径"对话框

（14）单击"下一步"按钮，弹出"名称、描述和设置"对话框，在这里可以设置共享名和描述该共享文件夹的语言，如图 4-52 所示。

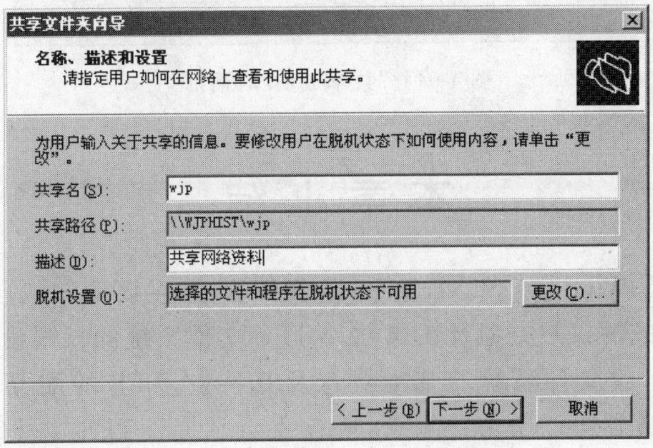

图 4-52　"名称、描述和设置"对话框

（15）单击"下一步"按钮，在弹出的"权限"对话框中选择需要设置的共享权限，如图 4-53 所示。

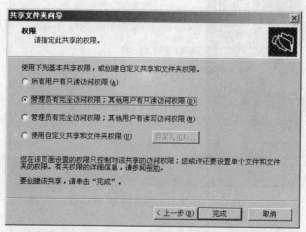

图 4-53 "权限"对话框

（16）单击"完成"按钮，弹出如图 4-54 所示的"共享成功"对话框，在"摘要"文本框中显示了共享文件夹路径、共享名和共享路径，单击"关闭"按钮即可。

图 4-54 "共享成功"对话框

本 章 小 结

本章主要讲述了 Windows Server 2003 的文件服务，主要的知识点包括常见的文件系统，NTFS 文件系统的权限类型及其属性，NTFS 文件系统的权限设置，NTFS 文件系统的数据压缩，分布式文件系统的基本概念及其特点，DFS 的配置和管理，Windows Server 2003 文件服务器等。学习完本章，应该重点掌握 NTFS 文件系统的权限设置，NTFS 文件系统的数据压缩，DFS 的配置和管理，Windows Server 2003 文件服务器的安装和基本配置。

习　题　4

1. 简述 NTFS 文件系统的基本特点。
2. 简述 NTFS 文件系统的权限属性。
3. 简述 DFS 的基本概念及其特点。
4. 简述 DFS 的基本配置和管理项目。
5. 简述在 Windows Server 2003 中如何安装和配置文件服务器。

第 5 章 Windows Server 2003 磁盘管理

CHAPTER

本章知识要点：
- ➢ 基本磁盘类型；
- ➢ 动态磁盘类型；
- ➢ 基本磁盘的管理；
- ➢ 动态磁盘的管理；
- ➢ 磁盘的高级管理；
- ➢ 远程存储服务。

5.1 磁盘类型简介

磁盘的类型大体上分为基本磁盘和动态磁盘两种。

5.1.1 基本磁盘类型

基本磁盘以分区方式组织和管理磁盘空间。分区类型可以有主磁盘分区和扩展磁盘分区两种。

1. 主分区

主分区(Primary Partition)是用来启动操作系统的分区，在主分区上安装操作系统或者存放系统的引导文件。当计算机启动后会自动在物理硬盘上按设定找到一个被激活的主分区，并在这个主分区中寻找启动操作系统的引导文件。每块基本磁盘最多可以被划分出四个主分区。

2. 扩展分区

除了主分区以外的所有磁盘空间就是扩展分区(Extended Partition)。每一块硬盘上只能有一个扩展分区。扩展分区在划分好之后不能直接使用，不能被赋予盘符，必须在扩展分区中划分逻辑分区才可以使用。逻辑分区是指在扩展分区之内进行磁盘容量的划分，扩展分区可以划分多个逻辑分区。

5.1.2 动态磁盘类型

动态磁盘是 Windows 2000 以上操作系统支持的一种特殊的磁盘类型,这种磁盘类型采用卷来组织和管理磁盘空间。动态磁盘上使用卷(Volume)来描述动态磁盘上的每一个空间(容量)划分,卷也是一个管理单元。与分区一样,卷也要被赋予一个盘符,并且也要经过格式化之后才能使用,可以将动态磁盘格式化为任何文件系统。文件系统与磁盘类型无关。

1. 动态磁盘分类

动态磁盘中有 5 种主要类型的卷,这些卷又可以分为非磁盘阵列卷和磁盘阵列卷两大类。

1) 非磁盘阵列卷

(1) 简单卷:要求必须是建立在同一磁盘上的连续空间中,但在建立好后可以扩展到同一磁盘中的其他非连续空间中。

(2) 跨区卷:可以将来自多个磁盘(最少 2 个,最多 32 个)中的空间置于一个跨区卷中,用户在使用时感觉不到是在使用多个磁盘。但向跨区卷中写入数据时,必须先将同一个跨区卷中的第一个磁盘中的空间写满,才能再向同一个跨区卷中的下一个磁盘空间中写入数据。每块磁盘用来组成跨区卷的空间不必相同。

2) 磁盘阵列卷

(1) 带区卷:可以将来自多个磁盘(最少 2 个,最多 32 个)中的相同空间置于一个带区卷中。向带区卷中写入数据时,数据按照 64KB 被分块,这些 64KB 的数据块被分散存放于组成带区卷的各个硬盘空间中。该卷具有很高的文件访问效率(读和写),但不支持容错功能。

(2) 镜像卷:就是简单卷的两个相同的复制卷,并且这两个卷被分别位于一个独立的硬盘中。当向一个卷作出修改(写入或删除)时,另一个卷也完成相同的操作。镜像卷有很好的容错能力,并且可读性能好,但是磁盘利用率低(50%)。

(3) RAID-5 卷:RAID-5 卷是具有容错能力的带区卷,在向 RAID-5 卷中写入数据时,系统会通过算法计算出写入信息的校验码,并一起存放于 RAID-5 卷中,而且校验信息被置于不同的硬盘中。当一块硬盘出现故障时,可以利用其他硬盘中的数据和校验信息恢复丢失的数据。RAID-5 卷需要至少 3 块硬盘,最多需要 32 块。

2. 动态磁盘与基本磁盘的对比

1) 空间划分数目不受限制

在基本磁盘中受到分区表(Partition Table)的限制,最多只能建立四个磁盘分区(由主分区和扩展分区组成)。而动态磁盘可以容纳四个以上的卷,卷的相关信息不存放在分区表中,而是卷之间互相复制划分信息,由于单个卷的失灵将不影响访问其他卷,因此提高了容错能力。而在基本磁盘中,磁盘信息存放在磁盘分区表中,如果分区表被损坏并且不能被恢复时,分区中的数据将全部丢失。

2) 可以动态调整卷

动态磁盘的扩展、建立、删除、调整均不需重新启动计算机即可生效。不像在基本磁盘中,添加、删除分区后都必须重新启动操作系统。

5.2　基本磁盘的管理

磁盘管理操作基于图形界面"磁盘管理"控制台完成。

5.2.1　基本磁盘的创建

下面讲述基本磁盘的创建过程。

1. 创建主磁盘分区

(1) 选择"开始"→"控制面板"→"管理工具"→"计算机管理"命令,在打开的窗口中启动"磁盘管理"工具,选取一块未指派的磁盘,如图 5-1 所示,这里选择"磁盘 1"。

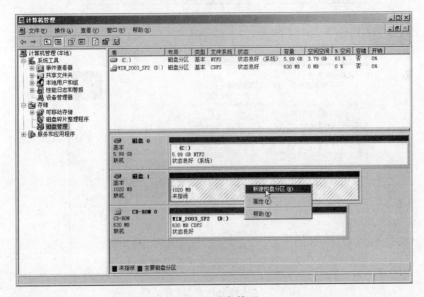

图 5-1　磁盘管理

(2) 在该磁盘上右击,在弹出的快捷菜单中选择"新建磁盘分区"命令,弹出如图 5-2 所示的对话框。

(3) 单击"下一步"按钮,弹出如图 5-3 所示的"选择分区类型"对话框,选中"主磁盘分区"单选按钮。

(4) 单击"下一步"按钮,弹出如图 5-4 所示的"指定分区大小"对话框,为主分区指定空间大小。

(5) 单击"下一步"按钮,在弹出的对话框中为分区指派驱动器号和路径,操作如图 5-5 所示。

(6) 单击"下一步"按钮,在弹出的对话框中选择格式化分区,设置对应的文件系统、卷标名称和格式化方式,操作如图 5-6 所示。

(7) 单击"下一步"按钮,弹出"正在完成新建磁盘分区向导"对话框,如图 5-7 所示,单击"完成"按钮即可。

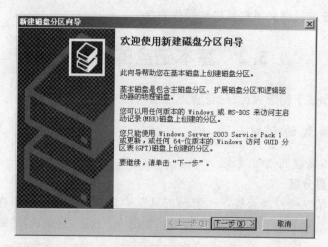

图 5-2 "新建磁盘分区向导"对话框

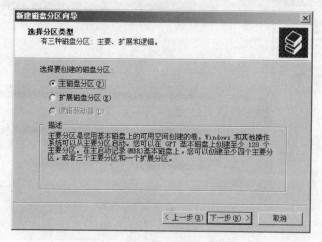

图 5-3 "选择分区类型"对话框

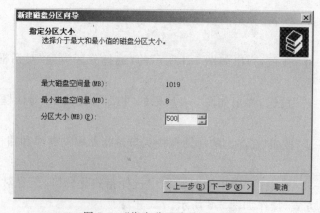

图 5-4 "指定分区大小"对话框

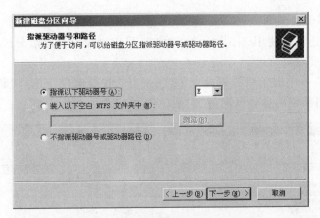

图 5-5 "指派驱动器号和路径"对话框

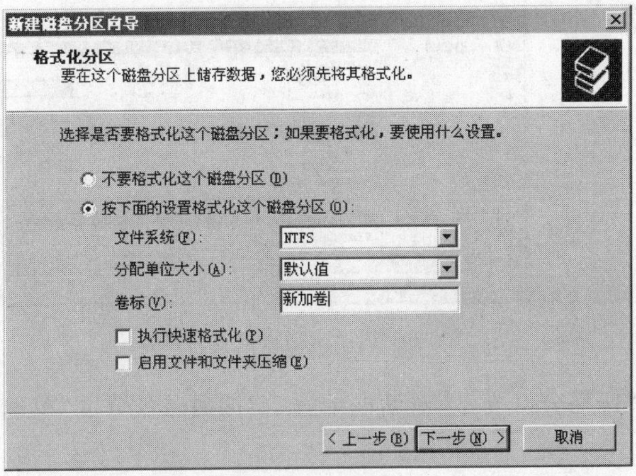

图 5-6 "格式化分区"对话框

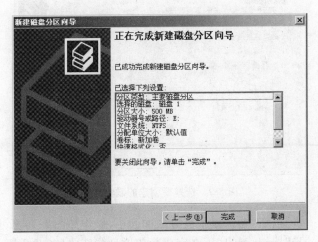

图 5-7 "正在完成新建磁盘分区向导"对话框

（8）此时系统将实现磁盘的建立过程，建立完成后，在磁盘管理窗口将出现创建的主磁盘分区信息。

2. 创建扩展磁盘分区

在基本磁盘还没有使用(未指派)的空间中,可以创建扩展磁盘分区,一个基本磁盘中只能创建一个扩展磁盘分区。

(1)右击图5-8中的未指派磁盘分区,在弹出的快捷菜单中选择"新建磁盘分区",系统弹出"欢迎使用新建磁盘分区向导"对话框中,单击"下一步"按钮。

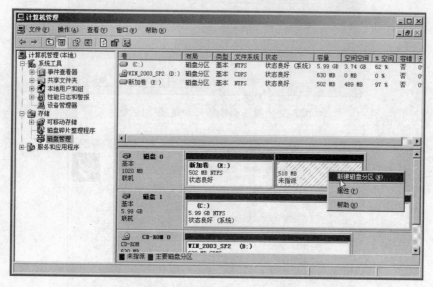

图5-8   选择未指派磁盘分区

(2)在弹出的"选择分区类型"对话框中选中"扩展磁盘分区"单选按钮,操作如图5-9所示。

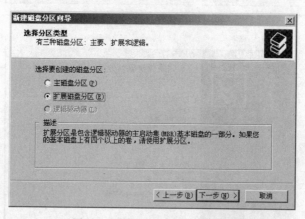

图5-9   选择要创建的磁盘分区

(3)单击"下一步"按钮,输入该扩展分区的大小,操作如图5-10所示。

(4)单击"下一步"按钮,弹出"正在完成新建磁盘分区向导"对话框,单击"完成"按钮即可,如图5-11所示。

(5)此时系统将自动实现扩展分区的创建过程,完成扩展分区后,磁盘管理窗口的显示如图5-12所示。

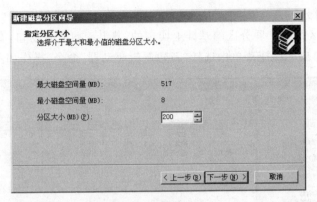

图 5-10　设置分区大小

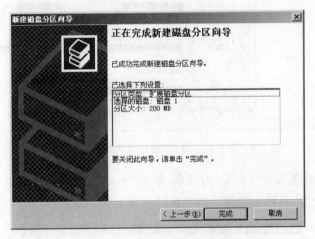

图 5-11　完成扩展分区创建

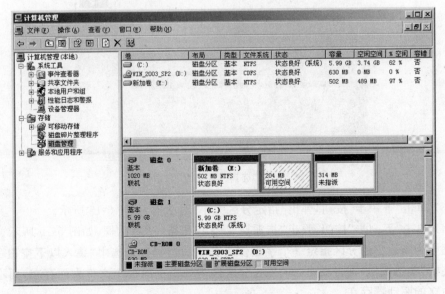

图 5-12　创建好的扩展分区

3. 创建逻辑分区

（1）逻辑分区是在扩展分区的基础上实现的，打开磁盘管理窗口，在刚才创建的扩展分区上右击，在弹出的快捷菜单中选择"新建逻辑驱动器"命令，操作如图 5-13 所示。

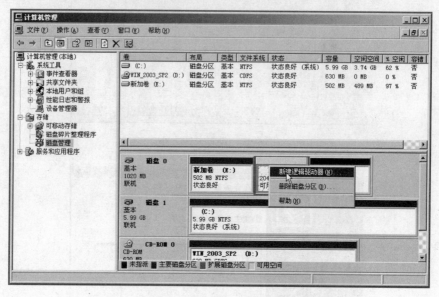

图 5-13 选择"新建逻辑驱动器"

（2）弹出"新建磁盘分区向导"对话框，单击"下一步"按钮，弹出"选择分区类型"对话框，选择分区类型为"逻辑驱动器"，如图 5-14 所示。

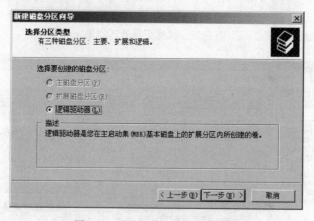

图 5-14 "选择分区类型"对话框

（3）单击"下一步"按钮，弹出"指定分区大小"对话框，如图 5-15 所示。

（4）单击"下一步"按钮，弹出"指派驱动器号和路径"对话框，如图 5-16 所示。在该对话框中为新建立的分区指定一个字母作为其驱动器号。若选中"装入以下空白 NTFS 文件夹中"单选按钮，则将新建立的磁盘分区作为硬盘上的一个文件夹而存在，而不是以一个独立的驱动器存在。

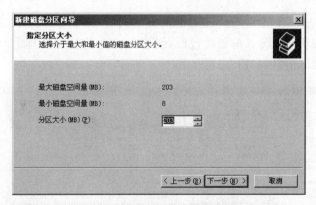

图 5-15　"指定分区大小"对话框

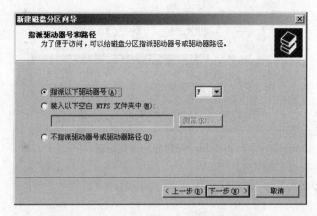

图 5-16　"指派驱动器号和路径"对话框

（5）单击"下一步"按钮，弹出"格式化分区"对话框，如图 5-17 所示。在该对话框中设定是否格式化这个新建的分区，以及该分区所使用的文件系统和卷标。若选中"执行快速格式化"复选框，系统会使用快速格式化的方式来格式化分区，这将大大提高创建新分区的速度；若选中"启用文件和文件夹压缩"复选框，则自动在整个分区上启用 NTFS 压缩功能。

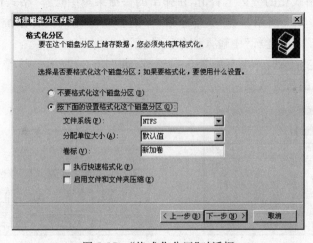

图 5-17　"格式化分区"对话框

（6）单击"下一步"按钮，弹出"完成创建分区向导"对话框，单击"完成"按钮结束操作。系统将自动实现逻辑分区的创建过程，创建完成后，在磁盘管理窗口将显示创建的逻辑分区及其相关状态信息，如图 5-18 所示。

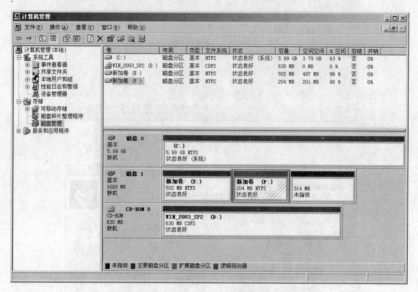

图 5-18　创建好的逻辑分区

5.2.2　基本磁盘的其他操作

磁盘的其他操作包括格式化、修改分区信息、删除分区等。

1. 格式化分区

在创建分区的过程中如果没有指定分区的格式化，创建好分区后可以利用"磁盘管理"工具给分区进行格式化。

（1）选择"开始"→"控制面板"→"管理工具"→"计算机管理"→"磁盘管理"命令，打开一个窗口，在要格式化的分区上右击，在弹出的快捷菜单中选择"格式化"命令，弹出"格式化"对话框，如图 5-19 所示。在"文件系统"中选择要使用的文件系统，在"分配单位大小"中选择"默认值"，在"卷标"中输入该分区的标识。

（2）单击"确定"按钮，弹出系统警告对话框，如图 5-20 所示。该警告表明格式化操作将清除该分区上的所有数据。

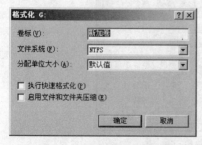

图 5-19　"格式化"对话框

图 5-20　警告对话框

（3）单击"确定"按钮，"磁盘管理"即开始格式化分区。

2．修改分区信息

（1）在磁盘管理窗口中，右击要更改驱动器号和路径的分区名称，在弹出的快捷菜单中选择"更改驱动器号和路径"命令，如图 5-21 所示。

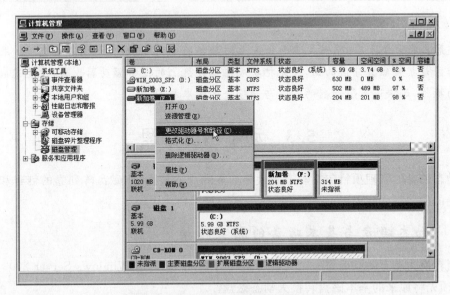

图 5-21　选择"更改驱动器号和路径"命令

（2）系统弹出"更改驱动器号和路径"对话框，显示如图 5-22 所示。

（3）单击图 5-22 上的"更改"按钮，弹出"更改驱动器号和路径"对话框，如图 5-23 所示。选择要指派的驱动器号，单击"确定"按钮。

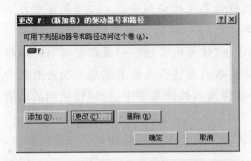

图 5-22　"更改驱动器号和路径"对话框(1)

图 5-23　"更改驱动器号和路径"对话框(2)

（4）弹出如图 5-24 所示的提示对话框，单击"是"按钮，系统将实现系统分区信息的修改过程。

3．删除分区

如果某一个分区不再使用时，可以选择删除。在磁盘管理窗口中，右击需要删除的分区，从弹出的快捷菜单中选择"删除磁盘分区"命令，系统弹出如图 5-25 所示的删除提示对话框，单击"是"按钮，实现磁盘分区的删除过程。

图 5-24　"确认"对话框　　　　　　　　　　图 5-25　删除提示

注意：删除分区后，原来在这个分区上的数据将全部丢失并且不能恢复。如果要删除的分区是扩展磁盘分区的话，要先把扩展磁盘分区上的逻辑驱动器删除，才能完成删除分区的操作，删除逻辑驱动器的方法与删除分区基本相同。

5.3　动态磁盘管理

动态磁盘的管理项目包括动态磁盘和基本磁盘的转换，非磁盘阵列卷的创建和磁盘阵列卷的创建过程。

5.3.1　动态磁盘与基本磁盘的相互转换

当转换为动态磁盘后每一个分区将被称为卷，要想创建 Windows Server 2003 中的卷，必须先将原来的基本磁盘转换为动态磁盘。

1. 基本磁盘转换成动态磁盘

当安装好 Windows Server 2003 后，可以将原有磁盘上的基本磁盘转化成动态磁盘。根据原有磁盘上的分区类型，在转化到动态磁盘时会被转化为不同类型的动态磁盘卷，同时磁盘上的数据不会丢失。

注意：将基本磁盘升级到动态磁盘后，不能将动态卷改回到分区。必须删除磁盘上的所有动态卷，然后选择"还原为基本磁盘"命令。

（1）选择"开始"→"控制面板"→"管理工具"→"计算机管理"→"磁盘管理"命令，打开一个窗口，在要转换的磁盘（如磁盘 0，注意从基本磁盘转换为动态磁盘只能转换整个磁盘，而不能转换某个分区或驱动器）上右击，在弹出的快捷菜单中选择"转换到动态磁盘"命令，操作如图 5-26 所示。

（2）弹出"转换为动态磁盘"对话框，在"磁盘"列表中选择要转换为动态磁盘的磁盘，操作如图 5-27 所示。

注意：从基本磁盘转换为动态磁盘要求至少有 1MB 的未分配空间。从动态磁盘转换为基本磁盘的操作会导致磁盘中的数据丢失。

（3）单击"确定"按钮，弹出"要转换的磁盘"对话框，在该对话框中列出了待转换的磁盘的相关信息，单击"详细信息"按钮，可以查看详细的信息显示，如图 5-28 所示。

（4）单击"转换"按钮，弹出如图 5-29 所示的提示框。该提示说明，如果在该磁盘上安装了相关的操作系统，则转换为动态磁盘后系统将不能启动。

（5）单击"是"按钮，弹出如图 5-30 所示的提示框。

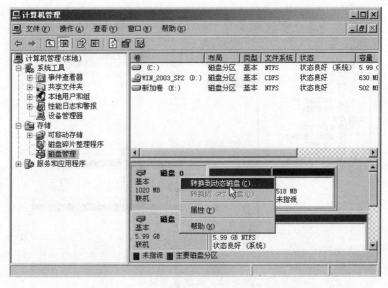

图 5-26　选择"转换到动态磁盘"命令

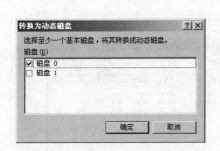

图 5-27　"转换为动态磁盘"对话框

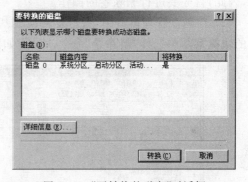

图 5-28　"要转换的磁盘"对话框

图 5-29　"磁盘管理"提示框

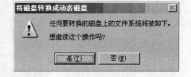

图 5-30　"将磁盘转换成动态
磁盘"提示框

　　(6) 单击"是"按钮,系统开始实现转换磁盘。完成操作后在"磁盘管理"中可以看到系统中的磁盘都已经转换为动态磁盘,这时将不再用驱动器来称呼每一个分区而使用卷来称呼,如图 5-31 所示。

　　如果这时硬盘上还有未指派(未分配)的空间,就可以使用创建卷的方式将其加以利用。创建的卷的类型可以根据需要在创建的时候加以选择。

2. 动态磁盘转换成基本磁盘

　　在动态磁盘转换为基本磁盘时,如果不删除动态磁盘上所有的卷,转换操作不能执

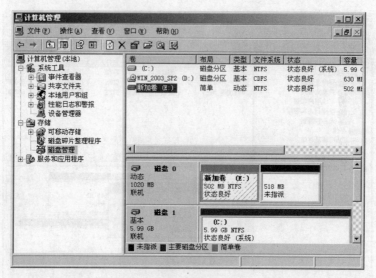

图 5-31　磁盘管理窗口

行,因此,首先要进行删除卷的操作。

(1) 在磁盘管理窗口中,右击要转换成基本磁盘的动态磁盘上的每个卷,在每个卷对应的快捷菜单中选择"删除卷"命令。操作如图 5-32 所示。

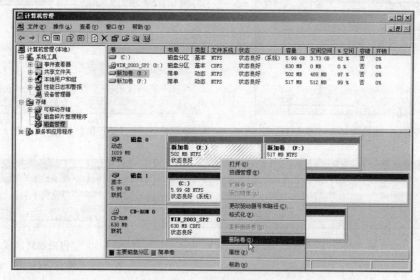

图 5-32　"删除卷"命令

(2) 系统弹出如图 5-33 所示的"删除简单卷"提示框,单击"是"按钮,即可删除对应的卷。

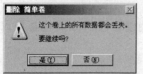

图 5-33　"删除简单卷"提示框

(3) 重复执行前面的两步操作,删除所有已经转换的卷,此时所有的卷信息都消失了,在删除了所有卷的磁盘上右击,在弹出的快捷菜单中选择"转换成基本磁盘"命令,即可实现动态磁盘向基本磁盘的转化过程,操作如图 5-34 所示。

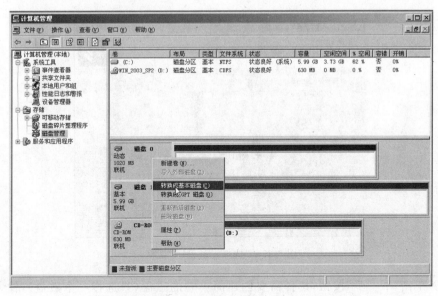

图 5-34　"转换成基本磁盘"命令

5.3.2　非磁盘阵列卷的创建

1. 创建简单卷

简单卷是动态磁盘卷中的最基本单位,当只有一个动态磁盘时,简单卷是可以创建的唯一卷。

(1) 选择"开始"→"控制面板"→"管理工具"→"计算机管理"→"磁盘管理"命令,打开一个窗口,在要创建的未指派空间上右击,在弹出的快捷菜单中选择"创建卷"命令,弹出"新建卷向导"对话框,如图 5-35 所示。

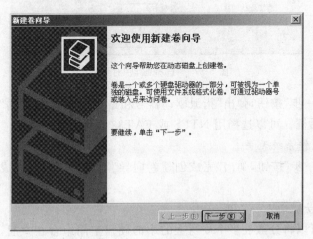

图 5-35　"新建卷向导"对话框

(2) 单击"下一步"按钮,弹出"选择卷类型"对话框,如图 5-36 所示,选中"简单"单选按钮。

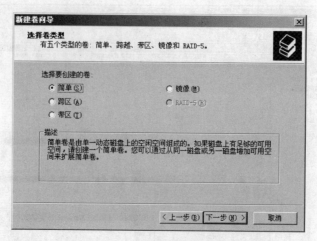

图 5-36　"选择卷类型"对话框

（3）单击"下一步"按钮，选择需要创建简单卷的磁盘（只选择一个磁盘），输入卷大小，如图 5-37 所示。

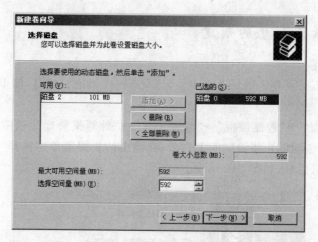

图 5-37　"选择磁盘"对话框

（4）单击"下一步"按钮，弹出"指派驱动器号和路径"对话框。单击"下一步"按钮，弹出"格式化卷"对话框。可以选择用 NTFS 或 FAT32 文件系统。

注意：卷和文件系统无关。

（5）单击"下一步"按钮，弹出"完成创建卷向导"对话框，单击"完成"按钮，完成简单卷的创建。

2. 创建跨区卷

利用跨区卷可以将分散在多个硬盘上的小的硬盘空间组合在一起，形成一个大的可以统一使用和管理的卷。

（1）打开磁盘管理窗口，在要创建未指派空间上右击，在弹出的快捷菜单中选择"创建卷"命令，弹出"新建卷向导"对话框。

（2）单击"下一步"按钮，弹出"选择卷类型"对话框，选中"跨区"单选按钮，操作如图 5-38 所示。

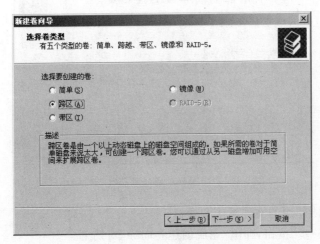

图 5-38　"选择卷类型"对话框

（3）单击"下一步"按钮，弹出"选择磁盘"对话框，因为跨区卷的空间组成要求必须来自于两个或两个以上的硬盘空间，因此在"可用"列表中选择另一个硬盘，单击"添加"按钮将其加入到"已选的"列表中。接下来设定卷的容量，在"已选的"列表中选择一块磁盘，然后在"选择空间量"编辑框中输入来自不同磁盘的空间大小。可以在"卷大小总数"文本框中看到卷的大小，如图 5-39 所示。

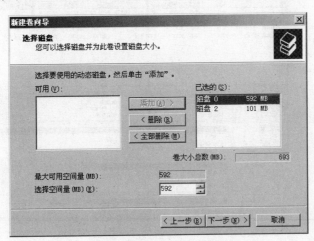

图 5-39　"选择磁盘"对话框

（4）单击"下一步"按钮，弹出"指派驱动器号和路径"对话框，如图 5-40 所示，在这里为新建的跨区卷选择一个字符标识卷。

注意：虽然跨区卷是由来自多个硬盘的空间组成的，但是对于用户和应用程序而言，一个跨区卷就是一个整体。

（5）单击"下一步"按钮，弹出"卷区格式化"对话框，在这里可以选择如何格式化新建

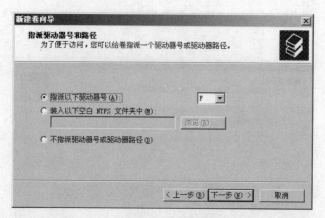

图 5-40 "指派驱动器号和路径"对话框

的跨区卷,以及卷所使用的文件系统和卷标。

(6)单击"下一步"按钮,弹出"完成创建卷向导"对话框。

(7)单击"完成"按钮,系统开始将来自不同磁盘的空间组合到一个卷中并格式化该卷。如图 5-41 所示,将磁盘 0 中剩余的 591MB 的空间和磁盘 2(100MB)合并,指派的驱动器为 F,所以显示的 F 卷容量为 691MB,而在磁盘 0 和磁盘 2 中各显示一个驱动器 F,其容量分别为 591MB 和 100MB。

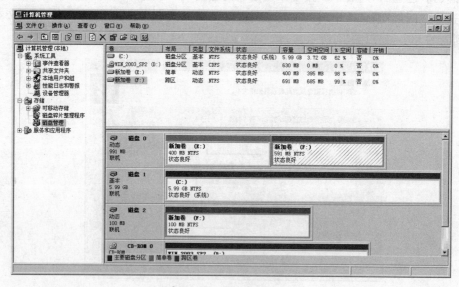

图 5-41 跨区卷的显示

5.3.3 创建磁盘阵列卷

1. 创建带区卷

带区卷要求不同的硬盘的空间必须大小相同,而且待写入的数据是被均匀地划分,再分别均匀轮流地写入到该卷中。读取数据的时候也一样,由于数据是从多块硬盘中同时读取出来,因此其读写性能是最好的。

(1) 打开磁盘管理窗口,在要创建未指派空间上右击,在弹出的快捷菜单中选择"创建卷"命令,弹出"新建卷向导"对话框。

(2) 单击"下一步"按钮,弹出"选择卷类型"对话框,选中"带区"单选按钮,操作如图 5-42 所示。

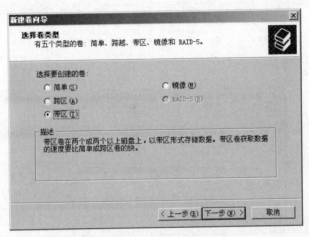

图 5-42 "选择卷类型"对话框

(3) 单击"下一步"按钮,弹出"选择磁盘"对话框,在这里给出新建的带区卷的大小,如图 5-43 所示。

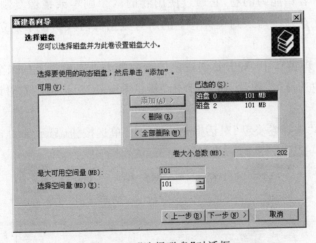

图 5-43 "选择磁盘"对话框

注意:带区卷要求来自不同硬盘的空间必须大小相同。

(4) 单击"下一步"按钮,弹出"指定驱动器号和路径"对话框,为该跨区卷选择一个字符。

(5) 单击"下一步"按钮,弹出"卷区格式化"对话框,选择格式化类型和文件系统。

(6) 单击"下一步"按钮,弹出"完成创建卷向导"对话框。

（7）单击"完成"按钮，系统开始将来自不同的硬盘的空间组合到一个卷中。如图 5-44 所示，查看磁盘管理窗口可以看到，设置的带区卷大小为 200MB，其中在磁盘 0 和磁盘 2 中各分配了相等容量的 100MB 空间。

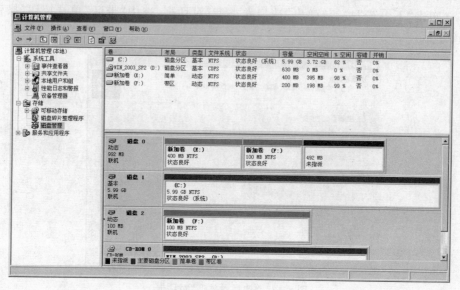

图 5-44　查看创建的带区卷

2. 创建镜像卷

镜像卷是具有容错能力的卷，它通过使用卷的两个副本或镜像复制存储在卷上的数据从而提供数据冗余性。写入到镜像卷上的所有数据都写入到位于独立的物理磁盘上的两个镜像中。

（1）在磁盘管理窗口中，右击要创建镜像卷的某个动态磁盘上的未分配空间，然后在弹出的快捷菜单中选择"新建卷"命令，弹出"新建卷向导"对话框。在对话框中单击"下一步"按钮。

（2）在弹出的"选择卷类型"对话框选中"镜像"单选按钮，显示如图 5-45 所示。

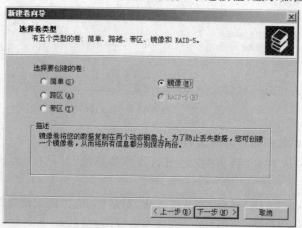

图 5-45　"选择卷类型"对话框

（3）单击"下一步"按钮,弹出"选择磁盘"对话框,在这里给出新建的镜像卷的大小,和带区卷类似,来自不同硬盘的空间必须大小相同。

（4）单击"下一步"按钮,弹出"指定驱动器号和路径"对话框,为该跨区卷选择一个字符。

（5）单击"下一步"按钮,弹出"卷区格式化"对话框,选择格式化类型和文件系统。

（6）单击"下一步"按钮,弹出"完成创建卷向导"对话框。

（7）单击"完成"按钮,系统开始将来自不同的硬盘的空间组合到一个卷中。如图 5-46 所示,查看磁盘管理窗口可以看到,设置的镜像卷大小为 50MB,其中在磁盘 0 和磁盘 2 中各分配了相等容量的 50MB 空间。这一点和带区卷和跨区卷是不同的。

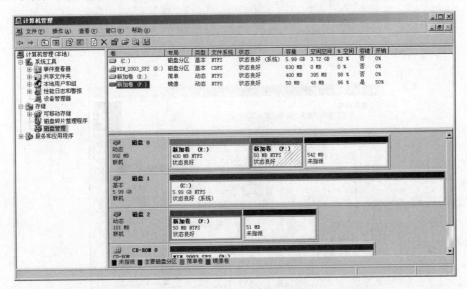

图 5-46　查看创建的镜像卷

3．创建 RAID-5 卷

创建 RAID-5 卷的前提条件是必须有三个以上的动态磁盘,每个动态磁盘上使用相同大小的空间量。

（1）在磁盘管理窗口中,右击要创建镜像卷的某个动态磁盘上的未分配空间,然后从弹出的快捷菜单中选择"新建卷"命令,弹出"新建卷向导"对话框,在对话框中单击"下一步"按钮。

（2）在弹出的"选择卷类型"对话框中选中"RAID-5"单选按钮,然后单击"下一步"按钮,如图 5-47 所示。

（3）弹出"选择磁盘"对话框,选择创建 RAID-5 卷的动态磁盘,并指定动态磁盘上的卷空间量,注意 RAID-5 必须在三块以上动态磁盘上创建,如图 5-48 所示。

注意：这三个磁盘的空间必须相同。

（4）单击"下一步"按钮,弹出"指定驱动器号和路径"对话框,为该跨区卷选择一个字符。

（5）单击"下一步"按钮,弹出"卷区格式化"对话框,选择格式化类型和文件系统。

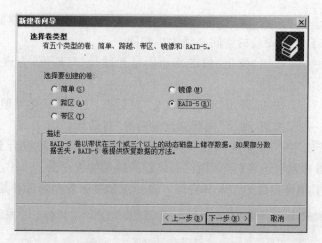

图 5-47 "选择卷类型"对话框

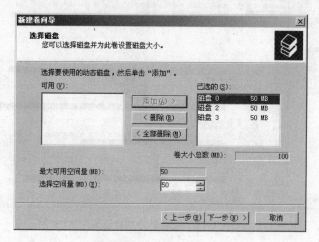

图 5-48 新建的 RAID-5 卷

（6）单击"下一步"按钮，弹出"完成创建卷向导"对话框。

（7）单击"完成"按钮，系统开始将来自不同的硬盘的空间组合到一个卷中。如图 5-49 所示，查看磁盘管理窗口可以看到，设置的 RAID-5 卷大小为 100MB，其中在磁盘 0 和磁盘 2、磁盘 3 中各分配了相等容量的 50MB 空间。

5.3.4 扩展卷

动态磁盘的一个优点就是可以在不丢失数据的情况下，将一个已有的卷的大小扩大，将磁盘上未指派（未分配）的空间加入到一个简单卷或跨区卷中。要加入的磁盘空间不需要与待加入的卷在空间上相邻。

注意：不能将已分配的空间以扩展卷的形式加入到另一个卷中。另外只能扩展格式化为 NTFS 的卷，不能扩展在转成动态磁盘之前就已经存在的卷。

（1）打开磁盘管理窗口，在一个已有的卷上右击，在弹出的快捷菜单中选择"扩展卷"命令，如图 5-50 所示。

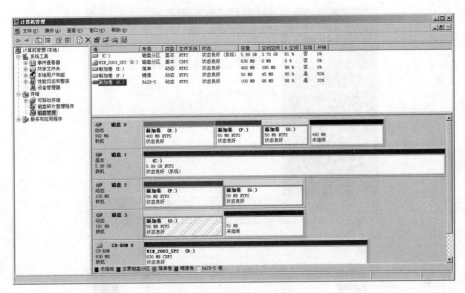

图 5-49　查看创建好的 RAID-5 卷

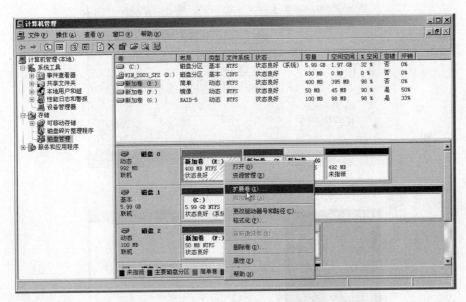

图 5-50　选择"扩展卷"命令

（2）弹出的"扩展卷向导"对话框如图 5-51 所示。

（3）单击"下一步"按钮，弹出"选择磁盘"对话框，如图 5-52 所示，在该对话框中选择要加入的空间所在的磁盘，以及要加入的空间的大小。

（4）单击"下一步"按钮，弹出"完成扩展卷向导"对话框，如图 5-53 所示。

（5）单击"完成"按钮，结束操作，可以看到扩展以后的卷 F 的容量增加了，如图 5-54所示。

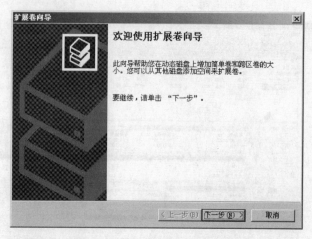

图 5-51 "扩展卷向导"对话框

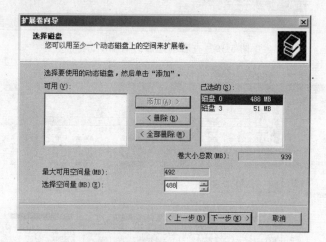

图 5-52 "选择磁盘"对话框

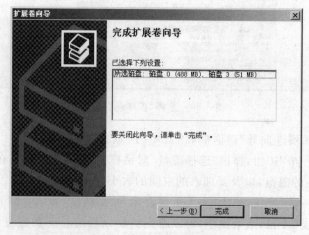

图 5-53 "完成扩展卷向导"对话框

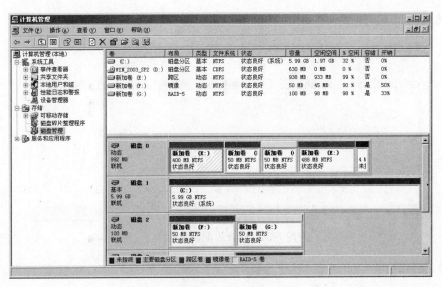

图 5-54   扩展卷

5.4   磁盘高级管理

本节主要讲述磁盘的高级管理项目。

5.4.1   磁盘配额管理

磁盘配额指的是操作系统对不同用户使用磁盘空间进行容量限制。通过磁盘配额功能可以为不同用户分配磁盘空间。当用户使用的空间超过了配额的允许后会收到系统的警报，并且不能再使用更多的磁盘空间。磁盘配额监视个人用户的卷使用情况，因此每个用户对磁盘空间的利用都不会影响同一卷上的其他用户的磁盘配额。在启用磁盘配额时，可设置两个值：磁盘配额限制和磁盘配额警告级别。

注意：为支持磁盘配额，磁盘卷格式必须为 NTFS 文件格式。

（1）在磁盘管理窗口中右击要设置磁盘配额的磁盘，在弹出的快捷菜单中选择“属性”命令，弹出磁盘属性对话框，打开“配额”选项卡，如图 5-55 所示。选中“启用配额管理”复选框后，可以设置配额其他的选项。比如，将磁盘空间限制为 30MB，选中“用户超过警告等级时记录事件”复选框。

（2）单击图 5-55 上的“配额项”按钮，弹出

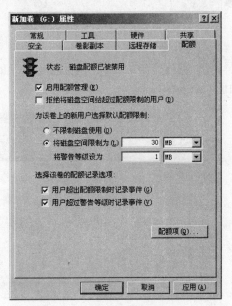

图 5-55   启用磁盘配额

磁盘的配额项窗口,如图 5-56 所示。

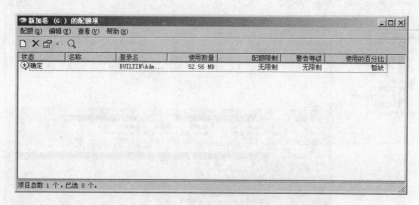

图 5-56　磁盘的配额项窗口

(3) 选择"配额"菜单中的"新建配额项"命令,弹出"选择用户"对话框,选择要限制配额的用户,如图 5-57 所示。

(4) 单击"确定"按钮,为用户添加新配额项,如图 5-58 所示。单击"确定"按钮完成磁盘配额。

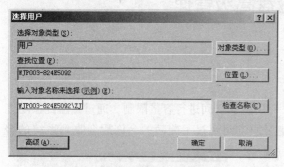

图 5-57　"选择用户"对话框

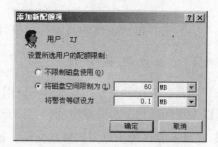

图 5-58　添加新配额项

(5) 创建完毕的配额项,可以在磁盘的配额项窗口查看或监控用户使用空间的情况,如图 5-59 所示。

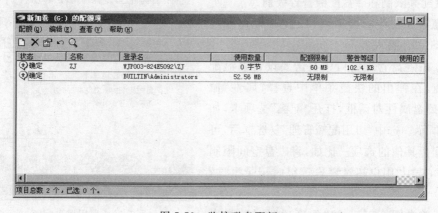

图 5-59　监控磁盘配额

5.4.2　远程磁盘管理

使用远程磁盘管理,可在本地远程管理网络中其他计算机上的磁盘,以方便网络操作。要管理连接到远程计算机的磁盘,用户必须同时是本地和远程计算机上的 Backup Operators 组或 Administrators 组的成员。另外,用户账户和两台计算机都必须是相同的域或受信任的域中的成员。

(1) 选择"开始"菜单中的"运行"命令,在弹出的对话框的文本框中输入 mmc,然后单击"确定"按钮。打开如图 5-60 所示的"控制台 1"窗口。

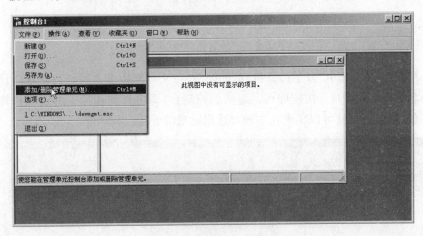

图 5-60　"控制台 1"窗口

(2) 选择"文件"菜单中的"添加/删除管理单元"命令,弹出如图 5-61 所示的"添加/删除管理单元"对话框。

(3) 单击图 5-61 上的"添加"按钮,弹出"添加独立管理单元"对话框,如图 5-62 所示。

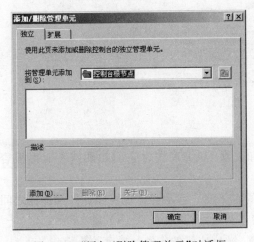

图 5-61　"添加/删除管理单元"对话框　　　图 5-62　"添加独立管理单元"对话框

(4) 在图 5-62 上选择"磁盘管理"选项,单击"添加"按钮,弹出如图 5-63 所示的"磁盘管理"对话框。

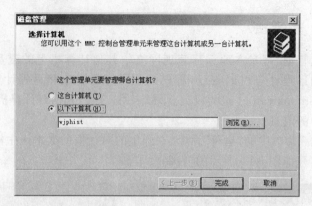

图 5-63 "磁盘管理"对话框

（5）在图 5-63 上选中"以下计算机"单选按钮，在文本框中输入要进行磁盘管理的远程计算机的名称，单击"完成"按钮即可。返回到控制台，即可看到连接上的远程计算机磁盘的相关信息，这样用户就可以实现在本地对远程磁盘的管理过程，如图 5-64 所示。

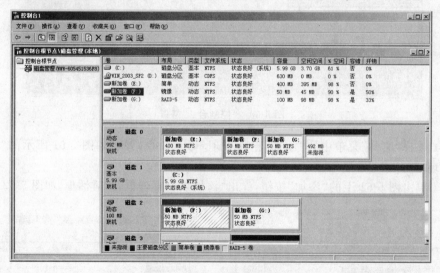

图 5-64 远程磁盘管理显示

5.4.3 可移动存储管理

移动存储使得跟踪移动存储媒体（磁带和光盘）和管理包含它们的硬件库变得很容易，诸如转换器和光盘机。

移动存储将库中的所有媒体组织为不同的媒体池。移动存储也将媒体在媒体池之间移动，以便提供应用程序需要的大量数据存储。

注意：移动存储不提供卷管理和文件管理，例如对数据备份和磁盘扩展操作。

1. 存储媒体类型

1）磁带

目前广泛使用的磁带技术包括数字声音磁带（DAT）和数字线性磁带（DLT）。其他包括四分之一英寸磁带盘(QIC) 磁带和九轨磁带。

2)可写磁盘

可写磁盘包括诸如 Jaz、Zip 和 SyQuest 磁盘产品。

3)只读光盘

只读光盘技术包括 CD-ROM 和 DVD-ROM 光盘,它们已被写好,不能被覆盖和擦除。

4)可写光盘

可写光盘技术包括磁-光(MO)、变相(PC)、WORM、CD-可刻录(CD-R)和 DVD-可刻录(DVD-R)。可以在 MO 和 PC 盘上擦除或覆盖多次数据。WORM、CD-R 和 DVD-R 盘只能写一次。

2. 库类型

1)机器库

机器库支持多种磁带和磁盘,有些具有多种驱动。这些库有时被叫做转换器或自动盘片选择机,通常使用子系统来检索存储在库的内置插槽中的媒体。传送位于需要的媒体,将它固定在可用设备上,当不需要媒体时,再将它放回插槽。其他机器库选项包括清洗磁带和条码阅读器,它可以扫描媒体上的条码标签。

2)设备库

设备库和单独设备一样,是单个设备,诸如磁带或 CD-ROM 设备,它支持单个磁带和磁盘。利用它们可以手工插入磁带和磁盘到单元中。

3. 管理媒体池

(1)在"计算机管理"窗口左边的树形目录中展开"可移动存储",右击"媒体池",在弹出的快捷菜单中选择"创建媒体池"命令,如图 5-65 所示。

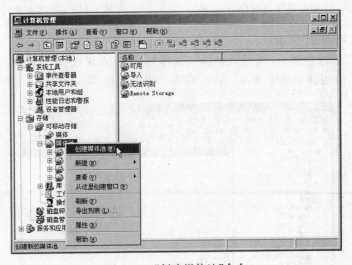

图 5-65　"创建媒体池"命令

(2)弹出"创建一个新的媒体池属性"对话框,如图 5-66 所示,在"常规"选项卡的"名称"文本框中输入新媒体池的名称,然后在"描述"文本框中输入相关说明。在"媒体信息"区域选中"包含的媒体类型"单选按钮,然后在下拉列表中选择适当的媒体类型。

在"分配/解除分配策略"中执行以下操作。

要在需要时从可用媒体池中自动抽取未使用的媒体,选中"从可用媒体池中抽取媒体"复选框即可。

要在不需要时将媒体自动返回到可用媒体池,选中"将媒体返回可用媒体池"复选框即可。

要设置该媒体池中媒体的分配限制,选中"限制重新分配"复选框,然后根据需要更改默认值即可。

(3) 打开"安全"选项卡,设置对应用户和组的相关管理权限,操作如图 5-67 所示。

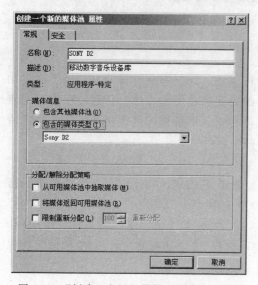
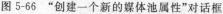
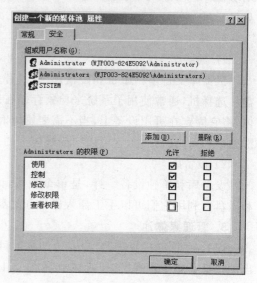

图 5-66　"创建一个新的媒体池属性"对话框　　　　图 5-67　设置"安全"选项卡

4. 管理磁带和磁/光盘

(1) 在树形目录中展开"可移动存储",选择"媒体",在详细信息窗格中右击出现的媒体信息,在弹出的快捷菜单中选择"属性"命令。操作如图 5-68 所示。

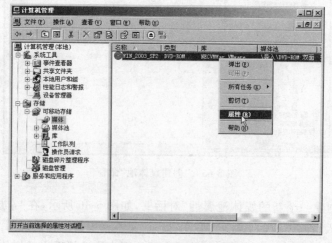

图 5-68　可移动存储属性查看

（2）弹出该媒体的属性对话框，在"媒体"选项卡上，确认"启用媒体"复选框已被选中，操作如图 5-69 所示。

图 5-69　启用媒体

注意：如果要禁用磁带或者磁/光盘，取消选中"启用媒体"复选框即可。

5.5　磁盘的其他设置选项及相关命令

磁盘的其他设置项目包括设置磁盘挂接、整理磁盘碎片等。

5.5.1　设置磁盘挂接

当服务器上有多个硬盘且分区很多时，可用磁盘挂接技术来解决盘符不够用的问题，也可用来向某一已有数据区域追加空间等。

注意：挂接文件夹必须放在使用 NTFS 文件系统的磁盘分区或动态卷上，且该文件夹必须为空文件夹。

（1）打开"计算机管理"窗口，在磁盘管理窗口中右击 E 分区，在弹出的快捷菜单中选择"更改驱动器号和路径"命令，弹出"更改驱动器号和路径"对话框，如图 5-70 所示。

（2）单击"添加"按钮，弹出"添加驱动器号或路径"对话框，如图 5-71 所示。选中"装入以下空白 NTFS 文件夹中"单选按钮。

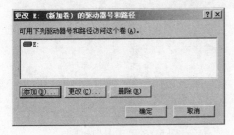

图 5-70　更改驱动器号和路径

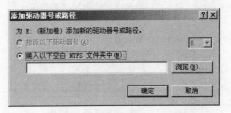

图 5-71　"添加驱动器号或路径"对话框

（3）单击"浏览"按钮，弹出"浏览驱动器路径"对话框，如图 5-72 所示。在列表框中列出了所有 NTFS 卷，选择 F 分区的 wjphist 文件夹，单击"确定"按钮。

（4）系统返回到"添加驱动器号或路径"对话框，可以看到 F 盘下的 wjphist 已经实现了挂接服务，如图 5-73 所示。

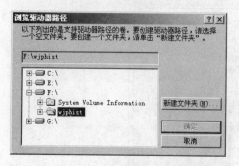

图 5-72　"浏览驱动器路径"对话框

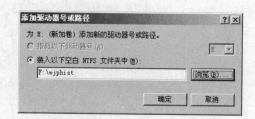

图 5-73　设置好的挂接项目

5.5.2　整理磁盘碎片

如果磁盘中的碎片太多就会降低磁盘数据访问的性能，因此定期地进行磁盘碎片的整理可以有效地减少磁盘上的碎片，提高磁盘访问性能。

（1）在桌面上右击"我的电脑"图标，在弹出的快捷菜单中选择"资源管理器"命令，在打开的窗口中选择要整理的驱动器，在该驱动器上右击，在弹出的快捷菜单中选择"属性"命令。

（2）在驱动器属性对话框中打开"工具"选项卡，如图 5-74 所示。

（3）在"工具"选项卡中单击"开始整理"按钮，如图 5-75 所示。

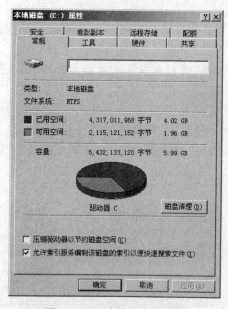

图 5-74　驱动器属性对话框

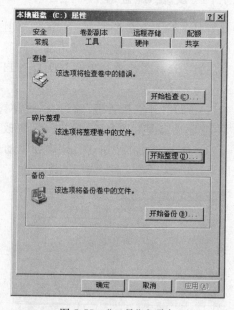

图 5-75　"工具"选项卡

（4）在"磁盘碎片整理程序"窗口中选择要整理的驱动器，如图 5-76 所示。

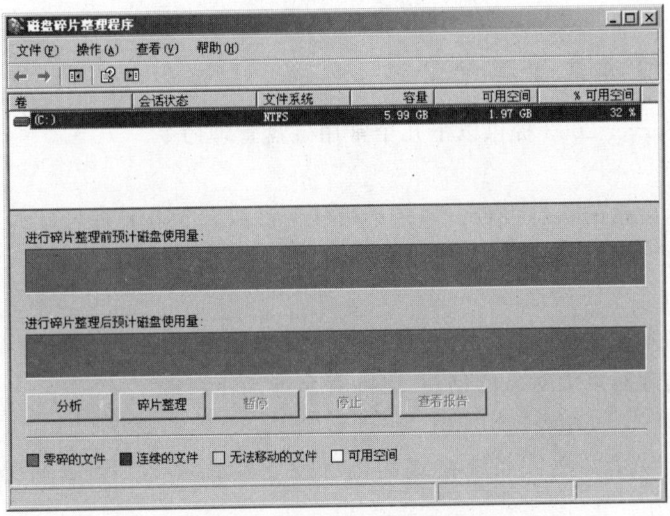

图 5-76　"磁盘碎片整理程序"窗口

（5）单击"分析"按钮，在经过系统分析后弹出分析完毕的提示对话框，如图 5-77 所示。

图 5-77　分析完毕提示对话框

（6）单击"碎片整理"按钮即可开始磁盘碎片整理，如图 5-78 所示。

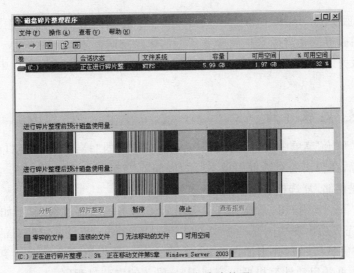

图 5-78　开始磁盘碎片整理

注意：由于碎片整理程序会消耗大量系统资源，因此不建议在碎片整理期间运行应用程序。

5.5.3　常用的磁盘管理命令

Windows Server 2003 提供以下几个常用磁盘管理命令。

1) Chkdsk

创建和显示磁盘的状态报告。如果不带任何参数，Chkdsk 将只显示当前驱动器中磁盘的状态，而不会修复任何错误。要修复错误，必须包括/f 参数。

2) Diskpart

通过使用脚本或从命令提示符直接输入来管理磁盘、分区、卷，使用 Diskpart 命令行工具完全可以实现对以上对象的创建、删除等全部操作。

3) Convert

将 FAT 或 FAT32 文件系统格式的分区或卷转化为 NTFS 文件系统格式的分区或卷。

4) Fsutil

完成对采用 NTFS 文件系统的磁盘分区和卷的管理。

5) Mountvol

创建、删除或列出卷的装入点。管理磁盘挂接功能。

6) Format

利用指定的文件系统格式化磁盘分区或卷。

注意：以上为常用的磁盘管理命令，具体命令的参数及使用方法，可以在"命令提示符"下输入命令加/？ 或者输入 HELP，操作系统会显示详细的说明。

5.6　远程存储服务

远程存储服务（Remote Storage Service，RSS）是一种层次结构的存储系统。借助 RSS，可以使用磁带或光盘库来扩展服务器上的磁盘空间。Windows Server 2003 默认不会安装 RSS 服务。用户可以在安装期间选择安装，或者通过"控制面板"中的"添加或删除程序"来安装。

5.6.1　安装"远程存储"

（1）选择"开始"菜单中的"控制面板"命令，在打开的"控制面板"窗口中双击"添加/删除程序"图标，在弹出的对话框中单击"添加/删除 Windows 组件"按钮。在弹出的对话框中选中"远程存储"复选框，操作如图 5-79 所示。

（2）单击"下一步"按钮，系统将自动实现 RSS 服务的安装过程，显示如图 5-80 所示。

（3）安装完成后出现如图 5-81 所示的"完成'Windows 组件向导'"对话框。

（4）单击"完成"按钮，弹出如图 5-82 所示的询问是否想重新启动计算机的对话框，单击"是"按钮，重新启动计算机即可完成 RSS 服务的安装过程。

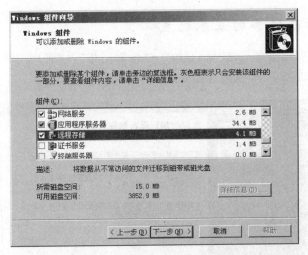

图 5-79 选择"远程存储"复选框

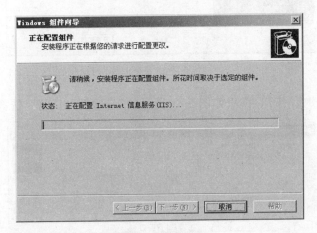

图 5-80 安装过程

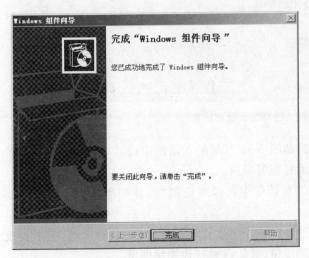

图 5-81 "完成'Windows 组件向导'"对话框

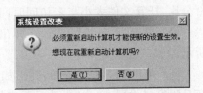

图 5-82 "系统设置改变"对话框

5.6.2 远程存储服务的基本配置

（1）安装远程存储服务后，选择"开始"→"控制面板"→"管理工具"→"远程存储"命令，将弹出如图 5-83 所示的"远程存储安装向导"对话框。

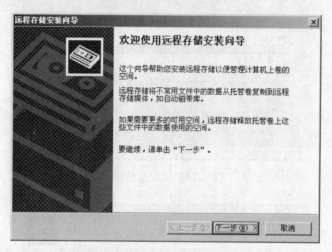

图 5-83 "远程存储安装向导"对话框

（2）单击"下一步"按钮，弹出如图 5-84 所示的"卷管理"对话框，选择需要管理的卷。

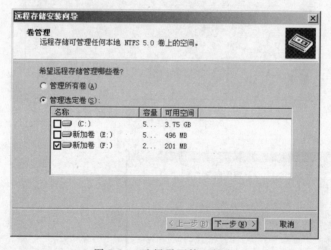

图 5-84 选择需要管理的卷

（3）单击"下一步"按钮，在弹出的如图 5-85 所示的对话框中设置"所需可用空间"的百分比、托管文件大小与未访问时间的长短等项目。

（4）单击"下一步"按钮，在弹出的对话框中选择对应的"媒体类型"，操作如图 5-86 所示。

（5）单击"下一步"按钮，弹出如图 5-87 所示的"复制文件的计划"对话框，如果要改变日程安排设置，单击"更改日程安排"按钮，重新设置日程安排即可。

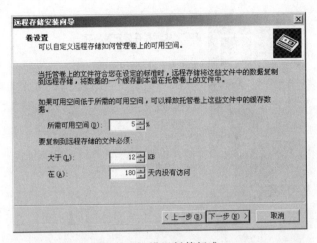

图 5-85　设置托管标准

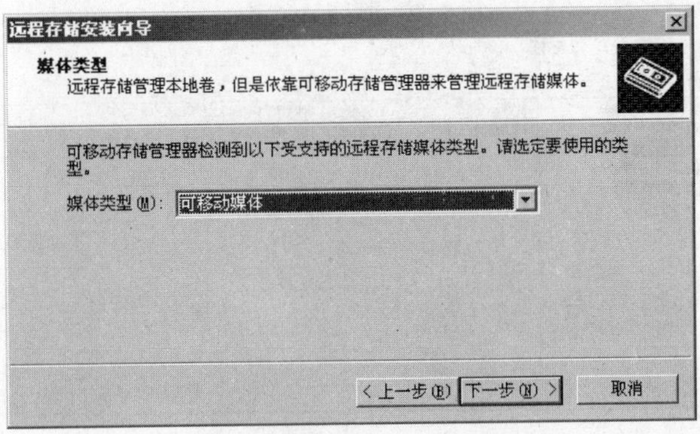

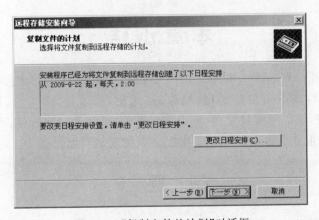

图 5-86　选择媒体类型

图 5-87　"复制文件的计划"对话框

（6）单击"下一步"按钮，弹出如图 5-88 所示的完成远程存储安装向导对话框。

（7）单击"完成"按钮，系统自动打开设置好的"远程存储"管理窗口，显示如图 5-89 所示。

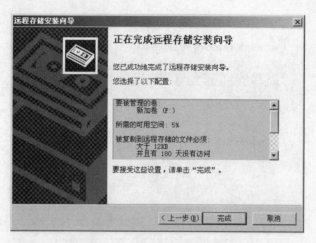

图 5-88　完成远程存储安装

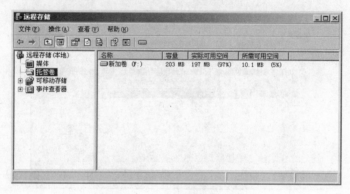

图 5-89　"远程存储"管理窗口

本 章 小 结

　　本章主要介绍了 Windows Server 2003 的磁盘管理,主要的知识点包括基本磁盘类型,动态磁盘类型,基本磁盘的创建、删除、格式化,简单卷、跨区卷、带区卷、镜像卷、RAID-5 卷的创建,磁盘的配额管理,远程磁盘管理,可移动存储管理,远程存储服务等。学习完本章,应该重点掌握动态磁盘的创建,磁盘的配额管理。

习　题　5

　　1. 简述动态磁盘的基本类型及特点。

　　2. 简述创建 RAID-5 卷的基本过程。

　　3. 简述带区卷和镜像卷的区别。

　　4. 简述磁盘配额管理的基本作用。

　　5. 简述在 Windows Server 2003 中如何实现远程存储服务。

第 **6** 章

Windows Server 2003 路由和远程访问服务

CHAPTER

本章知识要点:

➢ 远程访问服务的配置;

➢ VPN 服务及其配置;

➢ 路由服务器的配置;

➢ 静态路由的配置;

➢ RIP 路由的配置;

➢ OSPF 路由的配置;

➢ NAT 的基本配置。

6.1 Windows Server 2003 路由和远程访问概述

Windows Server 2003"路由和远程访问"服务组件提供构建软路由的功能,在小型网络中可以安装一台 Windows Server 2003 服务器并设置成路由器,来代替昂贵的硬件路由器。而且基于 Windows Server 2003 构建的路由器具有图形化管理界面,管理方便、易用。

Windows Server 2003 的路由和远程访问服务器集成了路由服务、远程访问服务和 VPN 服务。它是用于路由和互连网络工作的开放平台。Windows Server 2003 的路由和远程访问服务为局域网(LAN)和广域网(WAN)环境中的商务活动,或使用安全虚拟专用网(VPN)连接的 Internet 上的商务活动提供路由选择服务。

Microsoft Windows Server 2003 的路由和远程访问提供以下网络服务。

(1) 拨号远程访问服务器。

(2) 虚拟专用网络(VPN)远程访问服务器。

(3) 连接专用网络子网的 Internet 协议(IP)路由器。

(4) 将专用网络连接到 Internet 的网络地址转换器(NAT)。

(5) 拨号和 VPN 站点到站点请求拨号路由器。

6.2 远程访问服务

本节主要讲述远程拨号服务的基本配置过程。

6.2.1 远程拨号服务概述

Windows Server 2003 的"路由和远程访问"提供的拨号远程访问,通过使用 PSTN 或 ISDN 等实现拨号远程访问连接。

1. 拨号网络组件

1)拨号网络服务器

可以配置运行"路由和远程访问"的服务器以提供对整个网络的拨号网络访问,或者限制只能对远程访问服务器上的共享资源进行访问。

2)拨号网络客户端

运行远程访问客户端的计算机系统。例如 Windows 98、Windows XP 等。

3)LAN 和远程访问协议

应用程序使用 LAN 协议传递消息。远程访问协议用于协商连接,并为通过广域网(WAN)链接发送的 LAN 协议数据提供组帧。"路由和远程访问"支持 LAN 协议,如 TCP/IP 和 AppleTalk,"路由和远程访问"支持远程访问协议,如 PPP。

4)WAN 选项

客户端可以使用标准电话线和一个调制解调器或调制解调器池来拨入。

2. 拨号连接过程

(1)客户端通过调制解调器接入拨号网络,然后呼叫远程访问服务器的接入拨号网络的接入号,请求建立远程访问连接。

(2)服务器接收到客户端请求建立连接的呼叫后,将对客户端的身份进行验证。

(3)如果身份验证未通过,则拒绝客户端的连接请求。如果身份验证通过,则允许客户端建立远程访问连接,并为客户端分配一个内部网络的 IP 地址。

(4)客户端将获得的 IP 地址与网络连接组件绑定,并使用该 IP 地址与远程的企业专用内部网络进行通信。

6.2.2 配置远程访问服务

1. 启用远程访问服务

(1)选择"开始"→"控制面板"→"管理工具"→"路由和远程访问"命令,打开如图 6-1 所示的"路由和远程访问"窗口。右击该窗口左边树形目录中的服务器,在弹出的快捷菜单中选择"配置并启用路由和远程访问"命令。

(2)弹出"路由和远程访问服务器安装向导"对话框,如图 6-2 所示。

(3)单击"下一步"按钮,在弹出的如图 6-3 所示的对话框中选中"远程访问(拨号或 VPN)"单选按钮。

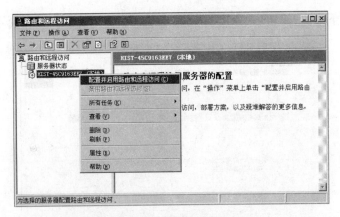

图 6-1　"路由和远程访问"窗口

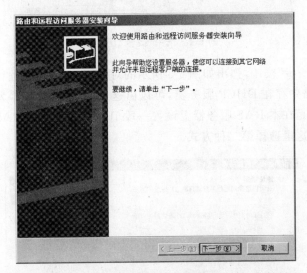

图 6-2　"路由和远程访问服务器安装向导"对话框

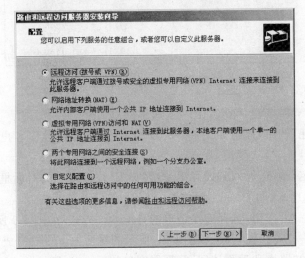

图 6-3　选中"远程访问(拨号或 VPN)"单选按钮

（4）单击"下一步"按钮，在弹出的如图 6-4 所示的对话框中选中"拨号"复选框。

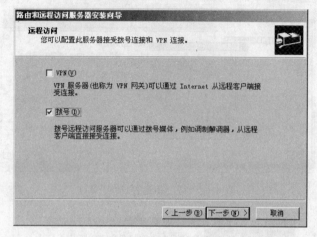

图 6-4　选中"拨号"复选框

（5）单击"下一步"按钮，弹出如图 6-5 所示的对话框，要求指定远程客户端获得 IP 地址的方式。若网络中存在 DHCP 服务器，可以由这台 DHCP 服务器为远程客户分配 IP 地址；另一种方式是在本 RAS 服务器上设置一段 IP 地址范围，由 RAS 服务器向远程客户分配 IP 地址。这里选择第二种方式。

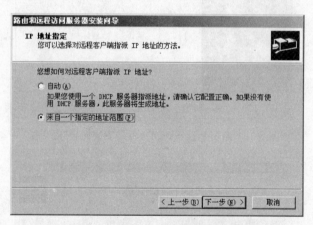

图 6-5　设置获取 IP 地址的方式

（6）单击"下一步"按钮，弹出如图 6-6 所示的对话框。

（7）单击"新建"按钮，弹出如图 6-7 所示的对话框，设置远程客户端的静态 IP 地址范围。

（8）单击"确定"按钮，返回到设置 RAS 客户 IP 地址范围的对话框，可以看到设置的地址范围已经显示出来，如图 6-8 所示。

（9）单击"下一步"按钮，选择连接请求的身份验证方式，如图 6-9 所示。

（10）单击"下一步"按钮，弹出如图 6-10 所示的对话框，单击"完成"按钮结束配置。

（11）配置后的"路由和远程访问"管理器窗口如图 6-11 所示。

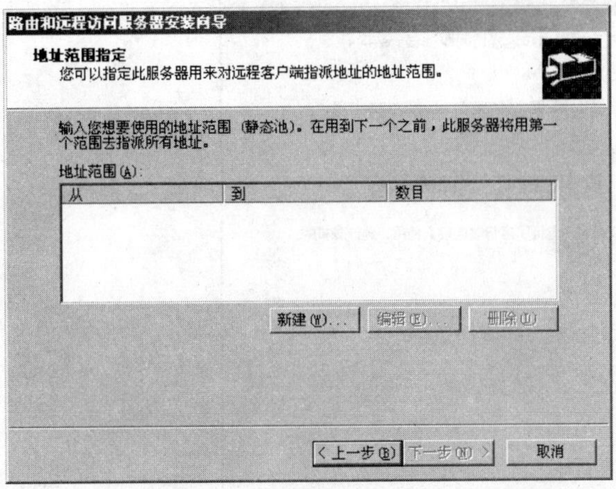

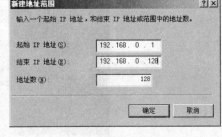

图 6-6　指定 IP 地址范围　　　　　　　　　图 6-7　设置 IP 地址范围

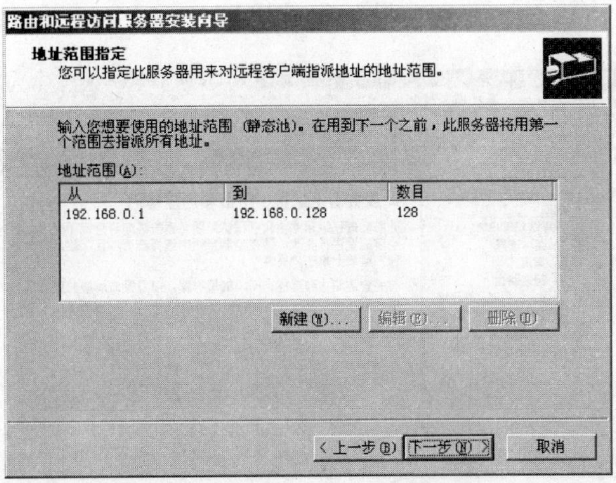

图 6-8　设置好的客户 IP 地址范围

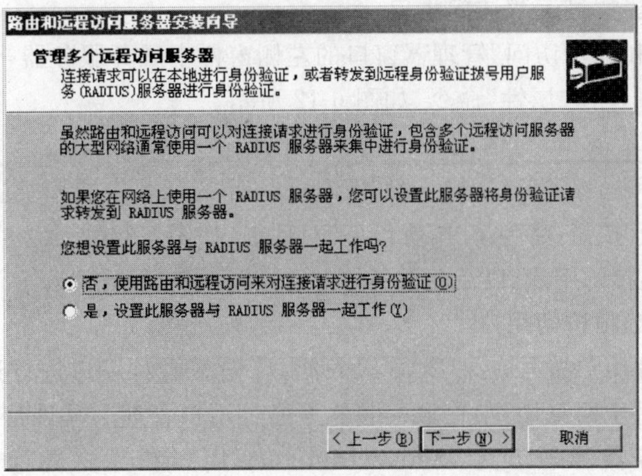

图 6-9　设置身份验证方式

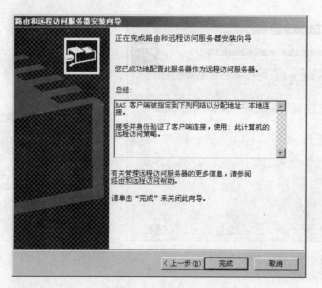

图 6-10　完成 RAS

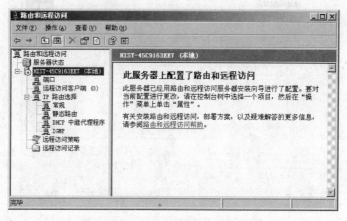

图 6-11　"路由和远程访问"管理器窗口

2. 配置服务器拨号远程访问端口

（1）在"路由和远程访问"管理器窗口的左侧窗格中展开服务器，然后右击"端口"，在弹出的快捷菜单中选择"属性"命令，如图 6-12 所示。

（2）弹出"端口 属性"对话框，如图 6-13 所示。

（3）在"路由和远程访问（RRAS）使用下列设备"的列表中选择"类型"为"调制解调器"的设备，单击"配置"按钮，将弹出"配置设备"对话框，如图 6-14 所示。在该对话框中配置远程访问请求拨号连接的用途，以及此设备的电话号码。依次单击"确定"按钮返回即可。

3. 配置拨号远程访问用户

为了能让远程用户拨号登录 RAS 服务器，首先需要对用户进行远程访问授权，使其具有拨号权限。对于网络用户，在域控制器上通过用户管理工具进行授权。

（1）选择服务器管理工具"Active Directory 用户和计算机"，在树形目录中选择Users，在右边的窗格选择用户，如图 6-15 所示。

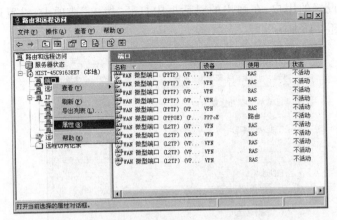

图 6-12　选择"属性"命令

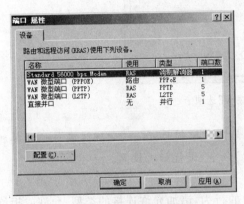

图 6-13　"端口 属性"对话框

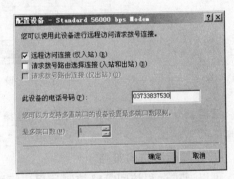

图 6-14　"配置设备"对话框

图 6-15　选择用户

（2）双击要设置的用户，在弹出的对话框中打开"拨入"选项卡，设置远程访问权限、回拨属性等，如图 6-16 所示。

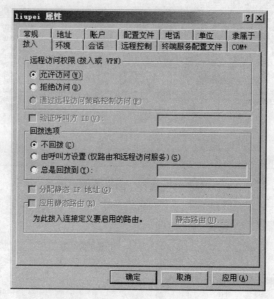

图 6-16　设置"拨入"选项卡

注意：如果设置的是本地用户，则选择"开始"→"控制面板"→"管理工具"→"计算机管理"→"系统工具"→"本地用户和组"→"用户"命令，进行如上设置。

4. 设置远程访问策略

可以通过远程访问策略控制远程访问用户的行为，诸如允许连接的类型、允许或拒绝连接、允许连接的时间等。新建远程访问策略的步骤如下。

（1）在"路由和远程访问"管理器窗口，右击"远程访问策略"，在弹出的快捷菜单中选择"新建远程访问策略"命令，弹出"新建远程访问策略向导"对话框，如图 6-17 所示。

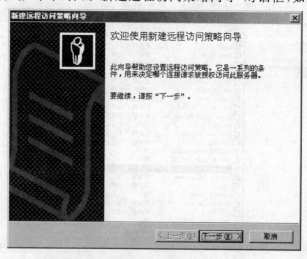

图 6-17　"新建远程访问策略向导"对话框

（2）单击"下一步"按钮,在弹出的对话框中选中"设置自定义策略"单选按钮,为策略
起一个便于识别的名字,如图 6-18 所示。

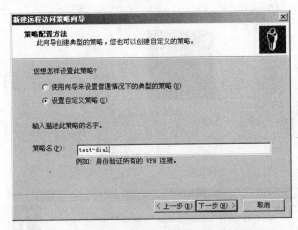

图 6-18　选中"设置自定义策略"单选按钮

（3）单击"下一步"按钮,弹出如图 6-19 所示的对话框。

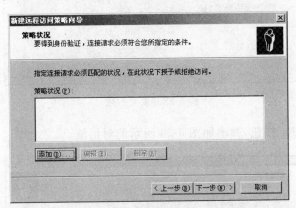

图 6-19　"策略状况"对话框

（4）单击图 6-19 中的"添加"按钮,系统弹出如图 6-20 所示的"选择属性"对话框,在
"属性类型"列表中选择要添加的属性条件,例
如在此选择"指定每周允许用户连接的时间和
日期"选项。

（5）单击图 6-20 上的"添加"按钮,弹出如
图 6-21 所示"时间限制"对话框,设置从星期一
到星期五的 7 点到 18 点允许用户访问,设置完
成后单击"确定"按钮返回。

（6）可以反复添加多个条件属性,添加完成
后单击"下一步"按钮,弹出设置访问"权限"对
话框,根据实际需要设置授予远程访问还是拒
绝远程访问,如图 6-22 所示。

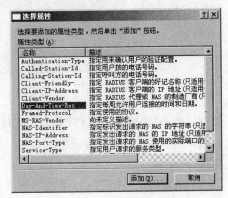

图 6-20　"选择属性"对话框

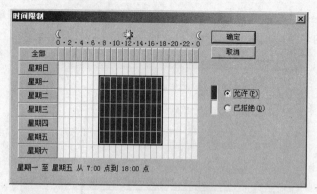

图 6-21 设置时间限制

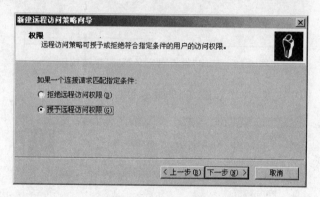

图 6-22 设置权限

（7）单击"下一步"按钮，弹出如图 6-23 所示的对话框。

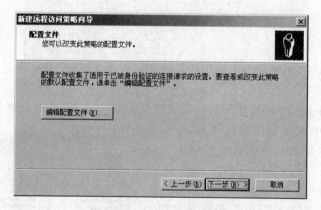

图 6-23 添加远程访问策略

（8）单击"编辑配置文件"按钮，弹出如图 6-24 所示的"编辑拨入配置文件"对话框，进行用户拨入限制、身份验证等的设置。设置完成后，单击"确定"按钮，关闭"编辑拨入配置文件"对话框。

（9）单击"下一步"按钮，弹出如图 6-25 所示的"正在完成新建远程访问策略向导"对话框，单击"完成"按钮，将结束策略编辑并启动该策略。

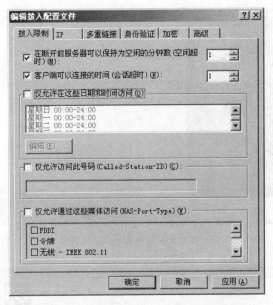

图 6-24　"编辑拨入配置文件"对话框

图 6-25　完成策略创建

5. 配置远程访问客户端

远程访问服务器设置好后,用户就可以在远程使用拨号程序连接到远程访问服务器,访问远程网络资源。本实例以 Windows XP 客户端为例,讲述远程访问客户端的基本配置步骤。

(1) 在远程访问客户端计算机上安装调制解调器,并进行正确配置,使其能够接入拨号网络。选择"开始"→"控制面板"→"网络连接"→"新建连接向导"命令,弹出"新建连接向导"对话框,如图 6-26 所示。

(2) 单击"下一步"按钮,弹出"网络连接类型"对话框,选中"连接到我的工作场所的网络"单选按钮,如图 6-27 所示。

图 6-26 "新建连接向导"对话框

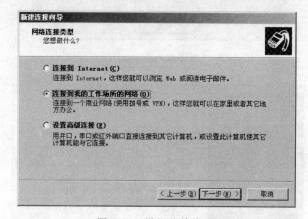

图 6-27 设置连接类型

(3) 单击"下一步"按钮,弹出"网络连接"对话框,选中"拨号连接"单选按钮,如图 6-28 所示。

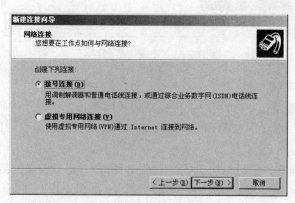

图 6-28 创建连接方式

(4) 单击"下一步"按钮,弹出"连接名"对话框,在"公司名"文本框中输入此连接的名称,如图 6-29 所示。

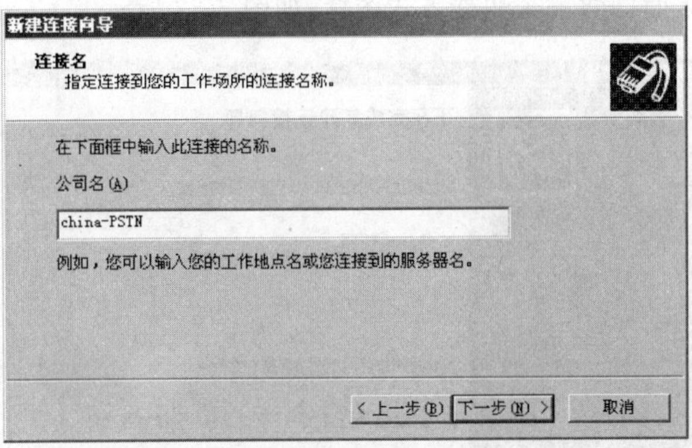

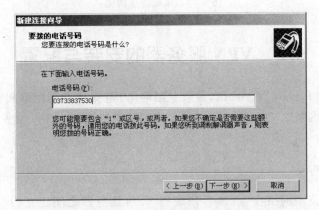

图 6-29　设置连接名称

　　(5) 单击"下一步"按钮,弹出"要拨的电话号码"对话框,在"电话号码"文本框中输入远程访问服务器端口的电话号码,如图 6-30 所示。

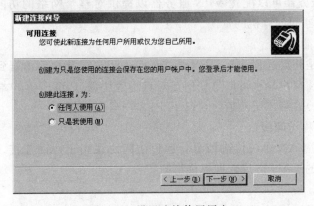

图 6-30　设置拨号电话

　　(6) 单击"下一步"按钮,弹出"可用连接"对话框,根据具体情况选中"任何人使用"或"只是我使用"单选按钮,如图 6-31 所示。

图 6-31　设置连接使用用户

（7）单击"下一步"按钮，在弹出的对话框中单击"完成"按钮，完成客户端的配置。同时可以根据需要在桌面创建一个快捷方式图标，如图 6-32 所示。

图 6-32　完成连接创建

6.3　VPN 服务器的安装与配置

VPN（Virtual Private Network，虚拟专用网络）是穿越专用网络和公用网络的安全的、点对点连接的网络。VPN 客户端使用特定的隧道协议，与 VPN 服务器建立虚拟专用连接。

6.3.1　VPN 概述

VPN 是通过公用网络在 VPN 客户端和 VPN 服务器之间建立的一种逻辑的连接。要进一步保证数据的安全性，必须对网络上传输的数据进行加密处理。

1．虚拟专用网的组件

1）虚拟专用网服务器

虚拟专用网服务器可以配置 VPN 服务器以提供对整个网络的访问，或限制仅可访问作为 VPN 服务器的计算机的资源。

2）VPN 客户端

VPN 客户端是获得远程访问 VPN 连接的个人用户或获得路由器到路由器 VPN 连接的路由器。VPN 客户端也可以是任何点对点隧道协议（PPTP）客户端或使用 Internet 协议安全性（IPSec）的第二层隧道协议（L2TP）客户端。

3）LAN 和远程访问协议

应用程序使用 LAN 协议传输信息。远程访问协议用于协商连接，并为通过广域网（WAN）链接发送的 LAN 协议数据提供组帧。

4）隧道协议

VPN 客户端通过使用 PPTP 或 L2TP 隧道协议，可创建到 VPN 服务器的安全连接。

5) WAN 选项

通过使用诸如 T1 和"帧中继"的永久性 WAN 连接,将 VPN 服务器连接到 Internet。通过使用永久性 WAN 连接,或拨入(使用标准模拟电话线或 ISDN)到本地 Internet 服务提供商(ISP),将 VPN 服务器连接到 Internet。

2. VPN 连接方式及其协议

常用的 VPN 连接方式有两种,一种是点到点的 VPN 连接,另一种是远程访问 VPN 连接。点到点的连接方式主要用于局域网与局域网之间的连接,远程访问 VPN 主要用于远程或移动用户连接到企业内部的专用局域网,访问企业内部网络资源。

1) PPTP

PPTP(Point-to-Point Tunneling Protocol,点对点隧道协议)是 PPP 的扩展,并协调使用 PPP 的身份认证、数据加密,它支持在 IP 网络上建立多协议的 VPN 连接,可以为使用 PSTN 和 ISDN 的用户提供 VPN 支持。PPTP 可以通过使用从 MS-CHAP、MS-CHAP v2 或 EAP-TLS 身份认证过程生成的密钥,对信息进行加密。加密方法采用 MPPE(Microsoft Point-to-Point Encryption,Microsoft 点对点加密)算法,密钥长度支持 128 位。

2) L2TP

L2TP(Layer 2 Tunneling Protocol,第二层隧道协议)是基于 RFC 的标准隧道协议。L2TP 不使用 MPPE 进行数据加密,而是基于 IPSec。L2TP 和 IPSec 的组合称为 L2TP-IPSec,通过使用 IKE(Internet Encryption Standard,数据加密标准)或 3DES(Triple DES,三重 DES)对信息进行加密。

3) IPSec

IPSec(IP Security,IP 安全)协议是 IETF 开发的 IP 网络安全标准。它包括 IKE、AH(Authentication Header,验证包头)和 ESP(Encapsulating Security Payload,安全载荷封装)等协议,可以支持各种常用的对称加密算法、非对称加密算法和 Hash 算法。

3. 远程访问 VPN 的连接过程

(1) VPN 客户端向服务器发送建立 VPN 请求。

(2) 服务器接收到客户端建立连接的请求后,将对客户端的身份进行验证。

(3) 如果身份验证通过,则允许客户端建立 VPN 连接,并为客户端分配一个内部网络的 IP 地址。假如客户端的用户身份验证未通过,则拒绝客户端的连接请求。

(4) 客户端将获得的 IP 地址与 VPN 连接组件绑定,并使用该地址与企业内部专用局域网络进行通信。

6.3.2　配置 VPN 服务

本节主要讲述 VPN 的基本配置。

1. 配置和启用 VPN 远程访问服务

注意:如果先前已启用"路由和远程访问"服务,则需要重新配置服务器。

(1) 在"路由和远程访问"管理器窗口,右击服务器对象,在弹出的快捷菜单中选择"禁用路由和远程访问"命令,如图 6-33 所示。

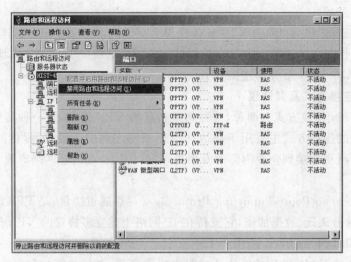

图 6-33 选择"禁用路由和远程访问"命令

　　（2）此时弹出如图 6-34 所示的提示对话框，单击"是"按钮，系统则将删除原路由配置信息。

图 6-34 提示对话框

　　（3）右击服务器对象，在弹出的快捷菜单中选择"配置并启用路由和远程访问"命令，启动"路由和远程访问服务器安装向导"。单击"下一步"按钮，在弹出的"路由和远程访问服务器安装向导"对话框中选中"远程访问（拨号或 VPN）"单选按钮，以允许远程客户端通过拨号或安全的虚拟专用网络连接到此服务器。

　　（4）单击"下一步"按钮，选择远程访问服务器的模式为 VPN，如图 6-35 所示。

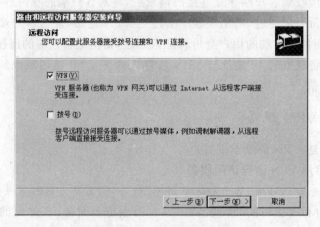

图 6-35 选中 VPN 复选框

（5）单击"下一步"按钮，在弹出的对话框中设置连接到 Internet 的网络接口，如图 6-36 所示。

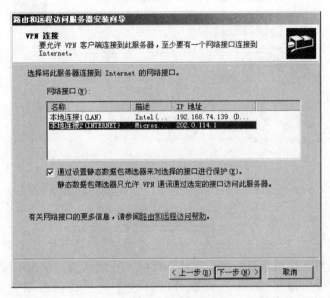

图 6-36　配置外网接口

（6）单击"下一步"按钮，设置对远程客户指派 IP 地址的过程。如图 6-37 所示，如果使用 DHCP 服务器给远程客户端分配地址，在"IP 地址指定"对话框中选中"自动"单选按钮；如果给远程客户端分配静态 IP 地址，选中"来自一个指定的地址范围"单选按钮。

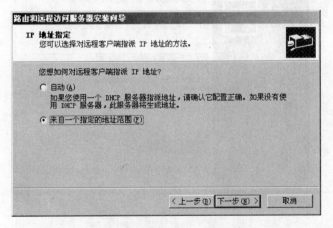

图 6-37　"IP 地址指定"对话框

注意：如果网络中没有安装 DHCP 服务，则必须指定一个地址范围。

（7）单击"下一步"按钮，弹出"地址范围指定"对话框。单击"新建"按钮，指定"起始 IP 地址"和"结束 IP 地址"。单击"确定"按钮返回到"地址范围"指定对话框，如图 6-38 所示。

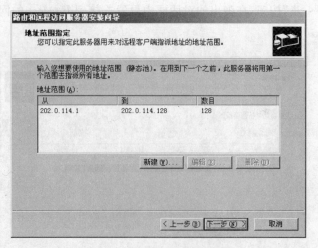

图 6-38　IP 地址范围的设定

（8）单击"下一步"按钮，在弹出的"身份验证模式"对话框中选中默认选项"否，使用路由和远程访问对连接请求进行身份验证"，此时远程访问用户使用本服务器中管理的用户账号连接本 VPN 服务器，并且该账号已经授予远程访问权限。如果网络中存在 RADIUS 服务器，可以集成该服务器验证远程访问客户。

（9）单击"下一步"按钮，在弹出的对话框中单击"完成"按钮，结束安装，如图 6-39 所示。系统将启用路由和远程访问服务，并将该服务器配置为远程访问服务器。

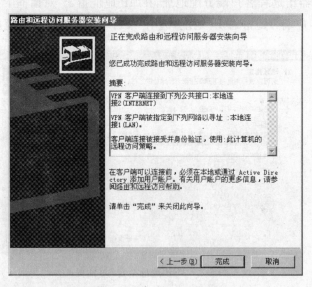

图 6-39　完成 VPN 设置

2．配置 VPN 远程访问端口

（1）打开"路由和远程访问"管理器窗口，展开 VPN 服务器，右击"端口"，弹出"端口属性"对话框。

（2）选择"WAN 微型端口（PPTP）"选项，单击"配置"按钮，弹出"配置设备"对话框，如图 6-40 所示,设置端口的用途和数量。设置好各选项后,依次单击"确定"按钮,完成端口配置。

(3) 返回到"端口属性"对话框,选择"WAN 微型端口(L2TP)"选项,然后单击"配置"按钮,弹出"配置设备"对话框,如图 6-41 所示,设置端口的用途和数量。设置好各选项后,依次单击"确定"按钮,完成端口配置。

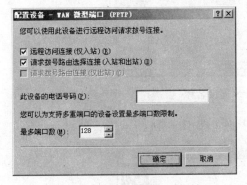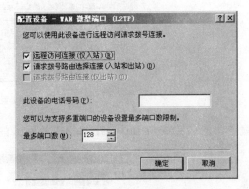

图 6-40　配置 PPTP 端口属性　　　　　　图 6-41　配置 L2TP 端口属性

3. 配置 VPN 客户端

VPN 远程访问服务器配置完成后,VPN 远程访问客户端还需要创建一个连接,才能够访问远程的企业网络。本节以 Windows XP 客户端的具体配置为例进行介绍。

(1) 选择"开始"菜单中的"控制面板"命令,在打开的窗口中双击"网络连接"图标,在"网络连接"窗口中,单击"创建一个新的连接"超链接,弹出"新建连接向导"对话框,单击"下一步"按钮,在"网络连接类型"对话框中选中"连接到我的工作场所的网络"单选按钮。

(2) 单击"下一步"按钮,在"网络连接"对话框中,选中"虚拟专用网络连接"单选按钮,使用虚拟专用网络(VPN)通过 Internet 连接到网络,如图 6-42 所示。

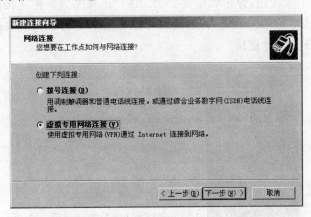

图 6-42　选择连接方式

(3) 单击"下一步"按钮,弹出"连接名"对话框,在"公司名"文本框中输入连接名称,如图 6-43 所示。

(4) 单击"下一步"按钮,在弹出的"VPN 服务器选择"对话框中,输入 VPN 远程访问

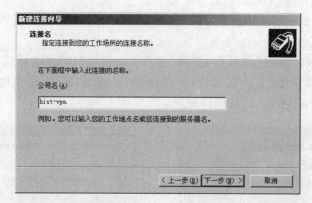

图 6-43 设置 VPN 连接名称

服务器的名称或与 Internet 网相连的网卡的 IP 地址，如图 6-44 所示。

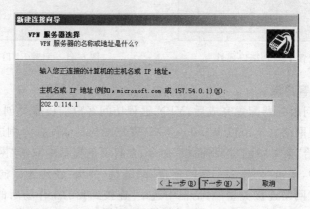

图 6-44 设置主机名

（5）单击"下一步"按钮，弹出如图 6-45 所示的"正在完成新建连接向导"对话框。单击"完成"按钮，完成客户端的设置，如果需要可以在桌面上创建一个快捷方式，以方便与 VPN 远程访问服务器建立连接。

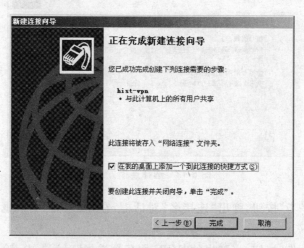

图 6-45 完成新建连接向导

6.4　Windows Server 2003 的路由配置

在中小型网络中可以采用 Windows Server 2003 来做简单的路由器。

6.4.1　配置路由服务器

配置路由服务器的步骤如下。

(1) 打开"路由和远程访问"管理器窗口,右击该窗口左边树形目录中的"主机名(本地)",在弹出的快捷菜单中选择"配置并启用路由和远程访问"命令,弹出"路由和远程访问服务器安装向导"对话框。

(2) 单击"下一步"按钮,弹出如图 6-46 所示的对话框,选中"自定义配置"单选按钮。

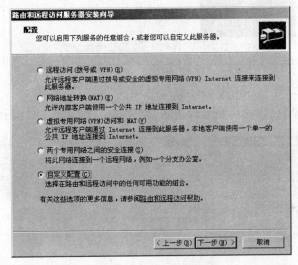

图 6-46　选择配置

(3) 单击"下一步"按钮,在弹出的对话框中选择要在此服务器上启动的服务,即"LAN 路由",如图 6-47 所示。

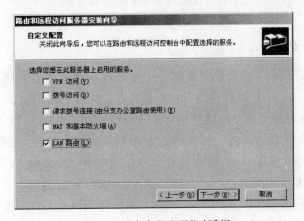

图 6-47　"自定义配置"对话框

（4）单击"下一步"按钮，然后单击"完成"按钮，结束安装过程，如图 6-48 所示。

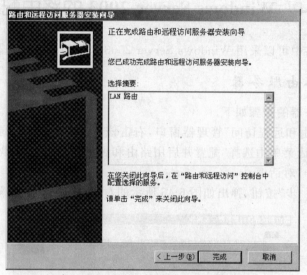

图 6-48 完成安装

（5）完成路由设置的"路由和远程访问"管理器窗口如图 6-49 所示。

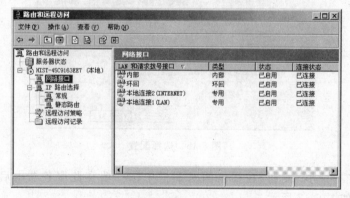

图 6-49 "路由和远程访问"管理器窗口

6.4.2 准备知识

Windows Server 2003 通常采用双网卡来模拟真实的路由器环境，本节主要讲述采用 Windows Server 2003 实现静态路由和相关的动态路由的相关知识。

预设如图 6-50 所示的一个网络环境，用 4 台计算机 PC1，PC2，PC3，PC4 和 switch1、switch2 连接成一个简单的网络。其中用 PC2 和 PC3 模拟路由器，要求 PC2 和 PC3 安装 Windows Server 2003 操作系统，这两台计算机安装双网卡，其中 PC2 的网卡 1 连接到 switch1，PC3 的网卡 1 连接到 switch2，PC2 和 PC3 通过各自的网卡 2 连接。switch1 和 switch2 分别连接 PC1 和 PC4。PC1 和 PC4 分别安装 Windows XP 操作系统。

4 台 PC 的 IP 配置见表 6-1。

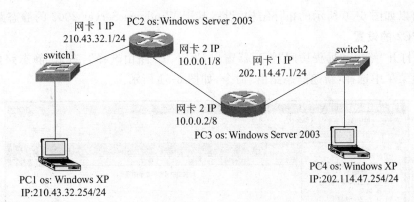

图 6-50　网络拓扑

表 6-1　PC 的 IP 配置

计算机名称	网卡标识名称	IP 设置	子网掩码	网　关
PC1	本地连接	210.43.32.254	255.255.255.0	210.43.32.1
PC2	本地连接 1	210.43.32.1	255.255.255.0	无
	本地连接 2	10.0.0.1	255.0.0.0	无
PC3	本地连接 1	202.114.47.1	255.255.255.0	无
	本地连接 2	10.0.0.2	255.0.0.0	无
PC4	本地连接	202.114.47.254	255.255.255.0	202.114.47.1

说明：本地连接 1 表示的是网卡 1 的名称，本地连接 2 表示的是网卡 2 的名称。

本节讲述的所有路由配置都参照图 6-50 和表 6-1 的内容设置。读者可以参考设置网络连接，要注意以下几个问题。

（1）采用双网卡互连的两台计算机必须采用交叉双绞线，其他则都使用直通双绞线。

（2）PC1 和 PC4 都要配置好 IP 地址、子网掩码和默认网关。PC2 和 PC3 的每个网卡都要配置好 IP 地址和子网掩码，默认网关不用配置。

（3）由于采用 PC2 和 PC3 模拟路由器，故此在 PC2 和 PC3 上进行路由配置，而 PC1 和 PC4 只作为测试机器，不需要配置。为此 PC2 和 PC3 必须安装 Windows Server 2003 操作系统，而 PC1 和 PC4 安装 Windows XP 操作系统即可。

6.4.3　静态路由

静态路由是在路由器中设置固定的路由表。除非网络管理员干预，否则静态路由不会发生变化。由于静态路由不能对网络的改变作出反映，所以静态路由最适合小型、单路径、静态 IP 网络。静态路由的优点是简单、高效、可靠。在所有的路由中，静态路由优先级最高。当动态路由与静态路由发生冲突时，以静态路由为准，静态路由器要求手工构造和更新路由表。

下面以如图 6-50 所示的拓扑结构,设置基于 Windows Server 2003 的静态路由。

1. PC2 的设置

(1) 打开"路由和远程访问"管理器窗口,展开"IP 路由选择",右击"静态路由",在弹出的快捷菜单中选择"新建静态路由"命令,如图 6-51 所示。

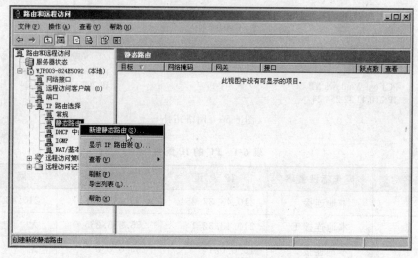

图 6-51　选择"新建静态路由"命令

(2) 出现如图 6-52 所示的"静态路由"设置对话框,设置 PC2 的静态路由项目,注意由于采用"本地连接 2"来连接 PC3,由此"接口"选择"本地连接 2"。"本地连接 1"用来连接本网段,应该属于默认路由,可以不设置。

(3) 单击"确定"按钮,返回到"路由和远程访问"管理器窗口,可以看到,该路由项目已经添加成功。

2. PC3 的设置

PC3 的基本设置和 PC2 的步骤相同,只是在第 2 步设置的静态路由的参数如图 6-53 所示。

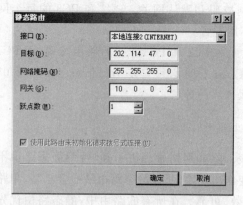

图 6-52　静态路由设置

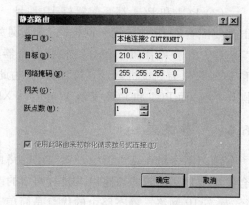

图 6-53　设置 PC3 静态路由

6.4.4　设置 RIP 路由

在 Windows Server 2003 中设置 RIP 软路由的操作步骤如下。

1. PC2 的设置

（1）打开"路由和远程访问"窗口，展左侧窗格的"IP 路由选择"，右击"常规"选项，在弹出的快捷菜单中选择"新增路由协议"命令，如图 6-54 所示。

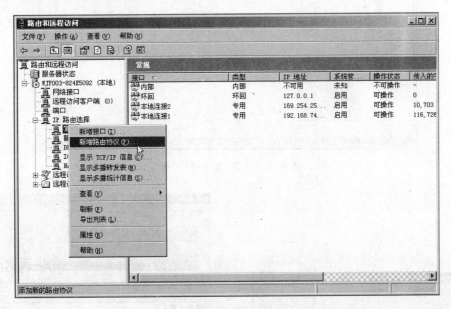

图 6-54　选择"新增路由协议"命令

（2）弹出"新路由协议"对话框，如图 6-55 所示。在"路由协议"列表中选择"用于 Internet 协议的 RIP 版本 2"，并单击"确定"按钮返回。

（3）在左侧窗格的树形目录中右击 RIP，在弹出的快捷菜单中选择"新增接口"命令，如图 6-56 所示。

（4）弹出"用于 Internet 协议的 RIP 版本 2 的新接口"对话框，在"接口"列表框中选择外网接口，如图 6-57 所示。

（5）单击"确定"按钮，弹出"RIP 属性"对话框，如图 6-58 所示。RIP 的属性取系统默认值即可，单击"确定"按钮返回。

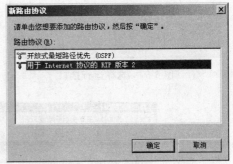

图 6-55　"新路由协议"对话框

（6）重复步骤（4）为 RIP 添加本地网络接口，即"本地连接 1"。完成的 RIP 路由协议窗口如图 6-59 所示。

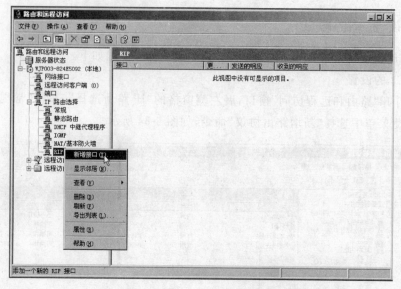

图 6-56 选择"新增接口"命令

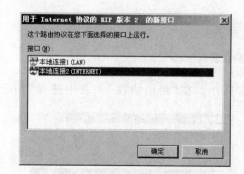

图 6-57 选择运行接口

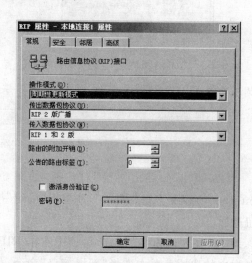

图 6-58 "RIP 属性"对话框

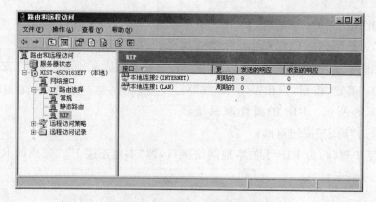

图 6-59 设置好的 RIP 路由

2. PC3 的设置

PC3 的设置步骤和 PC2 的设置步骤相同。

6.4.5　设置 OSPF 路由器

1. PC2 的设置

OSPF(Open Shortest Path First)是一个内部网关协议(Interior Gateway Protocol，IGP)，用于在单一自治系统(Autonomous System，AS)内决策路由。与 RIP 相对，OSPF 是链路状态路由协议，而 RIP 是距离向量路由协议。

在 Windows Server 2003 中设置 OSPF 路由的操作步骤如下。

（1）打开"路由和远程访问"管理器窗口，展开左侧窗格的"IP 路由选择"，右击"常规"选项，在弹出的快捷菜单中选择"新路由选择协议"命令，显示如图 6-60 所示的"新路由协议"对话框，在"路由协议"列表中选择"开放式最短路径优先(OSPF)"，并单击"确定"按钮。

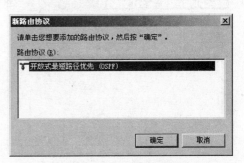

图 6-60　选择 OSPF 协议

（2）完成新协议安装，"路由和远程访问"管理器窗口中"IP 路由选择"项目下增加了 OSPF 选项，右击 OSPF 选项，在弹出的快捷菜单中选择"新增接口"命令，如图 6-61 所示。

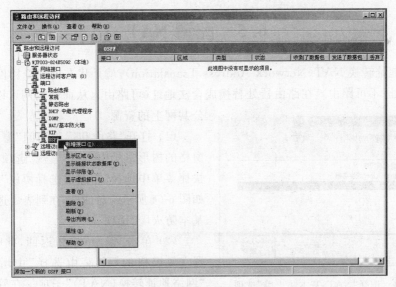

图 6-61　选择"新增接口"命令

（3）弹出如图 6-62 所示的"开放式最短路径优先 OSPF 的新接口"对话框，选择要添加的接口。

注意：PC2 的本地连接 2 为外网连接接口，可以只设置外网使用 OSPF 路由，内网接口建议不设置。

（4）单击"确定"按钮，弹出如图 6-63 所示的"OSPF 属性"设置对话框，采用默认设置即可，单击"确定"按钮返回。

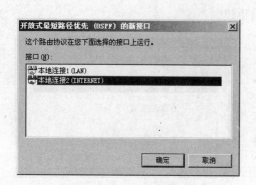

图 6-62　添加 OSPF 端口

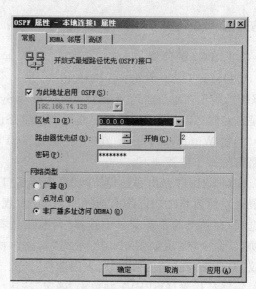

图 6-63　"OSPF 属性"对话框

2. PC3 的设置

PC3 的设置和 PC2 的设置相同。

6.5　配置 NAT

网络地址转换 NAT(Network Address Translation)，就是将在内部专用网络中使用的内部地址（不可路由），在路由器处替换成合法地址（可路由），从而使内网可以访问外部公共网上的资源。

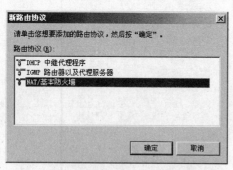

图 6-64　选择"NAT/基本防火墙"选项

（1）打开"路由和远程访问"窗口，在左侧窗格的树形目录中右击"常规"选项，在弹出的快捷菜单中选择"新路由选择协议"命令，弹出如图 6-64 所示的对话框，在列表中选择"NAT/基本防火墙"选项。

（2）单击"确定"按钮返回，此时，在管理器左侧窗格的"IP 路由选择"中增加了新的"网络地址转换(NAT)"子项。在管理器左侧窗格目录树中，右击"NAT/基本防火墙"，在弹出的快捷菜单中选择"新增接口"命令，如图 6-65 所示。

（3）弹出"网络地址转换(NAT)的新接口"对话框，在"接口"列表框中选择合法 IP 地址对应的网络接口，如图 6-66 所示。

（4）单击"确定"按钮，弹出"网络地址转换属性"对话框，如图 6-67 所示。在"NAT/

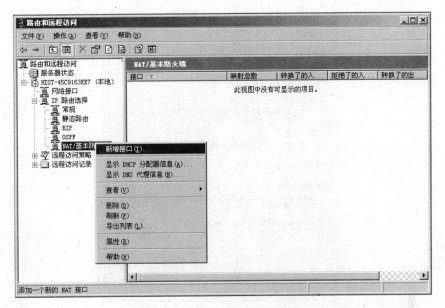

图 6-65　选择"新增接口"命令

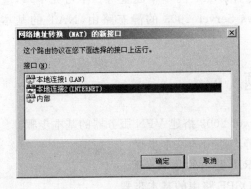

图 6-66　设置网络地址转换

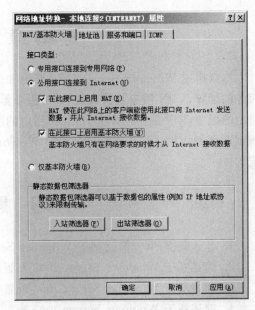

图 6-67　设置 NAT 地址池

基本防火墙"选项卡中选择网络连接方式,如选中"公用接口连接到 Internet"单选按钮,并选中"在此接口上启用 NAT"复选框。

(5) 重复第(3)步,设置本地连接 1 为内部接口,设置其属性为"专用接口连接到专用网络"即可。如图 6-68 所示。

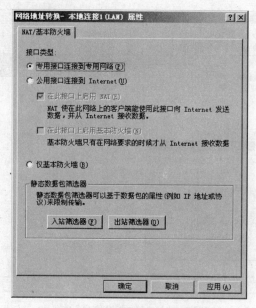

图 6-68 设置保留 IP 地址范围

本 章 小 结

本章讲述 Windows Server 2003 路由和远程访问服务。主要的知识点包括远程访问服务的配置,VPN 服务及其配置,路由服务器的配置,基于 Windows Server 2003 的静态路由的配置,RIP 路由的配置,OSPF 路由的配置,NAT 的基本配置等。学习完本章,应该重点掌握 VPN 服务的配置,基于 Windows Server 2003 的静态路由,NAT 的基本配置。

习 题 6

1. 什么是 VPN? 简述基于 Windows Server 2003 搭建 VPN 服务器的基本步骤。
2. 简述基于 Windows Server 2003 配置静态路由的基本步骤。
3. 简述基于 Windows Server 2003 配置 RIP 路由的基本步骤。
4. 简述基于 Windows Server 2003 配置 OSPF 路由的基本步骤。
5. 简述基于 Windows Server 2003 配置 NAT 的基本步骤。

第 **7** 章

Windows Server 2003 的 终端服务

CHAPTER

本章知识要点:
➢ Windows Server 2003 终端服务的基本概念;
➢ 安装与配置终端服务;
➢ 远程桌面的配置和使用;
➢ 远程桌面 Web 与远程 HTML 的配置。

7.1 Windows Server 2003 终端服务概述

　　Windows Server 2003 作为服务器操作系统,它提供了三种强大的远程管理方式来方便网络管理,即采用终端服务器、Windows Server 2003 远程桌面、远程桌面 Web 和远程 HTML。管理人员可以根据实际需要选择不同的配置管理方式,来实现网络的远程管理。

7.1.1 Windows Server 2003 终端服务的基本概念

　　终端服务(Terminal Services)是一个客户端/服务器应用程序,由一个可以在运行 Windows Server 2003 操作系统的计算机上运行的服务和一个可以在多种客户端硬件设备上运行的客户端程序组成。终端服务可使所有的操作系统的功能、客户端应用程序的执行、数据处理以及数据存储在服务器上进行。通过终端服务器,可以提供单一的安装点,让多个用户访问运行这些产品的任何计算机。用户可从远程位置运行程序、保存文件并使用网络资源,就像这些资源都安装在自己的计算机上一样。

1. 终端服务的组成

1) 终端服务器

安装运行"终端服务"的 Windows Server 2003 计算机。

2) 客户机

安装有"终端服务"客户端软件的计算机。终端服务客户端是一个小型终端仿真程序,它只提供到服务器上运行的软件的接口。客户端软件向服务器发送击键及鼠标移动的信息。然后服务器在本地执行所有的数据处理工作,再将显示的结果传回客户端。

3)远程桌面协议 RDP

RDP(Remote Desktop Protocol)协议是一个基于 ITU(International Telecommunication Union)T. 120 标准的通信协议,该协议依赖 TCP/IP 协议的多信道通信协议。RDP 用于负责客户端与服务器之间的通信,传输用于显示在客户端的图形数据,使得客户端的用户看起来好像坐在服务器前亲自操作服务器。

2. 终端服务的操作模式

1)远程管理

网络管理人员可以从任何一台安装有终端服务客户端程序的计算机上管理运行终端服务的 Windows Server 2003 服务器,也可以直接操作系统管理工具来进行各种管理操作。

2)远程控制

网络管理人员可以在任何一台运行终端服务客户端的计算机上通过映射功能将另一个连接到终端服务器上的客户机与自己连接起来。这样,网络管理人员就可以看到另一个客户机与服务器之间的所有操作画面,并且可以参与操作,控制客户机的各种操作。

7.1.2 Windows Server 2003 远程桌面

远程桌面是微软公司为了方便网络管理员管理维护服务器而推出的一项服务。远程桌面连接组件是从 Windows 2000 Server 开始由微软公司提供的,在 Windows 2000 Server 中它不是默认安装的。在 Windows XP 和 Windows Server 2003 中微软公司将该组件的启用方法进行了改革,通过简单的勾选就可以完成远程桌面连接功能的开启。当某台计算机开启了远程桌面连接功能后,就可以在网络的另一端控制这台计算机,通过远程桌面功能可以实时地操作这台计算机,在上面安装软件、运行程序等。

注意:Windows 2000 Server 以前的操作系统不提供远程桌面功能,但是可以移植远程桌面连接器来实现对远程桌面服务器的访问。

7.1.3 远程桌面 Web 和远程 HTML

本节主要讲述远程桌面 Web 和远程 HTML 的基本概念。

1. 远程桌面 Web 连接

"远程桌面 Web 连接"是"远程桌面"的一种通过 Web 浏览器进行的简易方式。它通过浏览器来实现远程桌面服务器的管理和配置,无须客户端安装"远程桌面连接客户端软件"。"远程桌面 Web 连接"是由 ActiveX 控件、示例网页和其他文件组成的 Web 应用程序。使用"远程桌面 Web 连接"在服务器端必须启用远程桌面,并且在 Remote Desktop Users 组中配置了允许远程访问的用户或组账户,而且相应用户还必须是本地和远程的系统管理员组成员。

"远程桌面 Web 连接"程序组件在"Internet 信息服务(IIS)"中是可选的万维网服务组件,比如在安装 IIS 时加载安装。

2. 远程管理(HTML)

"远程管理(HTML)"是 Windows Server 2003 提供的一种不需要终端服务器的、安全的基于 Web 的远程管理方式。采用"远程桌面 Web 连接"进行远程管理的安全性比较差,因为它基于 HTTP 协议传输,数据容易被窃取,而基于"远程管理(HTML)"进行远程管理时,它使用的是 HTTPs 协议,可以保证数据的安全性。

7.2　安装和配置终端服务

终端服务是 Windows Server 2003 的一种服务,可以在 Windows Server 2003 上直接安装。

7.2.1　安装终端服务器

(1) 在 Windows Server 2003 计算机上选择"开始"→"控制面板"命令,在打开的窗口中双击"添加/删除程序"图标,在打开的窗口中单击"添加/删除 Windows 组件"按钮,在"Windows 组件向导"对话框中选中"终端服务器授权",如图 7-1 所示。

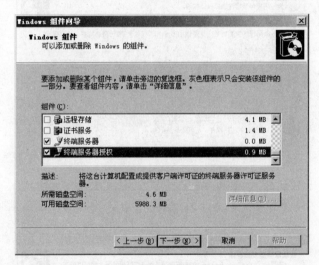

图 7-1　"Windows 组件向导"对话框

(2) 单击"下一步"按钮,弹出如图 7-2 所示的对话框。在该对话框中给用户提示相关的安装和授权等服务。

(3) 单击"下一步"按钮,在弹出的对话框中选中"完整安全模式"单选按钮,如图 7-3 所示。

(4) 单击"下一步"按钮,设置对应的许可证服务器,如图 7-4 所示。

(5) 单击"下一步"按钮,设置对应的授权模式,如图 7-5 所示。

(6) 单击"下一步"按钮,弹出如图 7-6 所示的对话框,指定安装许可证服务器数据库的位置。

(7) 单击"下一步"按钮,系统开始进行组件的配置过程,显示如图 7-7 所示。

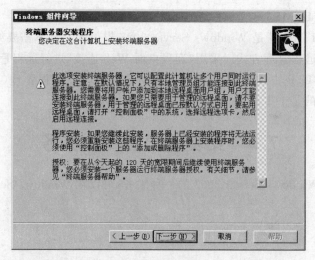

图 7-2 提示对话框

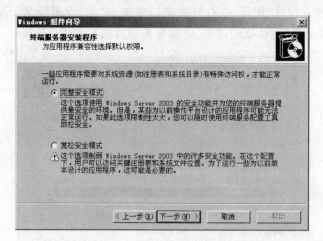

图 7-3 选择安全模式

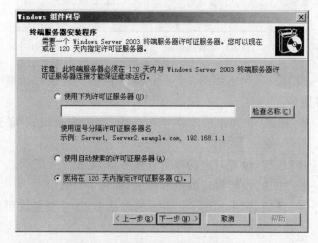

图 7-4 设置许可证服务器方式

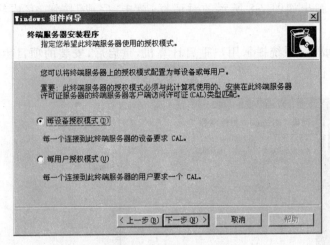

图 7-5　设置授权模式

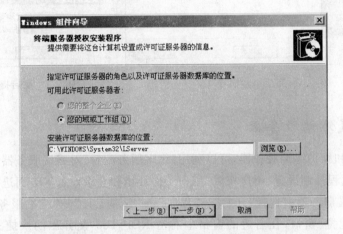

图 7-6　设置许可证服务器数据库位置

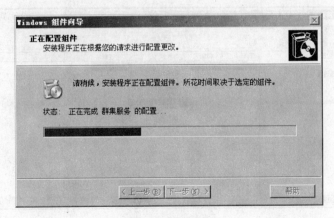

图 7-7　配置过程

（8）完成后弹出如图 7-8 所示的对话框，单击"完成"按钮，完成终端服务器的安装过程。

（9）安装完成后，系统提示用户重启计算机，重启后，安装的项目生效。如图 7-9 所示是重启提示对话框。

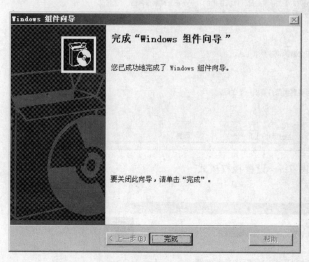

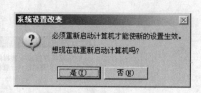

图 7-8 完成组建向导   图 7-9 重启提示对话框

7.2.2 配置终端服务器

为了管理和维护终端服务器，可以利用"终端服务配置"对终端服务器进行控制，可以在数据传输、远程控制设置、用户权限、用户工作环境和登录设置等方面进行配置。

（1）在终端服务器上选择"开始"→"程序"→"管理工具"→"终端服务配置"命令，打开"终端服务配置"窗口，在右边的窗格中右击 RDP-Tcp，从弹出的快捷菜单中选择"属性"，如图 7-10 所示。

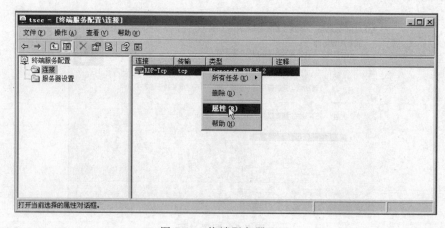

图 7-10 终端服务器配置

（2）弹出如图 7-11 所示的对话框，在此实现对终端服务器的加密级别进行配置。

（3）打开"登录设置"选项卡，如图 7-12 所示。在此选项卡中设置相关的登录信息。

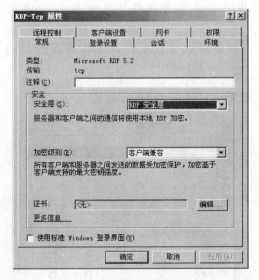

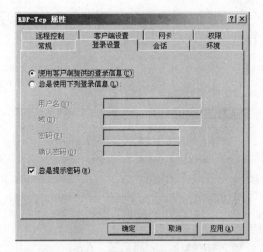

图 7-11　"RDP-Tcp 属性"对话框　　　　　　图 7-12　"登录设置"选项卡

（4）打开"会话"选项卡，如图 7-13 所示。在此可以设置终端服务超时和重新连接设置。

（5）打开"远程控制"选项卡，如图 7-14 所示。在此可以设置通过远程控制来远程控制或观察用户会话。

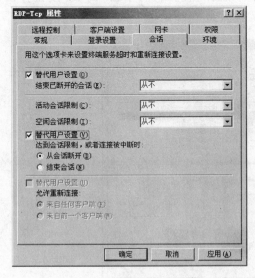

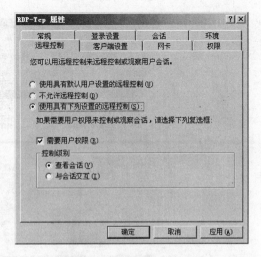

图 7-13　"会话"选项卡　　　　　　　　图 7-14　"远程控制"选项卡

(6) 打开"网卡"选项卡，如图 7-15 所示，在此选择需要使用的网卡和相关的连接数。

注意：对于远程管理模式来说，同一时刻只能允许两个用户的并发连接，对于应用程序服务器模式来说，同一时刻所能接受的用户的个数不能超过服务器 License 的限制。

(7) 打开"权限"选项卡，如图 7-16 所示。在此可以设置用户对于终端服务器的权限。

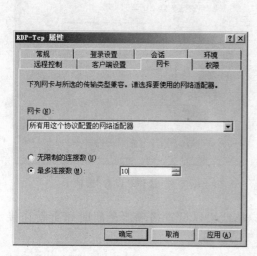 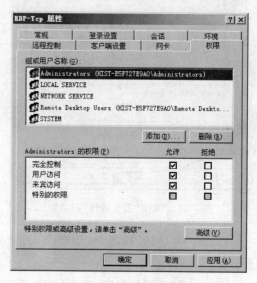

图 7-15 "网卡"选项卡　　　　图 7-16 "权限"选项卡

(8) 在图 7-16 的"组或用户名称"列表框中选择相应用户，单击"高级"按钮弹出"RDP-Tcp 的高级安全设置"对话框，如图 7-17 所示。

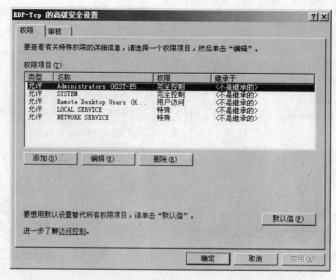

图 7-17 "RDP-Tcp 的高级安全设置"对话框

（9）选择图 7-17 上的一个权限项目，单击
"编辑"按钮，弹出如图 7-18 所示的对话框，设
置这些权限可以更加精确地控制客户端的
访问。

7.2.3　远程控制

远程控制使用终端应用进行技术支持是最
方便的方法，管理员可以坐在自己的计算机上
手把手地教远程用户对终端服务器进行操作。
建立远程控制的操作有以下几步。

（1）在两台计算机 A 和 B 上分别用"终端
服务客户端"工具连接到终端服务器，在计算机
A 的终端服务窗口中选择"开始"→"程序"→
"管理工具"→"终端服务管理器"命令，打开如

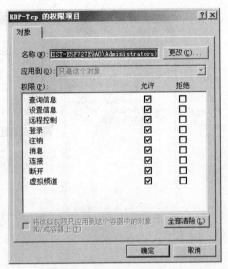

图 7-18　高级权限

图 7-19 所示的窗口，在这里可以看到终端服务器的用户使用情况。

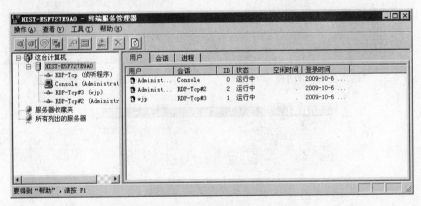

图 7-19　"终端服务管理器"窗口

（2）现在要实现在计算机 A 上对计算机 B 的用户进行远程控制。在图 7-19 中右击
从计算机 B 上登录的用户 Administrator，从弹出的快捷菜单中选择"远程控制"命令，如
图 7-20 所示。

（3）弹出如图 7-21 所示的对话框，在此可以设置结束远程控制快捷键的方式，采用
默认的快捷键。

（4）单击"确定"按钮，与远程的终端服务客户端计算机 B 建立连接，如图 7-22 所示。

（5）此时在计算机 B 的终端服务窗口内弹出如图 7-23 所示的对话框，用户可以选择
是否接受远程控制。

（6）单击"是"按钮，接受远程控制，这时在计算机 B 的终端服务窗口内的画面就会出
现在计算机 A 的终端服务窗口内。

（7）如果要结束对远程客户端的控制，在管理员的计算机上按快捷键即可。

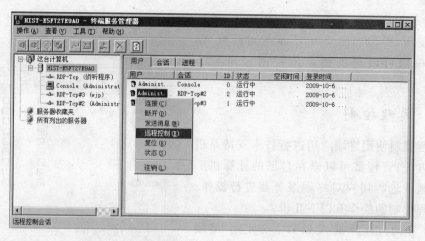

图 7-20 选择"远程控制"命令

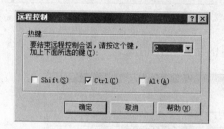

图 7-21 "远程控制"对话框

图 7-22 建立连接

图 7-23 "远程控制请求"对话框

7.3 远程桌面服务的配置和使用

本节主要讲述远程桌面服务的配置和基本使用过程。

7.3.1 远程桌面服务器设置

（1）打开要充当终端服务器的计算机，在桌面上右击"我的电脑"图标，从弹出的快捷菜单中选择"属性"命令，在弹出的"系统属性"对话框中打开"远程"选项卡，在"远程桌面"区域选中"启用这台计算机上的远程桌面"复选框，如图 7-24 所示。

（2）默认的系统只允许管理员访问远程桌面，要使其他用户访问远程桌面，则必须将用户添加到远程桌面组。打开计算机管理，选择"本地用户和组"的"组"选项，选择 Remote Desktop Users 项目，在其上右击，从弹出的快捷菜单中选择"添加到组"命令，如图 7-25 所示。

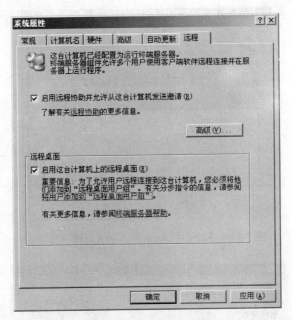

图 7-24　启用远程桌面

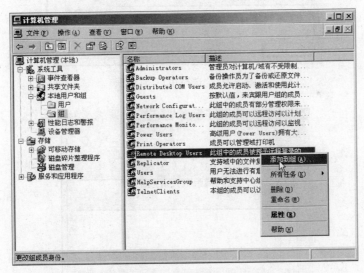

图 7-25　"计算机管理"窗口

（3）弹出如图 7-26 所示的"Remote Desktop Users 属性"对话框，单击"添加"按钮。

（4）弹出如图 7-27 所示的"选择用户"对话框，输入要添加的用户，单击"确定"按钮返回。

（5）系统返回到"Remote Desktop Users 属性"对话框，此时可以看到名为"wjp"的一个用户已经添加到远程桌面组中。此用户已经具备访问远程桌面的能力，如图 7-28 所示。单击"确定"按钮，完成用户的设置。

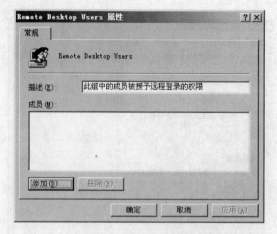

图 7-26　"Remote Desktop Users 属性"对话框

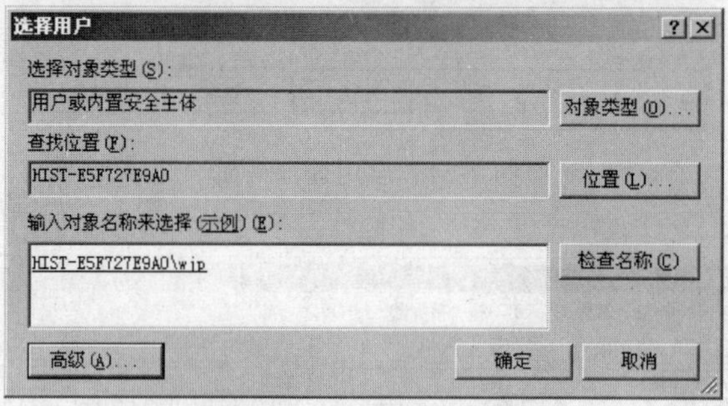

图 7-27　"选择用户"对话框

图 7-28　已添加的用户

7.3.2　安装终端服务客户端

　　从 Windows XP 开始，操作系统默认安装了远程终端服务客户端软件，即远程桌面连接器。可通过"开始"→"所有程序"→"附件"→"通信"命令找到，若想在诸如 Windows 98

等没有安装远程桌面连接器的操作系统下实现远程桌面连接服务,则必须移植安装远程桌面连接器。

(1) 复制终端服务器的"system32\clients\tsclient\net\Win32"文件夹内的所有文件到需要安装远程桌面连接器的计算机上,如图 7-29 是该目录下的所有文件。

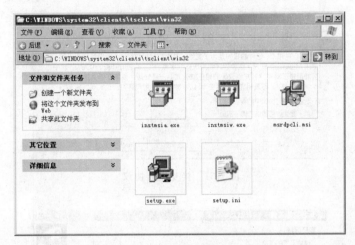

图 7-29　客户端安装文件

(2) 双击 setup 文件,弹出如图 7-30 所示的"远程桌面连接-InstallShield 向导"对话框。

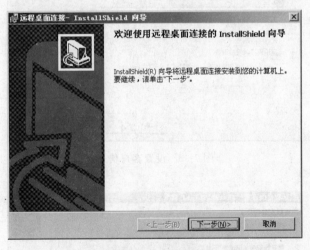

图 7-30　安装向导

(3) 单击"下一步"按钮,选择接受程序协议,如图 7-31 所示。

(4) 完成后单击"下一步"按钮,为远程桌面客户端设置相关的用户信息和安装适用对象,操作如图 7-32 所示。

注意:如果要使客户端计算机上的所有用户都可以使用终端服务客户端软件,则单击"是"按钮;如果只想使当前用户可以使用终端服务客户端软件,则单击"否"按钮。

(5) 单击"下一步"按钮,弹出如图 7-33 所示的"可以安装程序了"对话框。单击"安装"按钮,即开始安装程序。

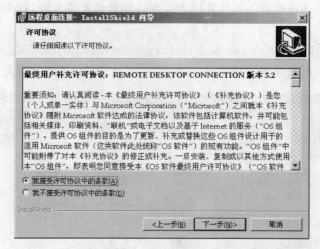

图 7-31　接受安装协议

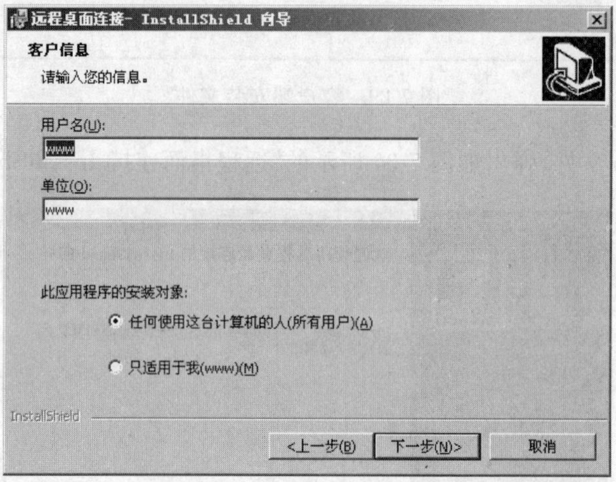

图 7-32　设置客户信息

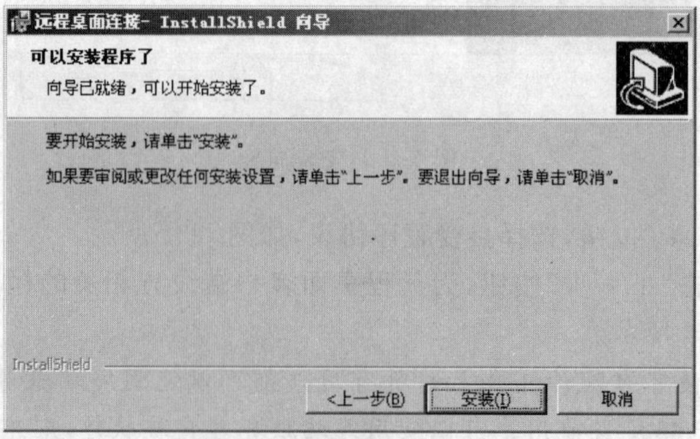

图 7-33　单击"安装"按钮

（6）完成安装后弹出如图 7-34 所示的对话框，单击"完成"按钮，完成远程桌面客户端的安装过程。

图 7-34　完成安装

7.3.3　远程桌面连接器的设置和使用

（1）在安装好远程桌面客户端后，用户启动远程桌面客户端软件，弹出"远程桌面连接"对话框，如图 7-35 所示。这是简单模式的远程桌面连接方式，只需要在对应的计算机栏中输入要连接到的远程终端主机的 IP 地址，或者主机名、域名等。

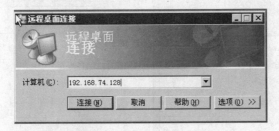

图 7-35　"远程桌面连接"对话框

（2）单击图 7-35 上的"选项"按钮，弹出如图 7-36 所示的对话框。如果要直接设置连接，可以输入对应的访问用户名和密码，如果是活动目录访问方式，则必须输入域名。

（3）打开"显示"选项卡，设置对应的显示模式。包括远程桌面的大小、颜色等，如图 7-37 所示。

（4）打开"本地资源"选项卡，设置对应的系统资源选项，如图 7-38 所示。比如通常用户想直接实现和远程主机的文件交换，最初都是借助于 FTP 等相关服务器资源实现上传或下载服务，其实只要在"本地设备和资源"区域选中"磁盘驱动器"即可实现将本地磁盘当作网络远程主机磁盘的一部分，就可以直接实现复制操作，实现简单的资源交换过程。

（5）打开"程序"选项卡，设置连接到远程桌面的同时启动的相关程序，这样可以极大地方便用户的操作过程，如图 7-39 所示。

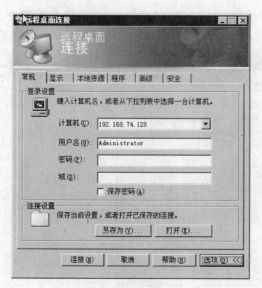

图 7-36　"常规"选项卡

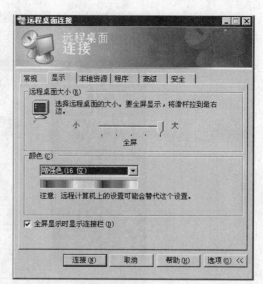

图 7-37　"显示"选项卡

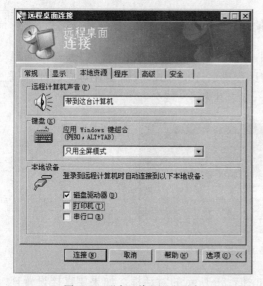

图 7-38　"本地资源"选项卡

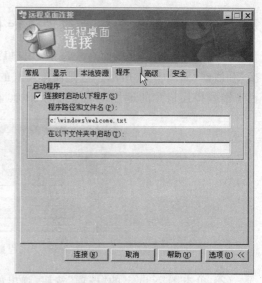

图 7-39　"程序"选项卡

（6）打开"安全"选项卡，设置相关的服务器身份验证选项，如图 7-40 所示。

（7）单击"连接"按钮，系统连接到远程桌面服务器，出现一个认证对话框，输入要登录的用户名和密码，如图 7-41 所示。

（8）单击"确定"按钮，即可登录到远程系统，此时，用户就可以向使用本地资源一样，来实现对远程主机的配置。如图 7-42 所示是一个连接到的远程桌面窗口。

（9）完成配置后，用户可以直接单击图 7-42 上的"关闭"按钮，实现断开连接和远程服务器的连接过程。

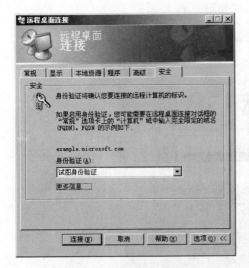

图 7-40　"安全"选项卡

图 7-41　"登录到 Windows"对话框

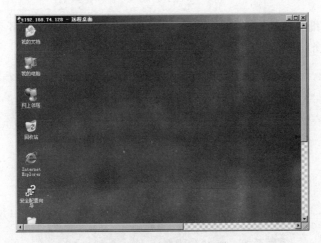

图 7-42　已经登录服务器

7.4　远程桌面 Web 与远程 HTML 的安装和使用

和远程桌面不同的是,直接可以采用浏览器来实现远程桌面的管理过程。

7.4.1　远程桌面 Web 与远程 HTML 的安装

远程桌面 Web 与远程 HTML 服务内置在 Windows Server 2003 的 IIS Web 服务器中,通过 IIS 来实现服务。默认的远程桌面 Web 与远程 HTML 都没有安装,需要通过安装 Windows 组件向导来安装。

(1) 选择"开始"→"控制面板"命令,在打开的"控制面板"窗口中双击"添加或删除程序"图标,在弹出的对话框中单击"添加/删除 Windows 组件"按钮,弹出"Windows 组件向导"对话框,选中"应用程序服务器"复选框,操作如图 7-43 所示。

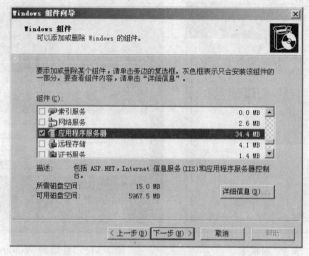

图 7-43　选中"应用程序服务器"复选框

(2) 单击"详细信息"按钮,弹出如图 7-44 所示的"应用程序服务器"对话框,选中"Internet 信息服务(IIS)"复选框。

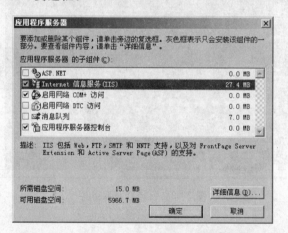

图 7-44　选中"Internet 信息服务(IIS)"复选框

(3) 单击"详细信息"按钮,弹出如图 7-45 所示的"Internet 信息服务(IIS)"对话框,选中"万维网服务"复选框。

(4) 单击"详细信息"按钮,弹出如图 7-46 所示的"万维网服务"对话框,选中"远程管理(HTML)"和"远程桌面 Web 连接"复选框。

(5) 依次单击"确定"按钮,返回到"Windows 组件向导"对话框,单击"下一步"按钮,系统开始安装,如图 7-47 所示。

(6) 完成安装后,弹出"完成 Windows 组件向导"对话框,单击"完成"按钮,完成安装过程。

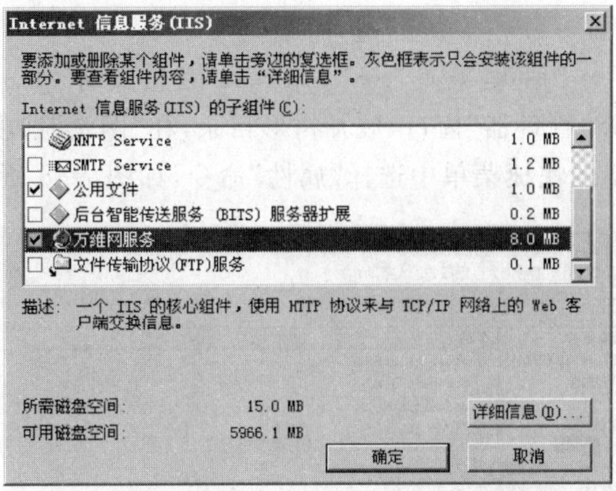

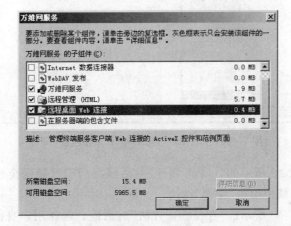

图 7-45　选中"万维网服务"复选框

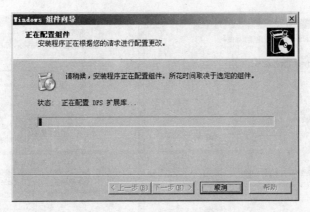

图 7-46　选中"远程管理 HTML"和"远程桌面 Web 连接"复选框

图 7-47　安装配置过程

7.4.2　远程桌面 Web 与远程 HTML 的配置与使用

下面讲述远程桌面 Web 与远程 HTML 的配置与使用。

1. 管理账号的设置

（1）选择"开始"→"管理工具"→"Internet 信息服务（IIS）管理器"命令，打开"Internet 信息服务（IIS）管理器"窗口，展开树形目录，在"网站"选项下展开"默认网站"子项，右击 tsweb，在弹出的快捷菜单中选择"属性"命令，如图 7-48 所示。

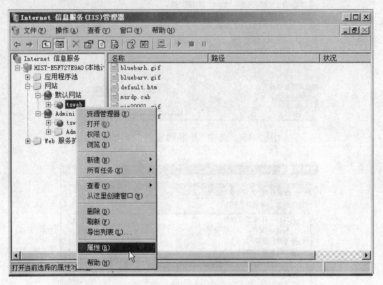

图 7-48　"Internet 信息服务（IIS）管理器"窗口

（2）弹出如图 7-49 所示的"tsweb 属性"对话框，打开"目录安全性"选项卡，在"身份验证和访问控制"区域中单击"编辑"按钮。

（3）弹出如图 7-50 所示的"身份验证方法"对话框。选择用户身份验证方式为"集成Windows 身份验证"，依次单击"确定"按钮，返回即可。

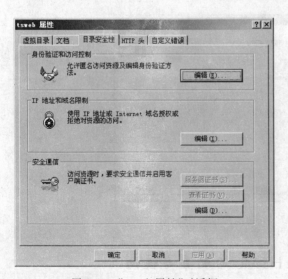

图 7-49　"tsweb 属性"对话框

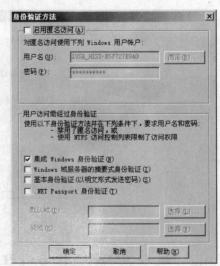

图 7-50　设置身份验证方式

2. 通过远程桌面 Web 连接进行远程管理

（1）在终端计算机上打开浏览器，输入：http://IP 地址/tsweb 的格式，出现一个认证对话框，在认证对话框中输入要登录的用户名和密码，出现如图 7-51 所示的窗口。

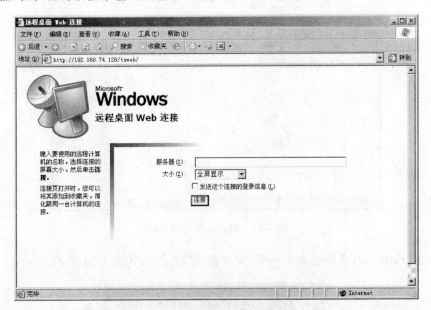

图 7-51 "远程桌面 Web 连接"窗口

（2）在图 7-51 上单击"连接"按钮，系统开始实现远程登录服务器，出现一个认证对话框，输入远程用户名和密码即可登录系统。图 7-52 是登录后的显示，注意这种实现都需在 Web 页面中。

图 7-52 Web 远程桌面

3. 通过远程管理（HTML）进行远程管理

（1）在浏览器"地址"栏按"https://远程计算机名（或 IP 地址）：8098"（8098 为固定配置的端口号）的格式输入要通过这种方式远程管理的服务器地址，如图 7-53 所示。

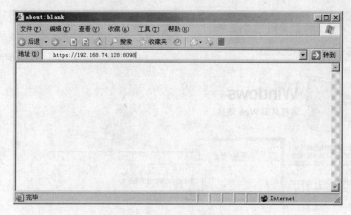

图 7-53　输入远程管理地址

（2）按 Enter 键，系统会弹出一个"安全警报"对话框，如图 7-54 所示。

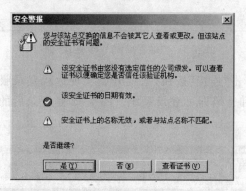

图 7-54　"安全警报"对话框

（3）单击"是"按钮后，系统自动弹出如图 7-55 所示的登录对话框。

图 7-55　登录对话框

（4）输入了账户信息后，单击"确定"按钮，显示用于远程管理远程服务器的 Web 页面，如图 7-56 所示。可以看到远程管理（HTML）主要用于对 Web 服务器的远程管理，而远程桌面 Web 连接和远程桌面的唯一区别是一个需要采用客户端，另一个则直接在 Web 浏览器中执行。相对而言，远程管理（HTML）的管理项目较少一些。

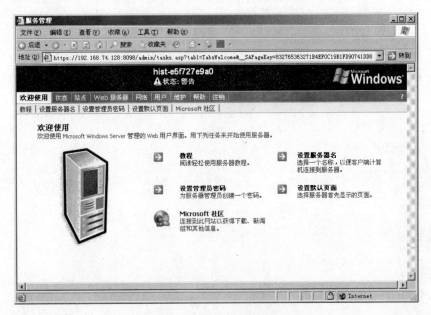

图 7-56　"服务管理"窗口

（5）完成管理后，直接关闭 IE 即可断开远程管理（HTML）连接。

本 章 小 结

本章主要讲述 Windows Server 2003 终端服务，主要的知识点包括终端服务的基本概念，安装与配置终端服务，远程桌面的配置和使用，远程桌面 Web 与远程 HTML 的配置等。学习完本章，应该重点掌握终端服务器的安装和基本配置，区别远程桌面、远程桌面 Web 和远程 HTML 的区别，掌握远程桌面的基本配置。

习 题 7

1. 简述终端服务的操作模式。
2. 简述远程桌面 Web 和远程 HTML 的区别。
3. 简述安装和配置终端服务的基本步骤。
4. 简述远程桌面服务的基本配置。
5. 简述远程桌面 Web 与远程 HTML 的安装步骤。

第 **8** 章 Windows Server 2003 群集服务

本章知识要点：

➢ 群集的基本概念；

➢ 安装和配置 MSCS 服务；

➢ 配置群集属性；

➢ 搭建网络负载平衡。

8.1 群集技术概述

群集英文名称是 Cluster，是一组相互独立的、通过高速网络互连的计算机构成的并行或分布系统，它可作为统一的计算资源使用，并以单一系统的模式加以管理。在群集系统中，每台计算机都承担一定的计算任务，由于集合了多台计算机的性能，整体的计算能力增加了。

当其中一台服务器出现故障时，系统会在软件的支持下将这台服务器从系统中隔离出去，通过各服务器之间的负载转嫁机制完成新的负载分担，同时向系统管理人员发出警报。在某个应用软件的峰值处理期间内，群集技术使用简单的操作命令就可以把同一节点的应用包转移到其他节点从而减轻该节点的工作负荷，来满足已增加的需求。

Microsoft 服务器提供了三种支持群集的技术，即网络负载平衡（Network Load Balancing，NLB）、组件负载平衡（Component Load Balancing，CLB）和 Microsoft 群集服务（Microsoft Cluster Service，MSCS）。NLB 和 MSCS 已内建于 Windows Server 中，CLB 则需要购买 Application Center。

1. Microsoft 群集服务

为了提高服务器的可用性，可以按服务器分组来寄存执行关键任务的应用程序。如果其中一个服务器出现故障，另一个服务器就会接管它负责处理的事务。这就是"Microsoft 群集服务器"（MSCS）。

MSCS 提供后端服务与应用程序的容错移转（failover），可提升系统的可用性。MSCS可为数据库、消息传递以及文件和打印服务等应用程序提供高可用性。当任一节点(群集中的服务器)发生故障或脱机时,MSCS将尝试最大程度地减少故障对系统的影响。

MSCS由客户端来决定由谁来处理服务请求,所有服务器共享一个共享存储器来储存会话状态。当一个正在运行的服务器故障产生时,则另一个服务器会从共享存储器取出会话状态,继续未完成的工作,以达到容错移转的目的。

2. 网络负载平衡

NLB提供以TCP/IP为基础的服务与应用程序的网络流量负载均衡,用于提升系统的可用性和延展性。NLB通过一个虚拟IP对外提供服务。当收到请求时,NLB会随机决定由谁来处理请求。NLB用于充当前端群集,用于在整个服务器群集中分配传入的IP流量。NLB通过在群集内的多个服务器之间分配其客户端请求来增强可伸缩性。

NLB最多可以将32个运行Windows Server 2003系列产品的计算机连接在一起共享一个虚拟IP地址。NLB在为用户提供连续服务的同时还提供了高可用性,即自动检测服务器故障,并在10秒内在其余服务器中重新分配客户端流量。

3. 组件负载平衡

CLB提供使用COM+组件的中介层应用程序的动态负载均衡,用于提升系统的可用性和延展性。CLB会依据目前的工作负载来决定由谁来处理服务请求。

CLB是作为Application Center的特性提供的,可与Microsoft群集服务在同一组计算机上运行。CLB可以在最多包含8个等同服务器的服务器群集中实现COM+组件的动态平衡。在CLB中,COM+组件位于单独的、COM+群集中的服务器上。激活COM+组件的调用是平衡到COM+群集中的不同服务器的负载。CLB通过作用于多层群集网络的中间层与NLB和群集服务配合工作。

注意:支持群集服务的Windows Server 2003版本为企业版和数据中心版。

8.2 安装和配置 MSCS 服务

本节主要讲述安装和配置MSCS服务的基本过程。

8.2.1 搭建安装环境

由于安装和设置MSCS服务涉及配置共享磁盘,在大型企业中,一般采用RAID等磁盘阵列来实现,这要求采用专用硬件。本节主要是为了讲述MSCS服务的构建,故此采用VMware虚拟机来实现则较为简单明了。

VMware是目前市场上流行的虚拟机软件,采用其可以快速搭建一个真实的虚拟网络环境,对于想进行网络学习和研究的人员而言,VMware是最好的平台。本章使用的虚拟机系统为VMware Workstation 6.5。现在构建一个如图8-1所示的网络拓扑。

相关主机的网卡及其参数设置见表8-1。

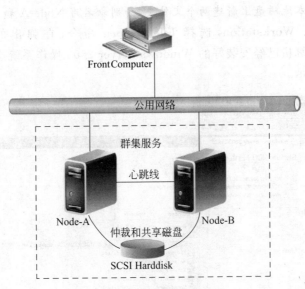

图 8-1　群集网络拓扑

表 8-1　群集网络相关参数

主 机 名	网卡名称	IP 参数	DNS	主 机 作 用
Frontcomputer	本地连接	210.43.32.1	127.0.0.1	wjp.com 域控制器、DNS 服务器
Node-A	private	192.168.0.1	无	第一个群集节点
	public	210.43.32.2	210.43.32.1	
Node-B	private	192.168.0.2	无	第二个群集节点
	public	210.43.32.3	210.43.32.1	

　　仲裁磁盘和共享磁盘通过专线(虚拟机直接可以实现加载)连接到 Node-A 和 Node-B 计算机,Node-A 计算机和 Node-B 计算机通过各自的 private 网卡连接做心跳网络 (192.168.0.0)。它们各自的第二块网卡连接到公用网络 210.43.32.0,在 FrontComputer 上安装域控制器和 DNS。

　　注意:安装域控制器的 DNS 的过程应该在克隆好 Node-A 和 Node-B 计算机的操作系统后进行。因为 Node-A 和 Node-B 不能做域控制器,也不能安装 DNS 服务器。

1. 安装和克隆操作系统

　　由于做群集的计算机必须安装 Windows Server 2003 操作系统,由此可以通过 VMware 提供的克隆工具实现快速安装。

　　(1) 在 FrontComputer 计算机上安装 Windows Server 2003 操作系统。

　　注意:在虚拟机上安装操作系统的过程和在实际的计算机上安装的过程基本相同。在此不再阐述,读者可以参考相关资料学习安装过程。

　　(2) 在 FrontComputer 计算机上安装好 Windows Server 2003 操作系统,采用 VMware 的克隆命令实现快速地设置 Node-A 和 Node-B 的操作系统。

注意： 首先在本地磁盘上新建两个文件夹，分别命名为 Node-A 和 Node-B。

打开 VMware Workstation，选择 File→Open 命令，在弹出的对话框中选择 FrontComputer 计算机已经安装好的 Windows Server 2003 操作系统虚拟文件。打开后的显示如图 8-2 所示。

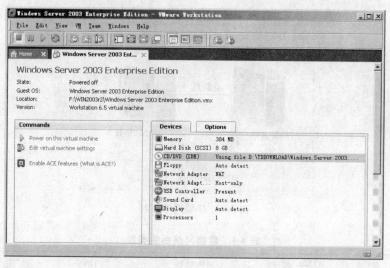

图 8-2　VMware 主窗口

（3）选择 VM→Clone 命令，弹出如图 8-3 所示的克隆虚拟机向导对话框。

（4）单击"下一步"按钮，选择克隆源文件的位置，如图 8-4 所示。

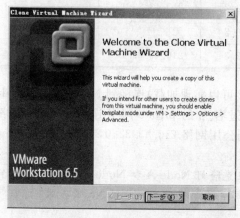
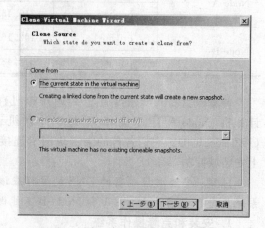

图 8-3　克隆向导对话框　　　　　　　　　图 8-4　选择克隆源

（5）单击"下一步"按钮，选择克隆的类型，如图 8-5 所示。

（6）单击"下一步"按钮，在弹出的如图 8-6 所示的对话框中设置虚拟机的名称和位置。

（7）单击"完成"按钮，系统开始进行克隆，如图 8-7 所示。

（8）克隆完成后，单击"完成"按钮，此时 Node-A 计算机的操作系统克隆完成，如图 8-8 所示。重复上面的操作为 Node-B 计算机实现操作系统的克隆。

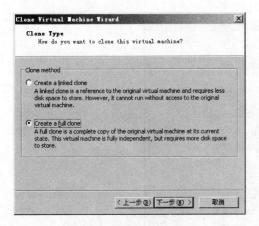

图 8-5　选择克隆方式

图 8-6　设置虚拟机名称和位置

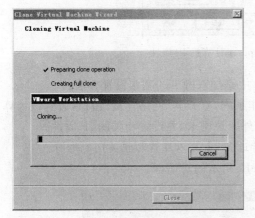

图 8-7　克隆过程

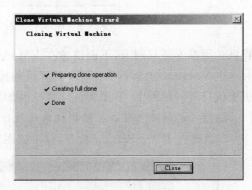

图 8-8　完成克隆

(9) 在完成 Node-A 计算机和 Node-B 计算机的克隆后,分别依次启动运行 Node-A 计算机和 Node-B 计算机,更改其主机名为 Node-A 和 Node-B,然后分别重新启动该操作系统。

注意：为了保证系统之间不冲突,可以采用微软的"系统准备工具 sysprep"实现对当前克隆好的系统的重新封装。关于该工具的使用在此不再阐述。

(10) 打开 FrontComputer 计算机,安装域控制器、DNS 服务器,并设置对应的域为 wjp. com。

注意：安装域控制器的相关操作在前面章节已经详细阐述,在此不再重复。

2. 设置 FrontComputer 计算机的网卡属性

运行 FrontComputer 计算机的操作系统,该系统默认加载一块网卡,在桌面上右击"网上邻居"图标,在弹出的快捷菜单中选择"属性"命令,在弹出对话框的"本地连接"图标上右击,弹出"本地连接 属性"对话框,双击"Internet 协议(TCP/IP)"选项,在弹出的对话框中为网卡设置相关 IP 属性,如图 8-9 所示。

3. 为 Node-A 和 Node-B 设置双网卡

克隆的 Node-A 和 Node-B 操作系统默认都只有一块网卡,而群集服务要求这两台计

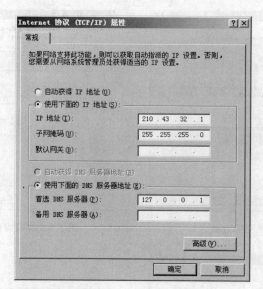

图 8-9　设置 FrontComputer 计算机 IP 属性

算机必须都安装双网卡,下面讲述在 VMware 中添加双网卡的基本设置方法。

在 VMware 上运行 Node-A 计算机的操作系统,打开其"网络连接"窗口,看到该计算机默认只有一块网卡,下面为该计算机添加另外一块网卡,并设置相关的 IP 属性。

注意:添加网卡可以在虚拟机系统运行时进行,也可以在虚拟机关闭时进行。

(1) 选择 VW→Setting 命令,弹出如图 8-10 所示的对话框。

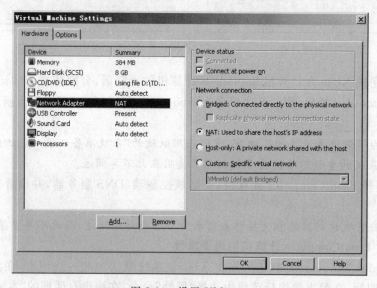

图 8-10　设置 VMware

(2) 单击 Add 按钮,弹出如图 8-11 所示的硬件添加向导对话框。

(3) 选择 Network Adapter 选项,单击 Next 按钮,弹出如图 8-12 所示的对话框,选择网络连接的类型为 Host-only。

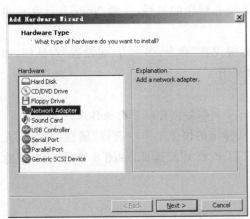
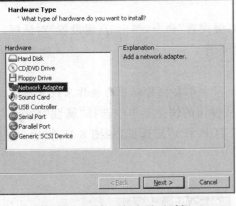

图 8-11　硬件添加向导对话框　　　　图 8-12　选择网络连接类型

（4）单击 Finish 按钮，依次返回关闭硬件添加向导对话框，系统就会添加另外一块网卡。自动命名为"本地连接 1"。

4. 重命名连接名称

为了更加清楚地进行识别和配置，建议用户更改网络连接的名称。重命名将有助于用户识别网络并对其正确地分配角色。

注意：Node-A 和 Node-B 计算机的网卡都要更改名称。

右击"本地连接"图标，在弹出的快捷菜单中选择"重命名"命令，执行这样的操作更改"本地连接"的名称为 private，更改"本地连接 1"的名称为 public。如图 8-13 是更改后的显示。

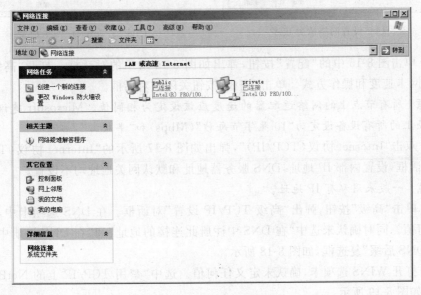

图 8-13　重命名连接名称

5. 设置网络服务顺序

下面以 Node-A 计算机为例,讲述设置网络服务顺序的过程,注意 Node-B 计算机也要参照下面的步骤进行设置。

在"网络连接"窗口选择"高级"菜单中的"高级设置"命令,弹出"高级设置"对话框,如图 8-14 所示,在"连接"区域中,确认网络服务的顺序。

6. 配置 private 和 public 网卡属性

注意:Node-A 和 Node-B 计算机的 private 网卡都要执行以下的操作来设置属性。

(1) 右击 private 适配器对应的网络连接,从弹出的快捷菜单中选择"属性"命令。在"常规"选项卡上,确认仅选中了"Internet 协议(TCP/IP)"复选框,如图 8-15 所示。清除选中所有其他客户端、服务和协议的复选框。

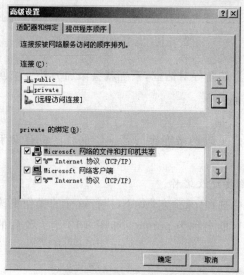
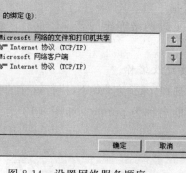

图 8-14　设置网络服务顺序

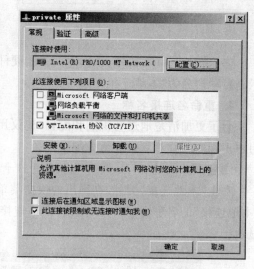

图 8-15　private 网卡设置

(2) 单击图 8-15 中的"配置"按钮,弹出如图 8-16 所示的对话框。打开"高级"选项卡,设置网卡速度和操作方式。单击"完成"按钮关闭该对话框。

注意:所有节点上的网络适配器的速度应该设定为相同值。Microsoft 建议用户将同一路径上的所有设备设定为"10 兆字节每秒"(Mbps)和"半双工"。

(3) 双击"Internet 协议(TCP/IP)",弹出如图 8-17 所示的"Internet 协议(TCP/IP)属性"对话框,设置内部 IP 地址,DNS 服务器地址和默认网关地址均不设置。

注意:一般采用私有 IP 地址。

(4) 单击"高级"按钮,弹出"高级 TCP/IP 设置"对话框。在 DNS 选项卡中,确认未定义任何值。同时确认未选中"在 DNS 中注册此连接的地址"和"在 DNS 注册中使用此连接的 DNS 后缀"复选框,如图 8-18 所示。

(5) 打开 WINS 选项卡,确认未定义任何值。选中"禁用 TCP/IP 上的 NetBIOS"单选按钮,如图 8-19 所示。

(6) 依次单击"确定"按钮,完成 private 网卡的属性配置。

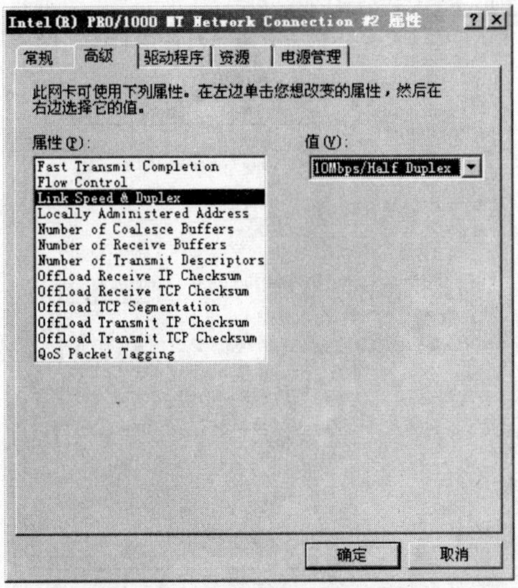

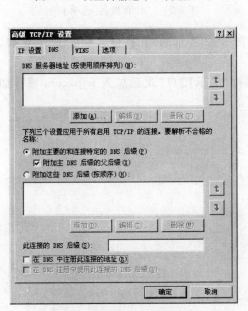

图 8-16　设置传输速率和传输方式

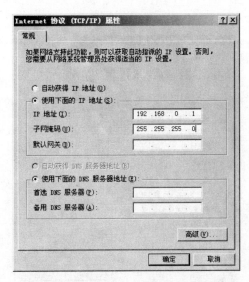

图 8-17　设置 private 网卡 IP 属性

图 8-18　DNS 选项卡设置

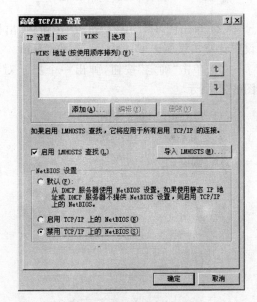

图 8-19　WINS 选项卡设置

（7）完成 private 网卡的属性设置后，设置 public 网卡的 IP 属性，如图 8-20 所示。

（8）完成 Node-A 计算机的设置后，参考上面的步骤，完成 Node-B 计算机的设置。在这里，设置的 Node-B 计算机的 private 网卡的 IP 地址为 192.168.0.2，public 网卡的 IP 地址为 210.43.32.3，DNS 为 210.43.32.1。

7. 将 Node-A 和 Node-B 计算机添加到域

注意：必须开启 FrontComputer 计算机，才能完成将计算机加入到该域的操作。

（1）启动 Node-A 计算机后，右击"我的电脑"图标，在弹出的快捷菜单中选择"属性"命令，弹出"系统属性"对话框，打开"计算机名"选项卡，操作如图 8-21 所示。

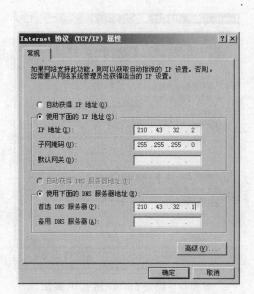

图 8-20 设置 public 网卡 IP 属性

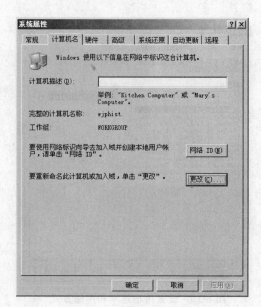

图 8-21 "计算机名"选项卡

（2）单击图 8-21 中的"更改"按钮，弹出如图 8-22 所示的"计算机名称更改"对话框，设置计算机隶属于域，输入域名 wjp.com。

（3）单击"确定"按钮，弹出一个提示对话框，提示用户"欢迎加入 wjp.com 域"，如图 8-23 所示。

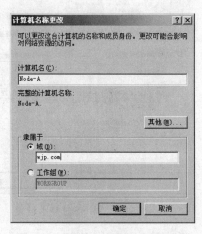

图 8-22 "计算机名称更改"对话框

图 8-23 提示对话框

（4）单击"确定"按钮，系统重新启动，完成后 Node-A 计算机成功加入了 wjp.com 域。

（5）在 Node-B 计算机上执行相似的操作，将 Node-B 计算机加入到 wjp.com 域，设置 Node-B 计算机的名称为 Node-B。

8. 设置群集用户账户

群集服务需要一个属于可运行群集服务的每个节点上的本地管理员（Local Administrators）组成员的域用户账户。开启 FrontComputer 计算机，在其上设置一个域用户账户。

（1）选择"开始"→"程序"→"管理工具"→"Active Directory 用户和计算机"命令，打开一个窗口，在左侧窗格的树形目录中右击 wjp.com，在弹出的快捷菜单中选择"新建"→"用户"命令，如图 8-24 所示。

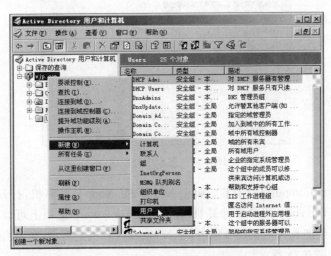

图 8-24　"Active Directory 用户和计算机"窗口

（2）弹出如图 8-25 所示的"新建对象-用户"对话框，设置群集用户的名称。

（3）单击"下一步"按钮，在弹出的对话框中设置群集账户的密码，选中"用户不能更改密码"和"密码永不过期"复选框，如图 8-26 所示。

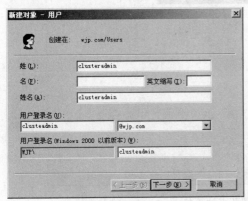

图 8-25　群集用户设置

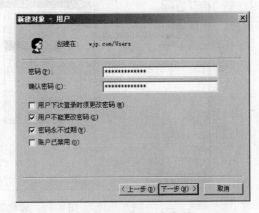

图 8-26　设置用户密码

注意：如果用户的管理安全策略不允许使用永不过期的密码，用户必须在密码到期前，在每个节点上重续密码并更新群集服务配置。

（4）单击"下一步"按钮，在弹出的如图 8-27 所示的对话框中单击"完成"按钮，完成用户的创建。

9. 添加域用户到 Node-A 和 Node-B 计算机

在创建好域用户账户后，必须把该域用户账户添加到 Node-A 和 Node-B 计算机。

注意：域用户账户要添加到 Node-A 和 Node-B 计算机，必须要求这两个计算机先加入到 wjp.com 域中。

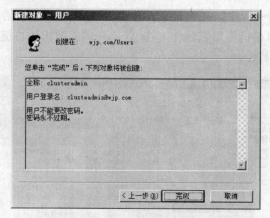

图 8-27　完成用户创建

（1）开启 FrontComputer 计算机、Node-A 计算机、Node-B 计算机，打开 FrontComputer 计算机的"Active Directory 用户和计算机"窗口，在 Computers 选项上可以看到 Node-A 和 Node-B 计算机已经加入到 wjp.com 域中，在 Node-A 计算机上右击，在弹出的快捷菜单中选择"管理"命令，如图 8-28 所示。

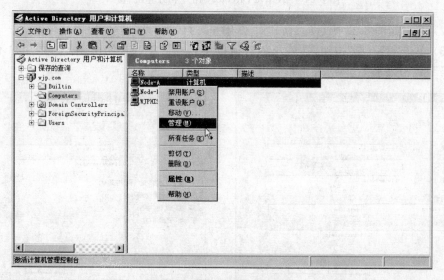

图 8-28　远程管理节点计算机

（2）此时将打开 Node-A 计算机的"计算机管理"窗口，在左边窗格的树形目录中展开"本地用户和组"下的"组"选项，在右边窗格中，右击 Administrators，在弹出的快捷菜单中选择"属性"命令，如图 8-29 所示。

（3）弹出"Administrators 属性"对话框，在"成员"中输入 clusteadmin，单击"添加"按钮，添加该域账户到 Node-A 计算机的管理员组，如图 8-30 所示。

（4）依次单击"确定"按钮返回，完成域账户的添加，参照上面的步骤，可以给 Node-B 计算机添加该群集账户。添加完成后，分别在 Node-A 和 Node-B 上注销原来登录的用户，用域账户登录到域中，以激活该账户。

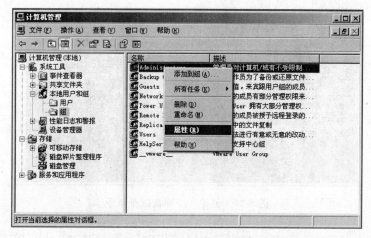

图 8-29　选择"属性"命令

图 8-30　添加账户

10. 创建仲裁磁盘和共享磁盘

仲裁磁盘(Quorum Disk)用于存储群集配置数据库检查点以及协助管理群集和维持一致性的日志文件。一般采用 raid 的一个卷来实现仲裁磁盘。利用 VMware 可以虚拟添加一个共享的 SCSI 设备来是实现仲裁磁盘。

VMware 的安装目录中有一个 vmware-vdiskmanager. exe 文件,采用这个文件,基于命令方式可以创建虚拟的仲裁磁盘和共享磁盘。

下面创建一个名为 quorum 的仲裁磁盘和一个名为 sharedisk 的共享磁盘。打开命令提示符窗口,转入 VMware 的安装目录,运行 vmware-vdiskmanager. exe 的创建。如图 8-31 所示,即是在 D 盘 sharedisk 目录下创建仲裁磁盘的基本操作。

注意:创建的仲裁磁盘和共享磁盘必须为 SCSI 格式。运行该命令创建磁盘所在的文件夹必须先建立起来。

这两条创建仲裁磁盘和共享磁盘的命令如下:

图 8-31　创建一个仲裁磁盘命令

vmware-vdiskmanager.exe-c-s 1Gb-a lsilogic-t 2 D:\sharedisk\quorum.vmdk

vmware-vdiskmanager.exe-c-s 1Gb-a lsilogic-t 2 D:\sharedisk\sharedisk.vmdk

创建完毕后,目录下有四个新文件,即 quorum. vmdk,quorum-flat. vmdk,sharedisk. vmdk,sharedisk-flat. vmdk。

11. 添加仲裁磁盘和共享磁盘

下面以在 Node-A 上添加仲裁磁盘和共享磁盘为例进行介绍,Node-B 节点参照下面步骤进行。

(1) 在 VMware 中加载 Node-A 计算机的虚拟操作系统文件,在 VMware 软件上选择 VM→Settings 选项,弹出 Virtual Machine Settings 对话框,单击 Add 按钮,弹出 Add Hardware Wizard 对话框,选择硬件的类型为 Hard Disk,如图 8-32 所示。

注意:添加仲裁磁盘和共享磁盘的时候,必须只能有一个节点。即使另外一个节点不启动,也不能在 VMware 虚拟机中加载,否则磁盘不能加载成功。

(2) 单击 Next 按钮,弹出 Select a Disk 对话框,选中 Use an existing virtual disk 单选按钮,如图 8-33 所示。

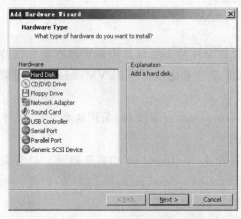

图 8-32　选择硬盘选项

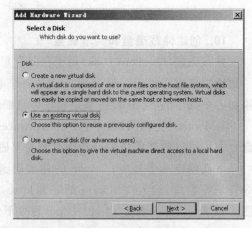

图 8-33　选择磁盘

(3) 单击Next按钮,在弹出的对话框中选择已经在Node-A计算机上设置好的虚拟

磁盘文件(＊.vmdk 文件),单击 Finish 按钮
即可完成添加,如图 8-34 所示。

(4) 系统返回到 Virtual Machine Settings
对话框,可以看到 quorum 虚拟磁盘已经加
载,选择该加载的虚拟磁盘,如图 8-35
所示。

(5) 单击图 8-35 上的 Advanced 按钮,
弹出 Advanced 对话框,设置虚拟设备节点
的类型为 SCSI 1：0,如图 8-36 所示。

(6) 完成后单击 OK 按钮,重复上面
的操作,依次完成 sharedisk 共享磁盘的
设置。

注意:共享磁盘的虚拟设备节点的类型
设置为 SCSI 1：1。

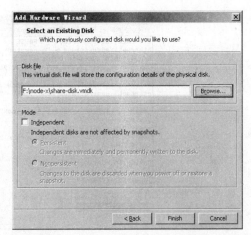

图 8-34 选择已存在的磁盘

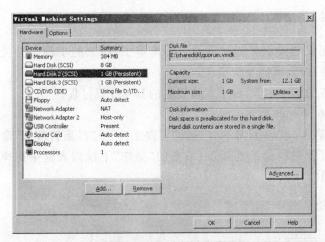

图 8-35 已添加的仲裁磁盘和共享磁盘

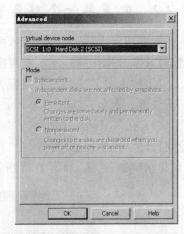

图 8-36 Advanced 对话框

(7) 依次关闭前面打开的对话框,进入 Node-A 虚拟机的源目录,编辑以.vmx 结尾
的文件,用记事本打开,在文件末尾添加 disk.locking＝false,该命令用于避免磁盘被一
台服务器锁定,如图 8-37 所示。

(8) 启动 Node-A 计算机操作系统,把该仲裁磁盘和共享磁盘都初始化为基本磁盘
并格式化为 NTFS 文件格式,将这两个磁盘都划分成主分区,仲裁磁盘磁盘号改动为 Q,
磁盘标号设置为 quorum,共享磁盘的磁盘号改动为 S,磁盘标号设置为 share,关于磁盘
的格式化和分区参照前面章节的相关内容进行。

(9) 设置完成后关闭 Node-A,将 VMware 中加载的 Node-A 节点关闭,选择 Node-B
节点的虚拟操作系统,参照上面的步骤,为 Node-B 节点加载该仲裁磁盘和共享磁盘。

(10) 完成后,启动 Node-B 节点的操作系统,可以看到这两个磁盘已经在 Node-B 节
点的操作系统中识别出来了,只是没有分配磁盘号,更改仲裁磁盘的磁盘号为 Q,磁盘标
号设置为 quorum,更改共享磁盘的磁盘号为 S,磁盘标号设置为 share 即可。

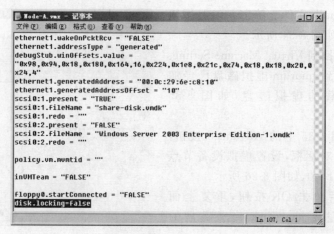

图 8-37　修改 VMX 文件

（11）完成后，关闭该 Node-B 节点的操作系统，并从 VMware 中退出其加载项。

8.2.2　配置第一个群集节点

在完成上面的相关步骤后，配置群集服务的过程就变得简单了，前面的步骤十分关键，并且部分操作的顺序不能调换，否则可能导致错误。

Node-A 计算机作为群集服务的第一个节点，下面讲述它的基本配置过程。

注意：开启 FrontComputer 和 Node-A。

（1）在 VMware 虚拟机上开启 Node-A 计算机。选择"管理工具"→"群集管理器"命令，打开"群集管理器"窗口，在"打开到群集的连接"对话框的"操作"下拉列表框中选择"创建新群集"选项，如图 8-38 所示。

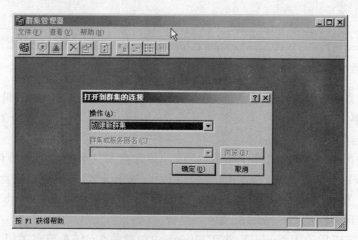

图 8-38　"群集管理器"窗口

（2）单击"确定"按钮，弹出如图 8-39 所示的"欢迎使用新建服务器群集向导"对话框。

（3）单击"下一步"按钮，弹出如图 8-40 所示的对话框，在该对话框中指定集群名称和域。

图 8-39　"欢迎使用新建服务器群集向导"对话框

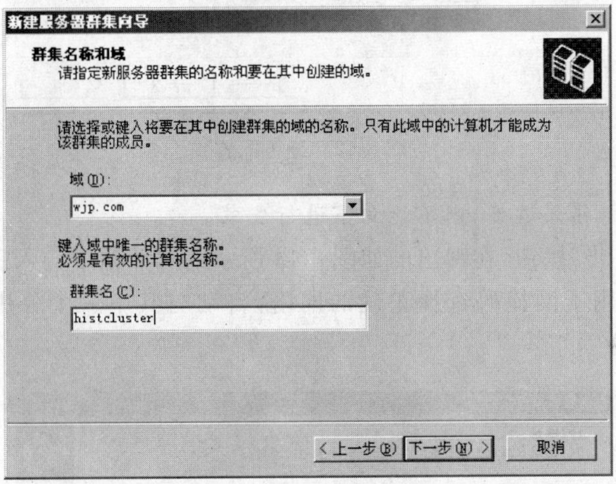

图 8-40　设置域和群集名

（4）单击"下一步"按钮，在弹出的对话框中输入新群集中第一个节点的计算机名，如图 8-41 所示。

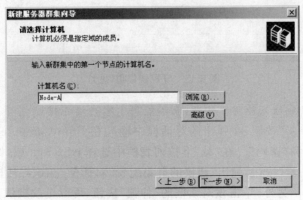

图 8-41　指定第一个节点的计算机名

（5）单击"下一步"按钮，系统弹出如图 8-42 所示的分析配置对话框，在这个对话框里将列出导致安装出现问题的硬件或软件问题，检查所有警告或错误信息等。用户可以单击图 8-42 上的"详细信息"按钮，了解有关每个警告或提示的详细信息。或者修改相关信息，单击"重新分析"按钮，可以重新进行分析。

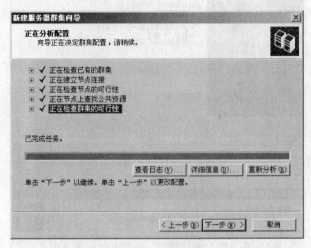

图 8-42　分析配置

注意：如果分析错误过多，则不能向下进行安装。

（6）单击"下一步"按钮，在弹出的如图 8-43 所示的对话框中输入群集 IP 地址。创建向导在这里通过使用子网掩码选择正确的网络，自动与其中一个公用网络关联群集 IP 地址。

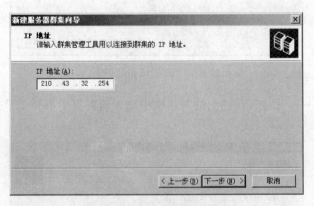

图 8-43　设置群集 IP 地址

注意：群集 IP 地址只能用于管理，而不能用于客户端连接。

（7）单击"下一步"按钮，在弹出的对话框中输入在 FrontComputer 上创建的群集服务账户的"用户名"和"密码"。在"域"下拉列表框中选择 wjp.com 域，如图 8-44 所示。

（8）单击"下一步"按钮，弹出"建议的群集配置"对话框，在该对话框中列出所有将用于创建群集的信息。另外，单击该对话框的"仲裁"按钮，可以更改默认自动选择的仲裁磁盘，如图 8-45 所示。

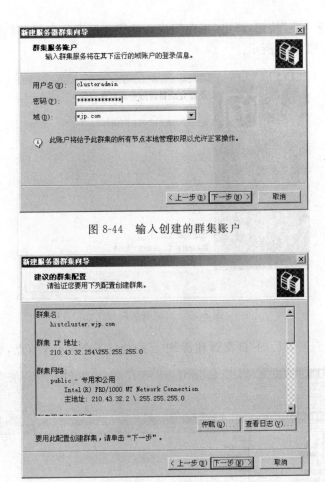

图 8-44　输入创建的群集账户

图 8-45　"建议的群集配置"对话框

注意：本屏幕上所显示的摘要信息可用于在出现灾难恢复状况时，重新配置群集。建议用户保存并打印一份硬拷贝，与服务器上的更改管理日志保持一致。

（9）单击"下一步"按钮，弹出如图 8-46 所示的对话框，系统开始进行群集的创建过程。此时系统开始检查所有在群集创建过程中遇到的警告或错误。

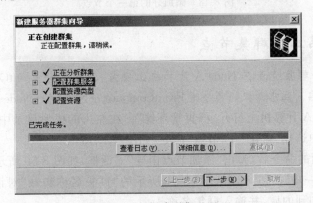

图 8-46　创建群集过程

（10）单击"下一步"按钮，弹出"正在完成新建服务器群集向导"对话框，单击"完成"按钮结束安装，如图 8-47 所示。

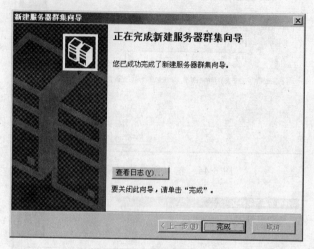

图 8-47　完成群集向导

（11）完成节点安装后的"群集管理器"中已经加载了 Node-A 节点，如图 8-48 所示。

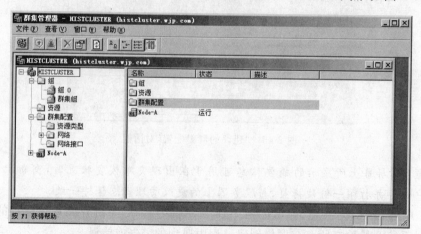

图 8-48　添加好的第一个节点

8.2.3　创建第二个群集节点

注意：第二个群集节点在 Node-A 计算机上安装，注意此时 FrontComputer、Node-A、Node-B 都应该开启。注意开机的顺序为 FrontComputer→Node-A→Node-B，不要同时启动。

（1）在 Node-A 计算机上打开"群集管理器"。在左边的树形目录中右击 Node-A，在弹出的快捷菜单中选择"新建"→"节点"命令，如图 8-49 所示。

（2）执行上面的命令后，弹出"添加节点向导"对话框，如图 8-50 所示。

（3）单击"下一步"按钮，弹出如图 8-51 所示的"群集名称和域"对话框，在该对话框中设置节点要添加到的域，并输入群集名称。

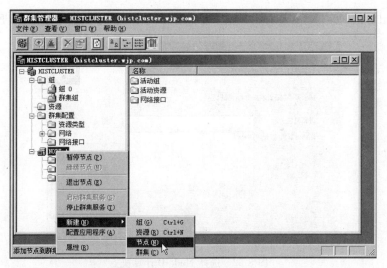

图 8-49　新建节点

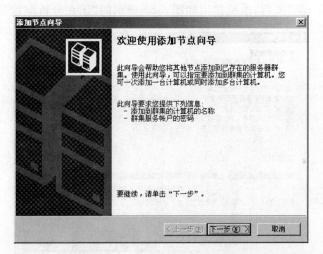

图 8-50　"添加节点向导"对话框

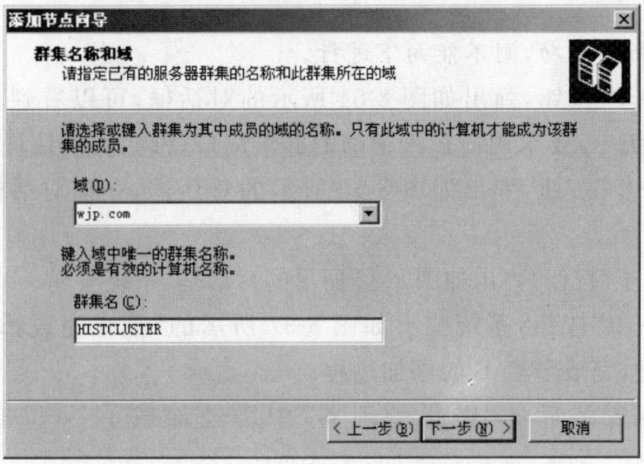

图 8-51　设置指定的域和群集名

（4）单击"下一步"按钮，在弹出的对话框中添加 Node-B 计算机，如图 8-52 所示。

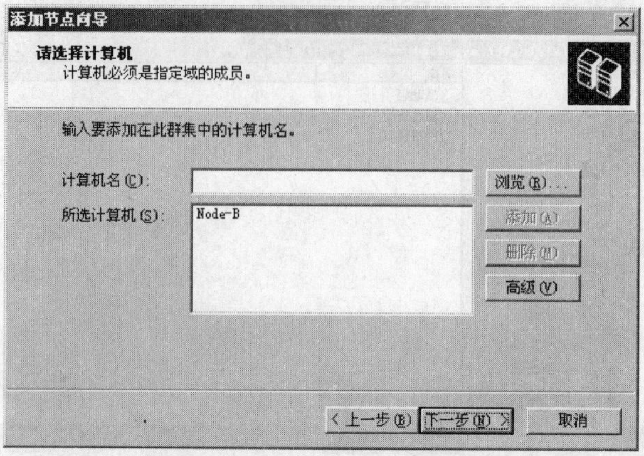

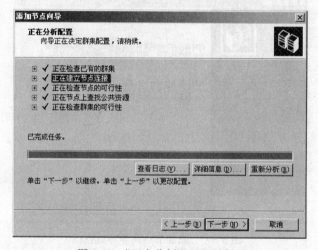

图 8-52 选择 Node-B 计算机

（5）单击"下一步"按钮，系统弹出如图 8-53 所示的"正在分析配置"对话框。

图 8-53 "正在分析配置"对话框

注意：如果分析不成功，则不能向下进行。

（6）单击"下一步"按钮，弹出如图 8-54 所示的对话框，可以看到上面设置的群集用户名已经内置在系统中，要求用户输入正确的群集用户密码，实现认证过程。

（7）单击"下一步"按钮，弹出如图 8-55 所示的对话框，在该对话框中列出了详细的配置清单。

（8）单击"下一步"按钮，弹出如图 8-56 所示的对话框，系统实现了节点 B 的添加过程。

（9）单击"下一步"按钮，系统弹出如图 8-57 所示的"正在完成添加节点向导"对话框，单击"完成"按钮，完成节点 B 的添加过程。

（10）完成节点安装后的"群集管理器"中已经加载了 Node-B 节点，如图 8-58 所示。

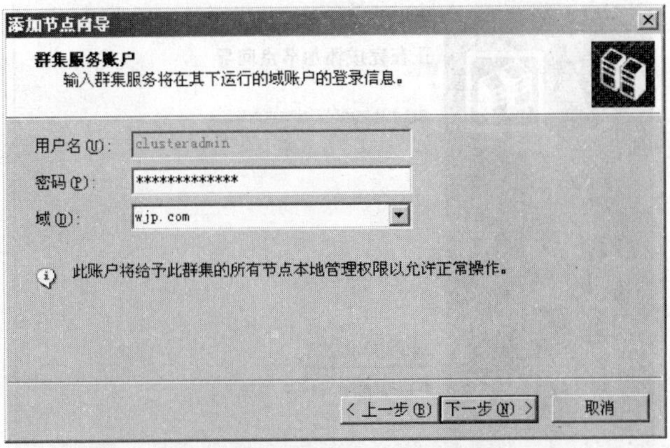

图 8-54 输入群集账户密码

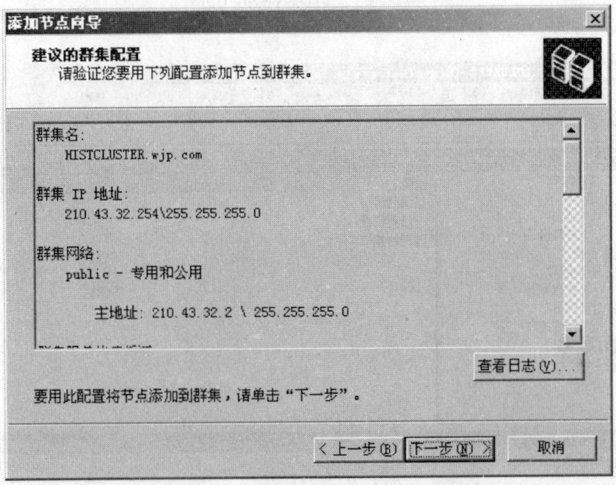

图 8-55 “建议的群集配置”对话框

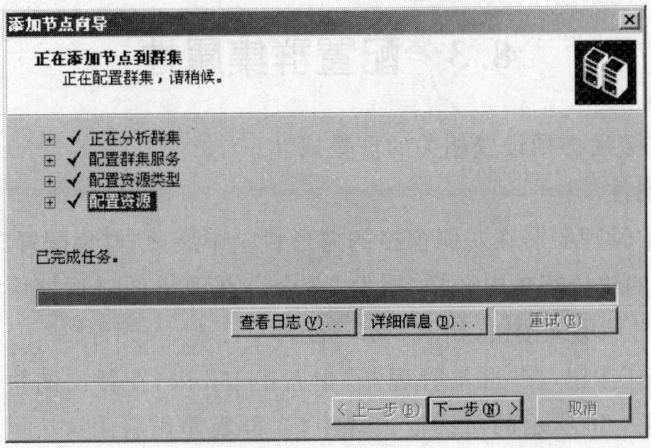

图 8-56 添加节点 B

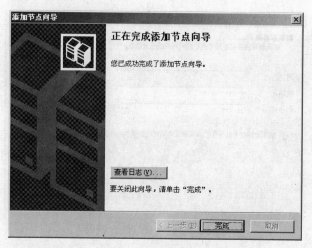

图 8-57　完成添加节点

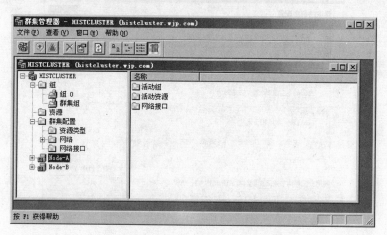

图 8-58　添加 Node-B 后的群集管理器

8.3　配置群集属性

完成群集的安装后必须设置相关的群集属性。

1. 配置网络属性

（1）启动"群集管理器"，在左侧窗格的树形目录中展开"群集配置"项下的"网络"，右击 private，从弹出的快捷菜单中选择"属性"命令。在弹出的对话框中选中"只用于内部群集通信（专用网络）"单选按钮，如图 8-59 所示。

（2）单击"确定"按钮，在"群集管理器"中右击 public，在弹出的快捷菜单中选择"属性"命令，弹出如图 8-60 所示的对话框。选中"为群集使用启用这个网络"复选框。选中"所有通信（混合网络）"单选按钮，然后单击"确定"按钮。

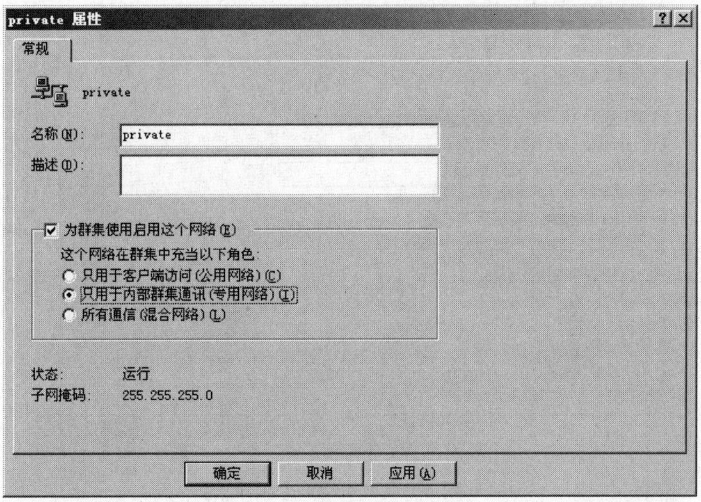

图 8-59　配置内部(private)属性

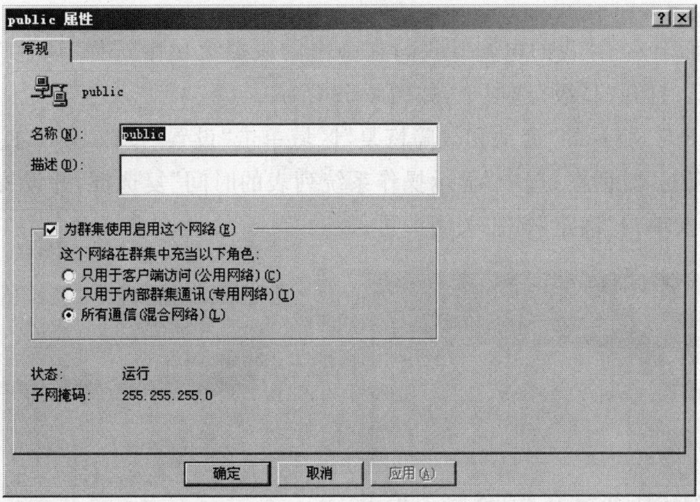

图 8-60　配置公用(public)属性

2. 配置仲裁磁盘

启动"群集管理器"(CluAdmin.exe)。右击位于左上角的群集名称,从弹出的快捷菜单中选择"属性"命令。在弹出的对话框中打开"仲裁"选项卡,在"仲裁资源"下拉列表框中选择一个不同的磁盘资源。如图 8-61 所示,"仲裁资源"下拉列表框中所选择的是"磁盘 Q:"。

如果磁盘拥有的分区不止一个,单击用户要在其中保存群集指定数据的分区,然后单击"确定"按钮。

3. 创建一个启动延迟

当出现所有的群集节点均同时启动并尝试附加到仲裁资源的情况时,群集服务

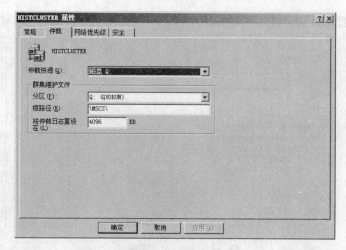

图 8-61　"仲裁"选项卡

可能无法启动。要避免这类情况的发生,应增加或减少"显示操作系统列表用时"设置。

(1) 在桌面上右击"我的电脑"图标,在弹出的快捷菜单中选择"属性"命令,弹出"系统属性"对话框,打开"高级"选项卡,如图 8-62 所示。

(2) 在图 8-62 所示的"启动和故障恢复"区域单击"设置"按钮,弹出如图 8-63 所示的"启动和故障恢复"对话框,选中"显示操作系统列表的时间"复选框,并设置相关的显示时间。完成后依次单击"确定"按钮关闭即可。

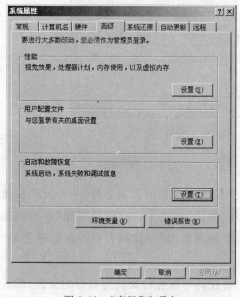

图 8-62　"高级"选项卡

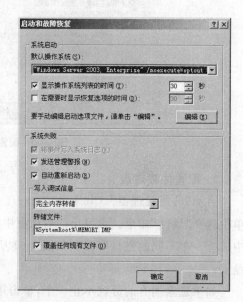

图 8-63　设置启动延迟

8.4　Windows Server 2003 的网络负载平衡

下面讲述 Windows Server 2003 的网络负载平衡的基本构建过程。

8.4.1　搭建安装环境

(1) 构建如图 8-64 所示的 NLB 网络拓扑,用 NLB1 和 NLB2 计算机来搭建网络负载平衡服务器,在 NLB1 上安装域控制器和 DNS 服务器,设置的域名为 wjp.com。NLB1 和 NLB2 安装双网卡,设置网络负载平衡(NLB)的 IP 地址是 210.43.32.254。在 NLB1 和 NLB2 上分别安装 Web 服务器。Client 计算机和 NLB2 计算机要加入 wjp.com 域。

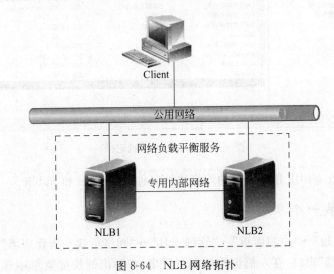

图 8-64　NLB 网络拓扑

这三台计算机的 IP 设置见表 8-2。

表 8-2　NLB 主机相关参数

主机名	网络连接名称	IP 地址	DNS 地址
NLB1	private	192.168.0.1	无
	public	210.43.32.1	210.43.32.1
NLB2	private	192.168.0.2	无
	public	210.43.32.2	210.43.32.1
Client	本地连接	210.43.32.80	210.43.32.1

(2) 在 NLB1 计算机上安装 IIS 服务器,并创建一个简单的主页面。在 NLB1 计算机上安装 IIS 服务器,并创建一个简单的主页面。为方便测试,将这两个主页面制作成不同的显示效果。

注意:安装 IIS 和创建主页面的过程在此不再阐述。实际使用中,如果采用网络负载平衡服务,则搭建的服务器是完全相同的镜像。

(3) 在 NLB1 计算机的 DNS 服务器中创建一个主机记录,主机名 www,对应的 IP
地址为 210.43.32.254,如图 8-65 所示。

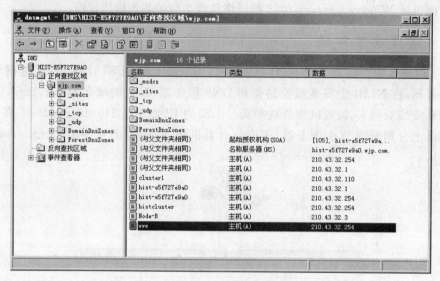

图 8-65　添加一个主机记录

(4) 分别更改 NLB1 和 NLB2 的连接属性名称为 private 和 public。

8.4.2　添加第一个节点

(1) 选择"开始"→"控制面板"→"管理工具"→"网络负载平衡管理器"命令,打开"网
络负载平衡管理器"窗口,在左侧窗格中右击群集,在弹出的快捷菜单中选择"新建群集"
命令,如图 8-66 所示。

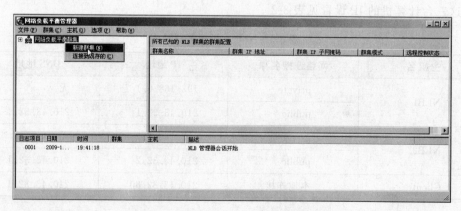

图 8-66　"网络负载平衡管理器"窗口

(2) 在弹出的对话框(如图 8-67 所示)中设置群集 IP 地址、子网掩码和对应的域地
址。设置操作方式为单播方式,如果要设置远程操作,可以设置远程的操控密码。

(3) 单击"下一步"按钮,弹出如图 8-68 所示的对话框,如果有必要,单击"添加"按

钮,设置附加的群集中可以为群集附加 IP 地址。

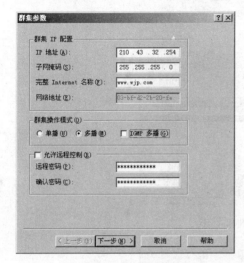

图 8-67 设置群集参数

图 8-68 添加群集 IP 地址

(4) 完成后,单击"下一步"按钮,弹出如图 8-69 所示的对话框,在该对话框中可以设置端口规则,选择默认的规则即可,如果需要添加新的规则,则单击"添加"按钮;如果要更改一个规则,选择对应的规则,单击"编辑"按钮即可。

图 8-69 "端口规则"对话框

(5) 单击"下一步"按钮,设置连接到的主机和接口地址,如图 8-70 所示。注意第一台主机名为 NLB1,连接的群集接口应该是外部公用接口。

(6) 单击"下一步"按钮,为该主机设置优先级、专用的 IP 地址、子网掩码和默认状态等,如图 8-71 所示。

注意:单一主机标识符优先级的范围在 1~32 之间,此值决定如何处理没有包含在任何为群集定义的端口规则中的传入网络通信。具有最高优先级的主机优先级值最小。

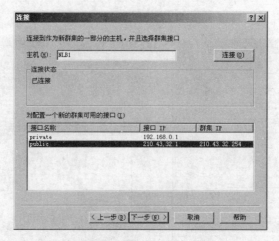

图 8-70　设置主机和接口

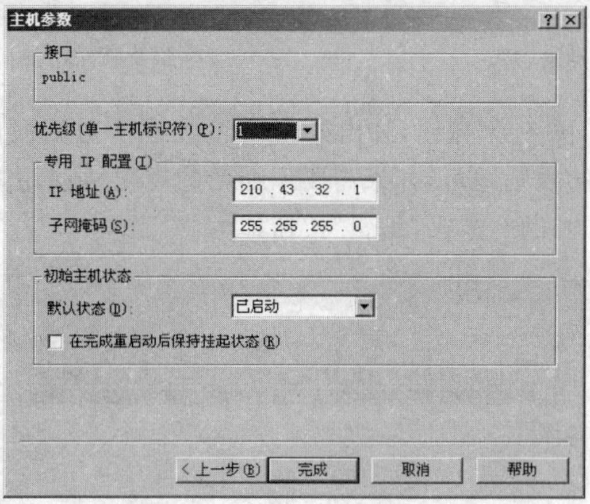

图 8-71　设置主机参数

　　(7) 单击"完成"按钮,在"网络负载平衡管理器"窗口出现对应主机的服务窗口,可以看到设置的群集开始运行,运行成功后,出现如图 8-72 所示的服务窗口。至此一个简单群集的设置完成。

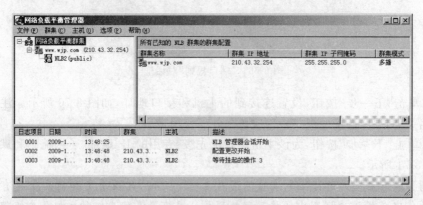

图 8-72　设置好的群集

8.4.3　添加第二个节点

(1) 登录到 NLB2 计算机上,打开"网络负载平衡管理器"窗口,右击"网络负载平衡群集",在弹出的快捷菜单中选择"连接到现存的"命令,如图 8-73 所示,连接到已经存在的群集上。

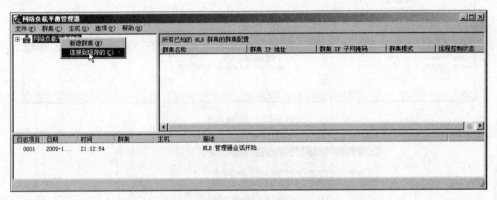

图 8-73　选择"连接到现存的"命令

(2) 弹出"连接"对话框,在"主机"文本框中输入群集主机的 IP 地址 210.43.32.254,然后单击"连接"按钮,在群集中出现 www.wjp.com,选择该群集,如图 8-74 所示,单击"完成"按钮即可连接到群集中。

图 8-74　选择群集

(3) 连接到群集以后返回"网络负载平衡管理器"窗口,右击服务器,在弹出的快捷菜单中选择"添加主机到群集"命令,如图 8-75 所示,在群集中添加第二台主机。

(4) 弹出"连接"对话框,在"主机"文本框中输入 210.43.32.2,单击"连接"按钮,在"对配置一个新的群集可用的接口"列表中选择 public,如图 8-76 所示。

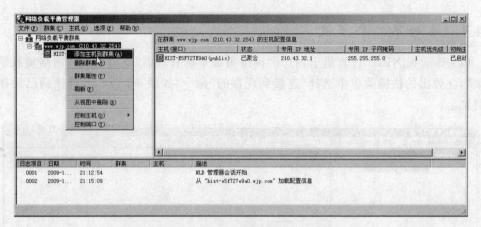

图 8-75　添加主机

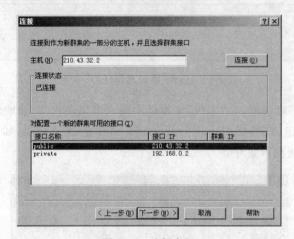

图 8-76　选择主机

（5）单击"下一步"按钮，弹出如图 8-77 所示的"主机参数"对话框，其优先级为 2。单击"确定"按钮即可将其添加到群集中。

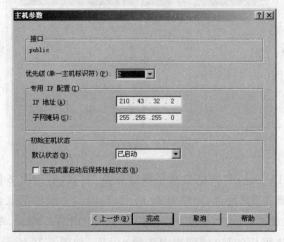

图 8-77　"主机参数"对话框

　　(6) 将第二台主机添加到群集中以后,返回"网络负载平衡管理器"窗口,可以看到该群集中有两台主机。在 Client 计算机上打开 IE 浏览器,在"地址"栏中输入 www. wjp. com,将访问 NLB1 计算机上的 Web 网站,将 NLB1 计算机上的 public 网卡禁用,再输入 www. wjp. com,将访问 NLB2 计算机上的 Web 网站。由此可以验证 NLB 的配置是成功的。

本 章 小 结

　　本章讲述 Windows Server 2003 群集服务,主要的知识点包括群集技术的基本概念、安装和配置 MSCS 服务、配置群集属性、搭建网络负载平衡等。学习完本章,应该重点掌握基于 Windows Server 2003 安装和配置 MSCS 服务的过程。

习　题　8

1. 简述群集服务的常见技术。
2. 简述安装和配置 MSCS 服务的基本步骤。
3. 简述如何在虚拟机中创建仲裁磁盘和共享磁盘。
4. 简述设置群集账户的基本步骤。
5. 简述在 Windows Server 2003 中设置网络负载平衡的基本步骤。

第 9 章 Windows Server 2003 打印服务

CHAPTER

本章知识要点：

➢ 打印服务的基本概念；

➢ 外置打印服务器的安装和设置；

➢ 内置打印服务器的安装和设置；

➢ 添加本地打印机；

➢ 添加网络接口打印机；

➢ 添加共享打印机；

➢ 配置打印服务器；

➢ 基于 Web 实现远程管理打印机。

9.1 打印服务的相关概念

打印服务是非常重要的网络服务。网络打印是指通过设置打印服务器或者共享打印机实现网络打印的过程。打印服务器的建设在 Windows Server 2003 的网络管理中占有非常重要的地位。

1. 相关打印设备

1) 打印机

打印机(Printer)是网络打印服务中最核心的设备,在网络服务中,打印机既包括实际的打印设备,也包括通过网络设置的共享打印机设备,或者指的是通过一个软件模拟的虚拟打印机设备。

实际的打印设备分为本地打印机和网络打印机。本地打印机通过本地打印端口(例如串行、USB)连接在本地计算机上;网络打印机是指用户添加的是来自网络的打印机,该打印机不在本地,而是来自于网络中的其他位置。

虚拟打印机通常是一个软件,它可以实现文件格式的转换,文件的保护等功能,部分虚拟打印机还支持在网络上实现虚拟传真等业务的进行,对操作系统而言,不管是哪种类型的打印机,在网络系统中都把其当作系统的一个接口来实现管理和调度。

2）打印服务器

打印服务器（Printer Server）通常有两种理解方式，一种是将一台普通的打印机接入网络中的一台计算机上，实现该打印机的共享后，则可以认为这台连接打印机的计算机是打印服务器。因为所有的打印任务由其来实现分配和调度管理。

另一种打印服务器指的是网络上一个独立的打印节点设备，它可以单独配置 IP 地址，可以把打印机接到打印服务器上，实现基于网络的打印管理。可以认为打印服务器是服务器的一种，是指具有 IP 地址、为用户提供共享打印服务的"网络节点"设备。

这种打印服务器通常有外置的和内置的两种类型。内置打印服务器外形类似于网卡，通常插在打印机主板 I/O 插槽中，通过打印机供电，安装好后，打印机就可以成为网络中的一个独立的节点，不再隶属于任何计算机。通常内置打印机服务器，要求所安装的打印机支持。如图 9-1 所示是一款内置的打印服务器。

外置的打印服务器通常自己提供电源，通过一个连接线缆连接到打印机，另一根线缆连接到网络，使得打印机成为网络上的一个独立节点。外置打印服务器具有安装方便的特点，可以安装在不同型号的打印机上，不占用系统资源，易于管理。如图 9-2 所示是一款常见的外置打印服务器。

图 9-1　内置打印服务器

图 9-2　外置打印服务器

3）网络打印机

通常所说的网络打印机包括以下两种接入方式，一种是打印机自带打印服务器，打印服务器上有网络接口，只需插入网线分配 IP 地址就可以了；另一种是打印机使用外置的打印服务器，打印机通过并口或 USB 接口与打印服务器连接，打印服务器再与网络连接。

注意：这里说的打印服务器是一个专用的打印节点设置。

4）无线打印服务器

无线打印服务器是一种具备共享打印服务功能的无线打印适配器。目前这类产品都具有 AP 或无线路由器功能，可让整个无线局域网的用户共享一台打印机。

无线打印服务器分内置型和外置型两种。内置型就是厂家在产品生产中安装了无线网络组件的 Wi-Fi 打印机，外置型则是专为打印机设计的一种 Wi-Fi 配件，用户可以通过无线打印服务器的 USB 接口或并口与打印机连接。目前较为常见的是外置的无线打印服务器。如图 9-3 所示是一款常见的无线打印服务器。

图 9-3　无线打印服务器

2. 网络打印服务模式

1)"打印服务器＋打印机"模式

通过打印服务器连接打印机,将打印服务器通过网线连入局域网,设定打印服务器的
IP 地址,使打印服务器成为网络上的一个不依赖于其他 PC 的独立节点,然后在打印服务
器上对该打印机进行管理。"打印服务器＋打印机"模式的性能优良,数据处理效率较高。

2)共享打印机模式

将一台普通打印机安装在打印服务器上,然后通过网络共享该打印机,供局域网中的授权
用户使用。共享打印机是通过设置 PC 服务器的硬件资源共享实现的网络打印,共享打印机必
须依赖于一台和其硬件上连接的服务器。资源的调度必须依靠这台服务器的 CPU 进行。

3)专用网络打印机

专用网络打印机可以直接连接到网络上,它可以是网络上一个独立的节点,可以设置
IP 地址,实现网络管理打印服务。一般此类打印机价格较高,可以认为它是将打印服务
器和一台高性能打印机结合在一起的设备。

9.2　安装打印服务器

本节主要讲述打印服务器的安装过程。

1. 外置打印服务器的安装和设置

(1)通过打印电缆将打印机与打印服务器的端口连接起来(一般提供的是 USB 接口
的线缆),然后开启打印机与打印服务器电源,使用厂商提供的双绞线将打印服务器的
RJ-45 接口连接到网络的一台集线器或者交换机上。

(2)开启网络中的一台计算机,在该台计算机上安装打印服务器的管理员程序。在
安装过程中,该程序将自动搜索安装在网络中的打印服务器,如图 9-4 所示是安装
PS Admin 打印服务器的管理界面。

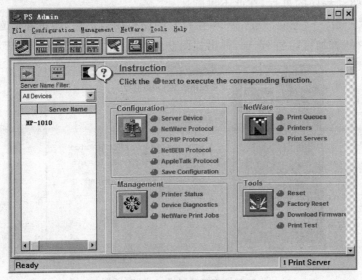

图 9-4　打印服务器管理界面

（3）选择图 9-4 上 Configuration 区域的 TCP/IP Protocol 选项，设置打印服务器的 IP 地址，完成后，选择 Save Configuration 选项，完成设置选项的保存过程。

注意：设置的打印服务器 IP 地址应该在所处的网段内，注意不要和网段内其他的计算机出现 IP 冲突。

（4）完成上面的操作后，打印服务器的配置就基本上完成了，这时只要为使用网络打印的计算机添加该网络打印机即可。

2．内置打印服务器的安装和设置

（1）首先关掉打印机电源，把打印机内置 I/O 插槽挡板（一般在打印机的背面）取下，再把内置打印服务器以正确的方向插入打印机 I/O 插槽中。

注意：内置打印服务器一定要插到底，使其金手指与打印机主板 I/O 插槽接触良好，就像平常插入 PCI 接口网卡一样。

（2）安装好打印服务器后，使用厂商提供的网线，一头连接打印服务器的网络接口，另一头连接到网络中的一台交换机或者集线器上。

（3）在网络中的一台计算机安装打印服务器管理程序，该程序将自动检测连接到网络中的打印服务器设备。在安装管理程序的同时配置打印服务器的 IP 地址等各项网络参数。

（4）安装好后，网络的任意一台主机均可通过添加网络打印机来实现网络打印服务。

9.3　添加打印机

添加打印机是添加实际打印机的过程。

9.3.1　添加本地打印机

本机打印机指的是直接连接到本地计算机上的打印机，通常在将实际的打印机设备连接到本机计算机后，需要安装打印机的驱动程序，如果该驱动操作系统内置，则可以省略。关于安装驱动程序的过程，在此不再阐述。

（1）选择"开始"→"控制面板"命令，在打开的窗口中双击"打印机和传真"图标，在打开的窗口中选择"添加打印机"选项，弹出如图 9-5 所示的"添加打印机向导"对话框。

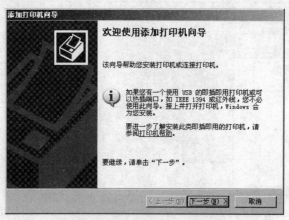

图 9-5　"添加打印机向导"对话框

（2）单击"下一步"按钮,在弹出的如图 9-6 所示的对话框中选中"连接到此计算机的本地打印机"单选按钮,取消选中"自动检测并安装即插即用打印机"复选框,以便自己选择型号。

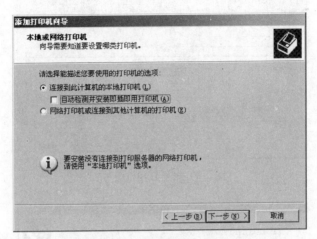

图 9-6　选择打印机类型

（3）单击"下一步"按钮,在弹出的对话框中选择正确的打印机端口,如图 9-7 所示。

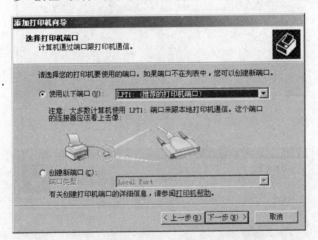

图 9-7　选择打印机端口

（4）单击"下一步"按钮,在弹出的如图 9-8 所示的对话框中选择打印机型号。

注意:如果列表中不存在需要的打印机型号,可单击"从磁盘安装"按钮,进行手动选择打印机驱动。

（5）单击"下一步"按钮,在弹出的如图 9-9 所示的对话框中设置打印机名称。

（6）单击"下一步"按钮,在弹出的如图 9-10 所示的对话框中设置是否共享打印机及共享名。

注意:可以现在不设置,在安装完成后设置,或者修改当前共享名称,如果打印机不实现共享,选中"不共享这台打印机"单选按钮即可。

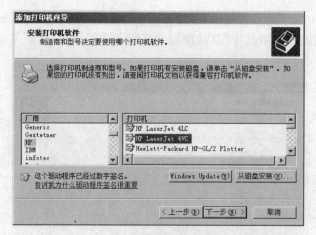

图 9-8　选择打印机型号

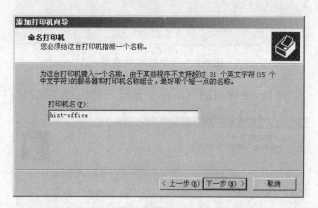

图 9-9　设置打印机名称

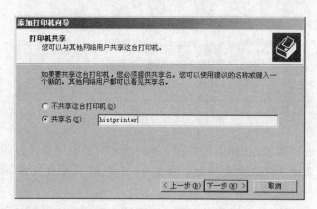

图 9-10　设置共享打印机及共享名

　　(7) 单击"下一步"按钮,在弹出的如图 9-11 所示的对话框中设置打印机的位置和注释信息。

　　(8) 单击"下一步"按钮,弹出如图 9-12 所示的"打印测试页"对话框,如果要测试打印机是否正常工作,可以选中"是"单选按钮。打印机将输出一张测试页。

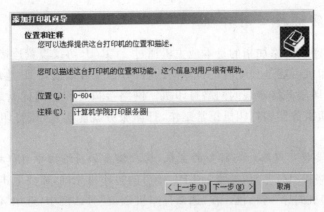

图 9-11　设置打印机的位置和注释信息

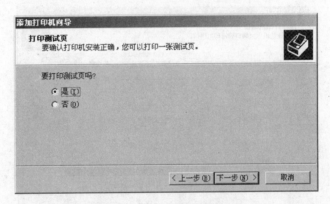

图 9-12　"打印测试页"对话框

（9）单击"下一步"按钮，弹出如图 9-13 所示的"正在完成添加打印机向导"对话框，单击"完成"按钮，系统复制打印机驱动程序，完成打印机的安装。

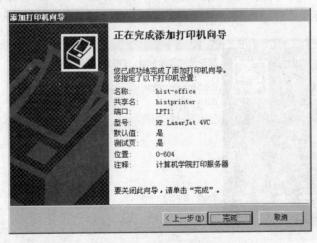

图 9-13　完成添加打印机

9.3.2   添加网络接口打印机

网络接口打印机的添加指的是本地主机通过 TCP/IP 协议设置连接到网络打印机的过程,该网络打印机可能是独立的一台专用的打印机,它可以设置 IP 地址,或者是通过内置或者外置的打印服务器实现的网络打印机。网络接口打印机的优点是,它依赖于打印服务器,只要打印服务器和打印机正常工作,打印服务就能实现,该打印机不依赖于任何其他主机。

注意:每个要使用网络打印服务的主机,均应该添加网络接口打印机。

(1) 添加网络接口打印机,与添加 LPT 接口的打印机相同,需要双击"添加打印"图标打开"添加打印机向导"对话框。在"选择打印机端口"对话框中,选中"创建新端口"单选按钮,并在"端口类型"下拉列表框中选择 Standard TCP/IP Port 选项,如图 9-14 所示。

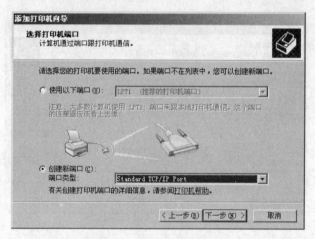

图 9-14   选择 TCP/IP 端口

(2) 单击"下一步"按钮,将弹出"欢迎使用添加标准 TCP/IP 打印机端口向导"对话框,如图 9-15 所示。

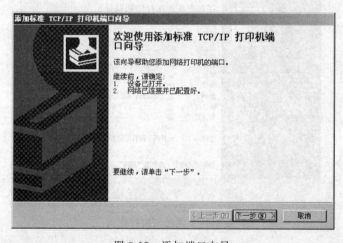

图 9-15   添加端口向导

（3）单击"下一步"按钮，弹出"添加端口"对话框，如图 9-16 所示。在"打印机名或 IP 地址"文本框内输入给网络接口的打印机分配的打印机名或 IP 地址，如果输入 IP 地址，则在"端口名"文本框中会出现默认的端口名"IP_"＋输入的 IP 地址；如果输入打印机名，则在"端口名"文本框中会出现默认端口名与输入的打印机名相同。

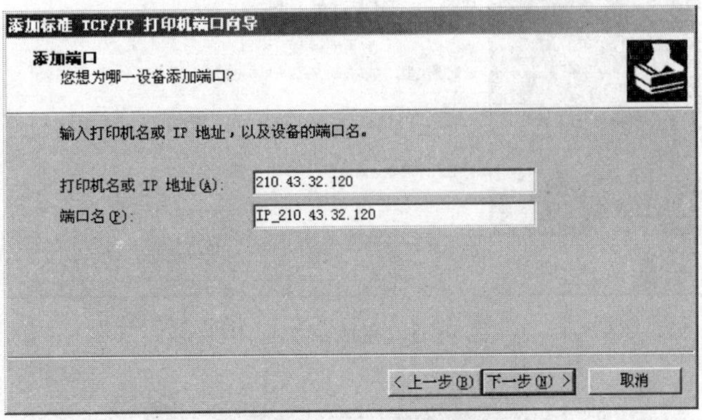

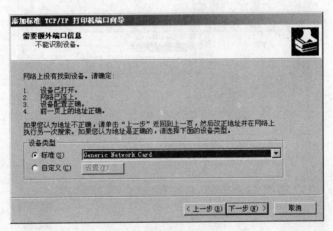

图 9-16　添加打印机名或 IP 地址

（4）单击"下一步"按钮，弹出"需要额外端口信息"对话框，选择"设备类型"为"标准"，如图 9-17 所示。

图 9-17　选择设备类型

（5）单击"下一步"按钮，弹出"正在完成添加标准 TCP/IP 打印机端口向导"对话框，如图 9-18 所示。

（6）单击"完成"按钮，弹出"安装打印机软件"对话框，选择对应的打印机类型，如图 9-19 所示。

（7）单击"下一步"按钮，弹出"命名打印机"对话框，设置打印机名和是否将打印机设置成默认打印机选项，如图 9-20 所示。

（8）单击"下一步"按钮，在弹出的对话框中设置打印机的共享名，完成后单击"下一步"按钮，在弹出的对话框中设置打印机的位置和注释信息，如图 9-21 所示。

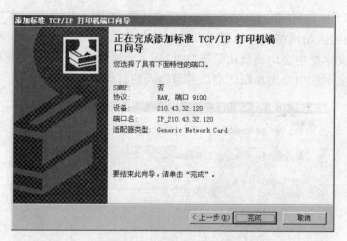

图 9-18　完成添加打印机

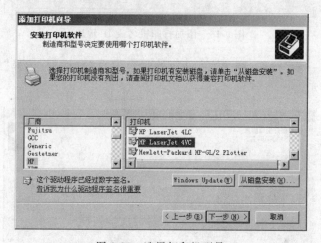

图 9-19　选择打印机型号

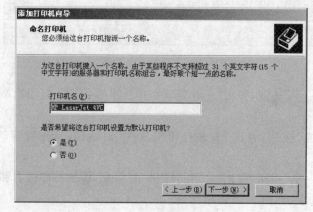

图 9-20　命名打印机

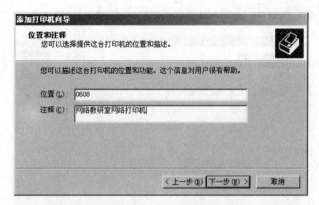

图 9-21　设置位置和注释信息

（9）单击"下一步"按钮，弹出"打印测试页"对话框，如果想检测打印机是否安装成功，可以选中"是"单选按钮，如果打印机安装正确，将打印一张默认测试页，完成测试后单击"下一步"按钮，弹出如图 9-22 所示的"正在完成添加打印机向导"对话框，单击"完成"按钮即可。

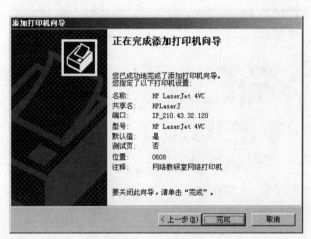

图 9-22　完成添加打印机

9.3.3　添加共享打印机

共享打印机指的是共享本地打印机实现网络打印的过程，该共享打印机可以是网络上的一台计算机的本地打印机或者是添加的网络接口打印机实现的共享过程。共享打印机依赖于一台提供共享打印服务的主机，如果该主机关机，则添加的共享打印机就不能工作。

注意：添加网络接口打印机并不是添加共享打印机。

（1）在"开始"菜单中选择"打印机和传真"命令，打开"打印机和传真"窗口。在任务窗格中选择"添加打印机"选项，弹出"添加打印机向导"对话框，在对话框中单击"下一步"按钮。弹出"本地或网络打印机"对话框，选中"网络打印机或连接到其他计算机的打印机"单选按钮,并单击"下一步"按钮,如图 9-23 所示。

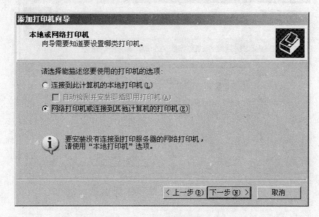

图 9-23　选择打印机类型

(2) 弹出"指定打印机"对话框,选中"连接到这台打印机"单选按钮,并在"名称"文本框中输入共享打印机的 URL 路径和共享名。单击"下一步"按钮,如图 9-24 所示。

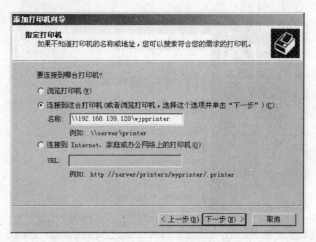

图 9-24　输入共享打印机 URL 路径

　　注意:如果服务器端或客户端开启了防火墙,需要将防火墙暂时关闭或配置防火墙规则。

(3) 在弹出的"连接到 NLB2"对话框中,在"用户名"下拉列表框和"密码"文本框中分别输入在打印服务器中设置的具有打印权限的用户名和密码,并单击"确定"按钮,如图 9-25 所示。

(4) 通过用户身份验证后弹出"连接到打印机"对话框,提示用户将安装来自服务器上的打印机驱动程序,单击"是"按钮确认安装,如图 9-26 所示。

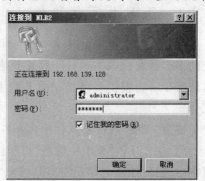

图 9-25　输入用户名和密码

图 9-26 "连接到打印机"对话框

（5）"添加打印机向导"开始安装共享打印机驱动程序，在弹出的"默认打印机"对话框中选中"是"单选按钮，将该共享打印机设置为默认打印机。然后依次单击"下一步"按钮和"完成"按钮完成共享打印机的安装过程。

9.4 配置打印服务器

1. 打印池的设置

打印池即将多个同种型号的打印机组合在一起，成为一个集合。当服务器接收到打印任务时，自动分配给限制的打印机进行工作，类似服务器的负载平衡。由于打印池中的打印机都是同种型号，所以不需要重复安装打印机驱动，只需要选择端口即可。

右击对应的打印机图标，在弹出的快捷菜单中选择"属性"命令，弹出对应打印机的属性对话框，打开"端口"选项卡，选中"启用打印机池"复选框，并选择连接打印机的相关端口，如图 9-27 所示。

2. 打印机的优先级设置

打印机的优先级是指通过设置实现不同打印机的优先级分配。打开 printer1 打印机的属性对话框，打开"高级"选项卡，设置打印机的优先级为 99，如图 9-28 所示。

图 9-27 设置打印池

图 9-28 设置优先级

注意：99 表示为最高的优先级。

3. 限制打印时间

在打印机属性对话框中打开"高级"选项卡，选中"使用时间从"单选按钮，然后单击时间微调框设置起止时间,单击"确定"按钮使设置生效,如图 9-29 所示。

注意:如果仅仅希望对一部分用户限制使用时间,而对其他用户则无使用时间限制,可以创建两个逻辑打印机,并单独设置使用时间。

4. 指派打印权限

(1)在打印机属性对话框中打开"安全"选项卡,如图 9-30 所示。

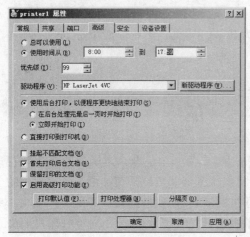

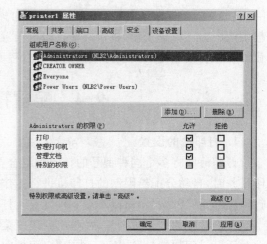

图 9-29 "高级"选项卡　　　　　　　　　图 9-30 "安全"选项卡

(2)单击图 9-30 中的"添加"按钮,弹出如图 9-31 所示的对话框,输入要添加的用户或组名,单击"确定"按钮。

(3)返回"安全"选项卡,在"组或用户名称"列表中选择要添加的目标用户(如 zhangjuan)。然后在"zhangjuan 的权限"列表的"打印"栏中选中"拒绝"复选框,并单击"确定"按钮,如图 9-32 所示。

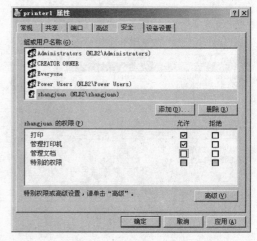

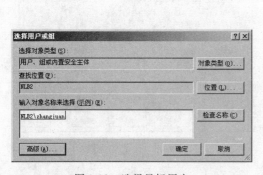

图 9-31 选择目标用户　　　　　　　　　图 9-32 选择拒绝打印

由于"拒绝"权限优先于"允许"权限被执行,因此会提示用户是否设置拒绝权限。

(4)系统弹出"安全"提示对话框,单击"是"按钮即可,如图 9-33 所示。

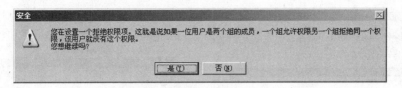

图 9-33　"安全"对话框

9.5　基于 Web 实现远程管理打印机

无论是在局域网中还是在 Internet 中,用户可以通过安装 Internet 打印组件实现 Web 方式远程管理打印机,且用户在任意一台能接入网络的计算机中均可实现远程管理共享打印机。

1. 安装 Internet 打印组件

Web 打印使用 Internet 打印协议(Internet Printing Protocol)实现数据传输,用户可以通过安装 Internet 打印组件使打印服务器接收到基于 HTTP 的传入连接。下面介绍在 Windows Server 2003 中安装 Internet 打印组件的操作步骤。

(1) 选择"开始"菜单中的"控制面板"命令,打开"控制面板"窗口,双击"添加或删除程序"图标。在弹出的"添加或删除程序"窗口中单击"添加/删除 Windows 组件"按钮。在弹出的"Windows 组件向导"对话框中选中"应用程序服务器"复选框,如图 9-34 所示。

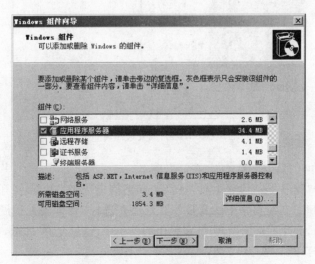

图 9-34　"Windows 组件向导"对话框

(2) 单击图 9-34 中的"详细信息"按钮,弹出如图 9-35 所示的对话框,选中"Internet 信息服务(IIS)"复选框。

(3) 单击图 9-35 中的"详细信息"按钮,弹出如图 9-36 所示的对话框,在"Internet 信息服务(IIS)的子组件"列表中选中"Internet 打印"复选框。

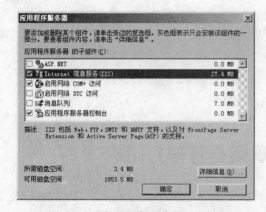

图 9-35 "应用程序服务器"对话框

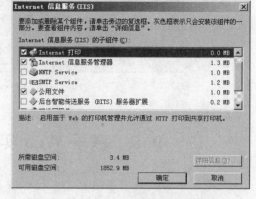

图 9-36 选中"Internet 打印"复选框

（4）依次单击"确定"按钮返回，系统开始安装该组件，安装完成后弹出如图 9-37 所示的对话框，单击"完成"按钮即可。

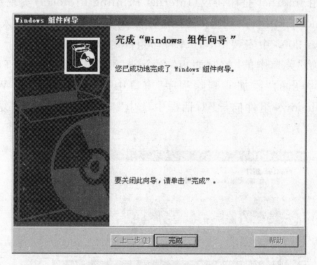

图 9-37 完成安装组件

2. 启用 Internet 打印服务

选择"开始"→"程序"→"管理工具"→"Internet 信息服务"命令，打开"Internet 信息服务(IIS)管理器"窗口。在左窗格中展开服务器目录并选择"Web 服务扩展"选项，然后在右窗格中选择"Internet 打印"选项，右击并在弹出的菜单中选择"允许"即可，如图 9-38 所示。

3. 远程管理打印机

完成 Internet 打印组件的安装设置工作后，用户即可通过 Web 方式远程管理共享印机，操作步骤有以下几步。

（1）在网络中任意计算机的 Web 浏览器地址栏中输入"http://Internet 域名或 Web 服务器 IP 地址/printers/"的地址，在弹出的身份验证对话框中输入合法的用户名和密码，单击"确定"按钮，如图 9-39 所示。

（2）打开打印服务器的 Web 接口界面，在该界面中用户可以看到所有已被设置为共

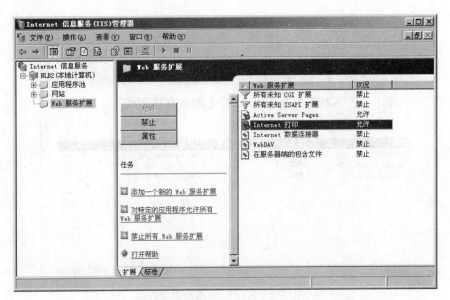

图 9-38　启用 Internet 打印服务

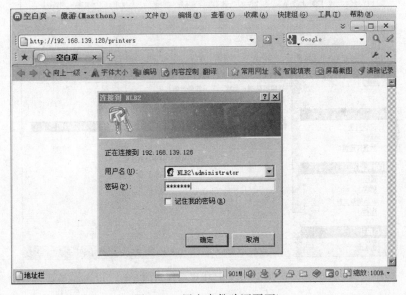

图 9-39　用户身份验证页面

享的打印机,如图 9-40 所示。

(3)单击其中一个打印机名称进入其管理窗口。在 Web 接口管理窗口中,用户可以对共享打印机进行"查看"、"打印机操作"和"文档操作"三个方面的管理,如图 9-41 所示。

注意:在"打印机操作"区域选择"连接"选项可以完成打印机客户端的安装,另外用户还可以针对打印机进行暂停打印、继续打印和取消打印的操作。

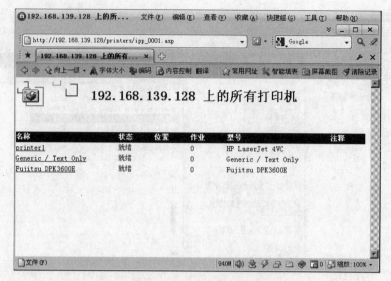

图 9-40　打印机 Web 管理窗口

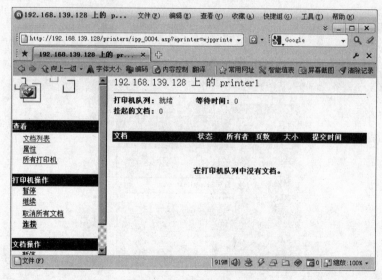

图 9-41　打印机操作页面

本 章 小 结

　　本章主要讲述 Windows Server 2003 的打印服务,主要的知识点包括打印服务的基本概念、打印服务器的安装和设置、添加打印机、配置打印服务器、基于 Web 实现远程管理打印机等。学习完本章,应该重点掌握外置打印服务器和内置打印服务器的安装和基本配置,添加网络接口打印机,基于 Web 实现远程管理打印机。

习　题　9

1. 简述网络打印服务的基本模式。
2. 简述外置打印服务器的安装和设置的基本过程。
3. 简述内置打印服务器的安装和设置的基本过程。
4. 简述如何添加网络接口打印机。
5. 简述基于 Web 实现远程管理打印机的基本设置。

第 **10** 章

CHAPTER

Windows Server 2003 的 数据备份与恢复

本章知识要点：

➢ 数据备份的基本概念；

➢ 基于 Windows Server 2003 的数据备份；

➢ 基于 Windows Server 2003 的数据还原；

➢ 基于 ASR 的备份和恢复；

➢ Windows Server 2003 故障恢复控制台及其应用；

➢ 基于 Ghost 的系统备份和恢复。

10.1 数据备份概述

数据备份就是将数据以某种方式加以保留，以便在系统遭受破坏或其他特定情况下，重新加以利用的一个过程。

1. 文件的"存档"属性

文件的"存档"属性对于数据备份有很重要的意义。在备份文件时，为了提高效率和节省时间，一般只备份改动过的数据，对于没有改动的数据不进行备份，这样的效率是最高的，而时间是最少的，文件的"存档"属性可以达到这个目的。

任何一个新建的文件，系统都会自动为其添加一个"存档"属性，当使用备份程序备份文件后，系统自动将"存档"属性清除，以表示该文件已经被备份过。当该文件被改动后，系统又会自动为文件添加"存档"属性，在下一次备份时备份程序就会备份该文件，如果某种备份类型不清除"存档"属性，则在下次备份时还要备份该数据。

2. 数据备份类型

常用的备份操作类型有三种，即完全备份、增量备份和差异备份，可以只用其中的一种备份也可以结合起来使用。Windows Server 2003 在此基础上还定义了副本备份、每日备份两种。

1）完全备份

完全备份（Full Backup）就是定期用一盘磁带对整个系统进行完全备份，包括数据和系统。其优点是当数据丢失时，有机会恢复最近的所有数据；缺点是备份数据中有大量重复数据，占用了大量空间，并且所需备份时间较长。

2）增量备份

在增量备份（Incremental Backup）中，每次备份的数据只是相对于上一次备份后新增加的和修改过的数据。这种备份的优点是没有重复的备份数据。缺点是当发生灾难时，恢复数据比较麻烦，任何一环出问题都会导致整个恢复失败。

3）差异备份

在差异备份（Differential Backup）中，每次备份的数据是相对于上一次完全备份之后增加的和修改过的数据。在避免了前两种策略的缺陷的同时，又可使备份时间变短，磁盘空间变少，灾难恢复变方便，只需要最近一次完全备份和最近一次差异备份的数据即可。

4）副本备份

副本备份（Copy Backup）是指复制所有选中的文件，但不将这些文件标记为已备份（即不清除文件的"存档"属性），它不影响其他备份操作，适合于临时备份数据。

5）每日备份

每日备份（Daily Backup）只备份选中的文件或文件夹在当天发生改变的部分，在备份过程中，不将这些文件标记为已备份（即不清除文件的"存档"属性）。

3. 数据备份介质

所谓"备份介质"，是指用于存储数据副本（即备份数据）的存储设备。常见的有硬盘、刻录机＋光盘、软盘等，另外还有以下几种更专业的备份介质。

（1）磁盘阵列：又叫 RAID（廉价磁盘冗余阵列），是指将多个类型、容量、接口、品牌一致的硬盘连成一个阵列，使其能以某种快速准确和安全的方式来读写磁盘数据，从而达到提高读取速度和安全性的目的。

（2）磁盘库：广义的磁盘库产品包括自动加载磁带机和磁带库。

（3）光盘塔：目前最好的多媒体海量信息存储载体和重要文献资料备份媒体，非光盘莫属，而光盘塔就是将几台或几十台 CD-ROM 并联形成的。

（4）光盘库：是一种可存放几十张或几百张光盘并带有机械币和一个光驱的光盘柜。

4. 数据备份策略

1）普通和差异的组合

这种组合在一个备份周期中的第一天进行普通备份，然后在周期内的每一天进行差异备份，这样可以减少周期内每天备份操作的工作量，在恢复数据的时候只需要周期第一天进行普通备份的数据（完成的原始数据）加上最后一次进行差异备份的数据（更新过的数据）就可以了。这种组合在备份时需要较多的时间，但是恢复数据的时候是最节省时间的。

2）普通和增量的组合

该种组合在一个备份周期中的第一天进行普通备份，然后在周期内的每一天进行增量备份,这样可以减少周期内每天备份操作的工作量,在恢复数据的时候需要周期第一天进行普通备份的数据(完成的原始数据),然后加上普通备份之后到恢复之前每一天的增量备份的数据。该种组合在进行备份时需要较少的备份时间,但是恢复时需要较多的恢复时间。

10. 2　基于 Windows Server 2003 的数据备份

Windows Server 2003 附带的备份程序提供"备份向导"、手动备份和计划任务备份 3 种备份方法。

注意:在进行备份工作之前需要关闭所有打开的文件,因为备份程序不会备份正在打开的文件。

10.2.1　利用"备份向导"备份数据

(1)选择"开始"→"程序"→"附件"→"系统工具"→"备份"命令,在弹出的对话框中单击"高级模式"文字超链接,弹出的对话框如图 10-1 所示。

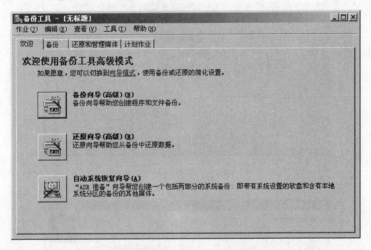

图 10-1　"备份工具"对话框

(2)也可以选择"开始"菜单中的"运行"命令,弹出"运行"对话框。在"运行"对话框的"打开"文本框中输入 Ntbackup,如图 10-2 所示。

(3)单击"确定"按钮,弹出"备份或还原向导"对话框,如图 10-3 所示。

(4)单击"下一步"按钮,在弹出的对话框中选中"备份文件和设置"单选按钮,操作如图 10-4 所示。

(5)单击"下一步"按钮,选择要备份的内容,显示如图 10-5 所示。

图 10-2　"运行"对话框

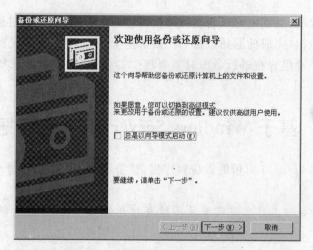

图 10-3　"备份或还原向导"对话框

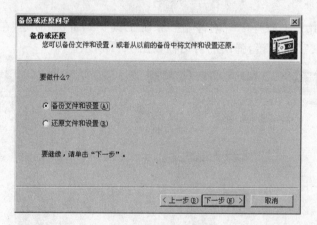

图 10-4　备份操作

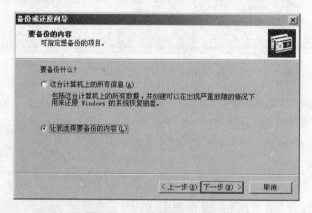

图 10-5　选择要备份的内容

（6）单击"下一步"按钮，选择要备份的相关项目，如图 10-6 所示。

（7）单击"下一步"按钮，设置保存备份文件的位置和备份的名称，如图 10-7 所示。

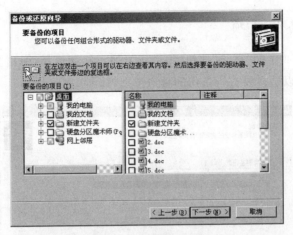

图 10-6　选择备份项目

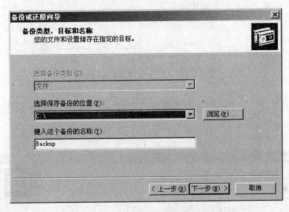

图 10-7　设置保存位置和名称

(8) 单击"下一步"按钮,系统弹出如图 10-8 所示的"正在完成备份或还原向导"对话框,单击"完成"按钮,系统将开始实现当前的备份过程。

(9) 在系统的备份过程中,会弹出如图 10-9 所示的"备份进度"对话框,直到完成即可。

图 10-8　"正在完成备份或还原向导"对话框

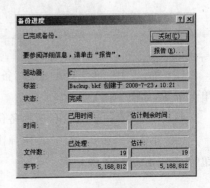

图 10-9　"备份进度"对话框

10.2.2 高级备份选项

(1) 单击图 10-8 中的"高级"按钮,将进行更加详细的选择,弹出"备份类型"对话框,在下拉列表框中可以选择要进行备份的备份类型,如图 10-10 所示。

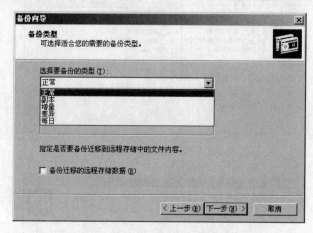

图 10-10 "备份类型"对话框

(2) 单击"下一步"按钮,弹出"如何备份"对话框,选中"备份后验证数据"复选框,如图 10-11 所示。

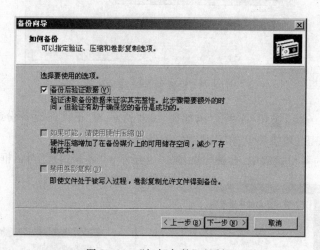

图 10-11 "如何备份"对话框

(3) 单击"下一步"按钮,打开"备份选项"对话框,选中"将这个备份附加到现有备份"单选按钮,如图 10-12 所示。

(4) 单击"下一步"按钮,选择备份时间为"现在",如图 10-13 所示。

(5) 单击"下一步"按钮,系统弹出"正在完成备份或还原向导"对话框,单击"完成"按钮,系统开始进行备份过程。

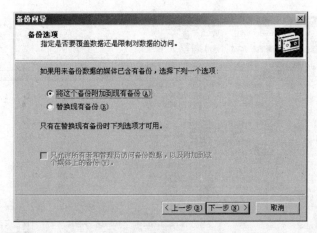

图 10-12　"备份选项"对话框

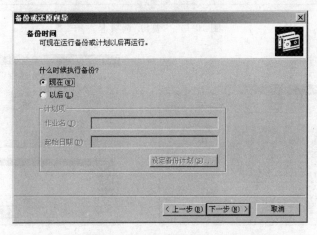

图 10-13　"备份时间"对话框

10.2.3　直接使用"备份"程序备份数据

使用"备份向导"可以完成备份操作,但有时需要备份少数的文件,这时就可以直接使用"备份"程序来备份。可以进行以下操作。

(1) 在"备份工具"对话框中打开"备份"选项卡,如图 10-14 所示。

(2) 在左侧窗格中可以选择要备份的数据,选中待选的数据前的复选框。在"备份目的地"下拉列表框中可以选择存放备份数据的地点,在"备份媒体或文件名"文本框中可以输入备份数据的文件名,以及存放路径。

注意：通常备份文件的扩展名为.bkf,允许用户自己更改扩展名。

(3) 单击图 10-14 中的"开始备份"按钮,弹出"备份作业信息"对话框,如图 10-15 所示。

(4) 单击图 10-15 中的"高级"按钮,弹出"高级备份选项"对话框,如图 10-16 所示。在这里可以选择备份的类型。

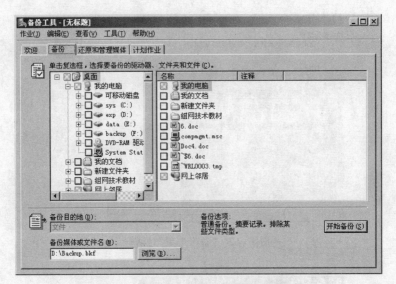

图 10-14 "备份"选项卡

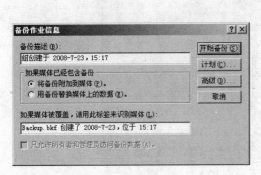

图 10-15 "备份作业信息"对话框

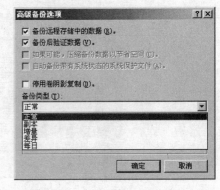

图 10-16 "高级备份选项"对话框

（5）单击"确定"按钮，回到"备份作业信息"对话框。单击"开始备份"按钮，程序开始备份数据。

10.2.4 使用"计划作业"备份数据

Windows Server 2003 的备份程序提供了使用"计划作业"的方式来备份数据，该方式可以让"备份"程序在管理员指定的时间内自动运行，从而实现了无人值守备份过程。由于"计划作业"功能是利用 Windows Server 2003 的"任务计划服务"来进行的，因此需要启动"计划任务服务"。

1. 启动计划任务

通常情况下 Windows Server 2003 会自动启动计划任务。如果"任务计划服务"没有启动则可以手动启动，操作步骤如下。

（1）在桌面上右击"我的电脑"图标，在弹出的快捷菜单中选择"管理"命令，打开"计算机管理"窗口。在"计算机管理"窗口中展开"服务和应用程序"，从中选择"服务"，右侧窗格出现系统服务的列表。

（2）从中找到 Task Scheduler 服务，在该服务的"状态"栏中描述了该服务是否被启动，没有显示则表示该服务目前没有启动。在该服务上右击，在弹出的快捷菜单中选择"启动"命令，系统会启用该服务。

（3）完成启动之后，在"计算机管理"窗口中该服务的"状态"栏中会显示"已启动"，如图 10-17 所示。

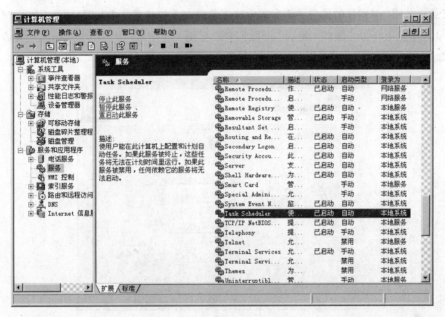

图 10-17　"计算机管理"窗口

2. 使用"计划作业"完成备份

（1）打开"备份工具"对话框中的"计划作业"选项卡，如图 10-18 所示。

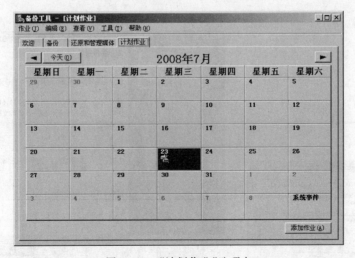

图 10-18　"计划作业"选项卡

（2）单击"添加作业"按钮，弹出"备份向导"对话框。

（3）单击"下一步"按钮，备份向下进行，选择要备份的资料。

（4）单击"下一步"按钮，在弹出的对话框中选择保存备份文件的位置和名称。

（5）单击"下一步"按钮，在弹出的对话框中选择备份类型。

（6）单击"下一步"按钮，在弹出的对话框中设置备份的相关选项。

（7）单击"下一步"按钮，在弹出的对话框中指定备份的方式为附加或者替换。

注意：第（2）～（7）步的操作步骤和前面使用备份向导的步骤基本相同，所以不再详细阐述。

（8）单击"下一步"按钮，弹出"备份时间"对话框，如图 10-19 所示，在这里选中"以后"单选按钮，并在"作业名"文本框中输入备份作业的作业名。

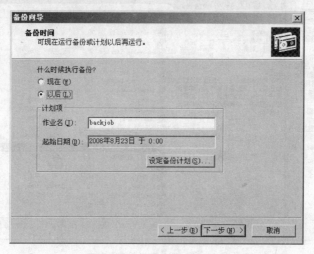

图 10-19　设置备份时间

（9）单击"下一步"按钮，弹出"设置账户信息"对话框，如图 10-20 所示。

（10）单击"确定"按钮，弹出如图 10-21 所示的"完成备份向导"对话框，单击"完成"按钮即可。

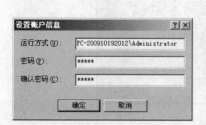

图 10-20　设置账户

图 10-21　"完成备份向导"对话框

10.2.5　"备份"程序的选项设置

为了让"备份"程序更好地工作,可以利用"选项"工具来对"备份"程序进行更加细致的调整。

1."常规"选项卡

在"备份工具"对话框的菜单栏中选择"工具"菜单中的"选项"命令,弹出"选项"对话框,如图 10-22 所示。

下面介绍在"选项"对话框的"常规"选项卡中各项的含义。

(1)进行备份和还原前,计算选择信息:在备份或还原作业开始之前"备份"程序会先计算一下要备份或恢复的文件和文件夹的个数,这些统计信息会显示在作业开始之前的对话框中。

(2)用媒体上的编录加速在磁盘上建立

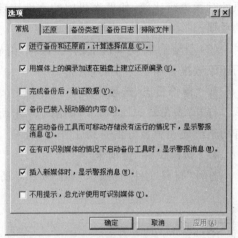

图 10-22　"选项"对话框

还原编录:程序直接读取媒体上的编录,利用这些信息来建立"磁盘上的编录",通过这样的方式可以节省时间。

(3)完成备份后,验证数据:当备份作业完成之后,程序会将备份过的数据与源数据进行比较,以确定数据的准确性。对于大量的数据而言会稍微增加备份所需的时间。

(4)备份已装入驱动器的内容:已装入驱动器就是一些可以移动的存储设备,例如活动硬盘、ZIP 软盘等。如果选择该选项,程序会将已装入驱动器的内容全部备份,否则将只备份已装入驱动器的路径。

(5)在启动备份工具而可移动存储没有运行的情况下,显示警报消息:如果备份数据保存的目的地为可移动设备,当开始备份的时候,如果该可移动存储设备不可用系统会给出警报。

(6)在有可识别媒体的情况下启动备份工具时,显示警报消息:选择此复选框,启动"备份"时,如果存在可用的新媒体,将显示一个对话框。

(7)插入新媒体时,显示警报消息:选择此复选框,当可移动存储检测到新的媒体时,将显示一个对话框。

(8)不用提示,总允许使用可识别媒体:选择此复选框,会自动将可移动存储检测到的新媒体移动到"备份"媒体池中。

2."还原"选项卡

打开"还原"选项卡,如图 10-23 所示,对各项含义作以下说明。

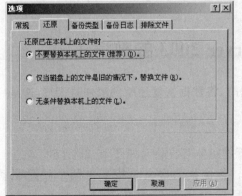

图 10-23　"还原"选项卡

（1）不要替换本机上的文件（推荐）：当硬盘内已经存在该文件，则在还原时不替换本机上的文件。

（2）仅当磁盘上的文件是旧的情况下，替换文件：当硬盘内已经存在该文件，则在还原的时候进行比较，如果本机中的文件比要恢复的数据更旧时才用备份数据替换硬盘上的数据。

（3）无条件替换本机上的文件：不论硬盘中已经存在的文件比要恢复的新或旧，都用还原数据替换已存在的数据。

3. "备份日志"选项卡

打开"备份日志"选项卡，如图 10-24 所示，可以设置备份日志的行为，这些备份日志有助于形成一个良好的备份工作习惯。

4. "排除文件"选项卡

打开"排除文件"选项卡，如图 10-25 所示，可以设定不进行备份的数据。

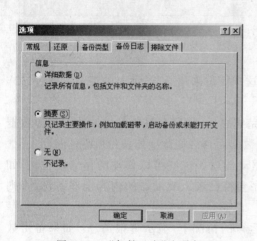

图 10-24 "备份日志"选项卡

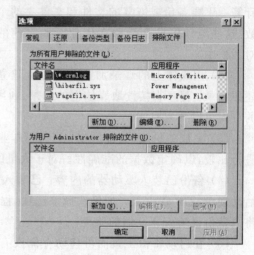

图 10-25 "排除文件"选项卡

注意：硬盘上有时有大量数据是临时数据或对系统无用的数据，这些数据在备份时可以被排除出去以节省备份时间和空间。在这里可以通过指定要排除的文件名来告诉"备份"程序哪些数据不备份。

10.3 基于 Windows Server 2003 的数据还原

还原数据是指当系统出现故障而丢失数据时，将数据恢复还原到原来的状态，这是一个备份的反向过程。

还原数据的操作有以下几步。

（1）打开"备份工具"对话框中的"还原和管理媒体"选项卡，如图 10-26 所示。

（2）在左侧窗格中选择要恢复的备份集。备份集的含义是指来自某个硬盘驱动器的备份数据，如果刚才的备份数据是来自两个不同的驱动器则认为是两个备份集。

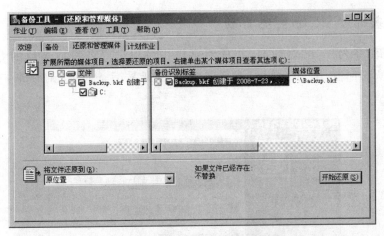

图 10-26　"还原和管理媒体"选项卡

（3）在"将文件还原到"下拉列表框中选择一个还原地点，通常为"原位置"。"其他位置"指的是将数据还原到其他的文件夹内；"单一文件夹"是指将数据都还原到同一个指定的文件夹内。

（4）单击"开始还原"按钮，弹出"确认还原"对话框，如图 10-27 所示。

（5）单击"确定"按钮，弹出"输入备份文件名"对话框，如图 10-28 所示。在这里输入保存备份数据的文件的路径和文件名。

（6）单击"确定"按钮，程序开始还原数据，如图 10-29 所示。

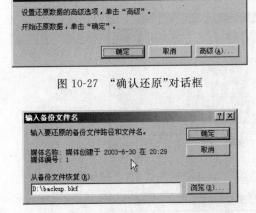

图 10-27　"确认还原"对话框

图 10-28　"输入备份文件名"对话框

图 10-29　"还原进度"对话框

10.4　基于 ASR 的系统备份和恢复

"自动系统恢复"（ASR）是 Windows 2000/XP/2003 系统中另一个系统恢复利器，借助该功能，用户可以轻松将系统恢复至正常状态。

10.4.1   基于 ASR 的系统备份

（1）打开"备份工具"对话框，在该对话框中可以选择备份或还原的方式。单击"自动系统恢复向导"按钮，弹出"自动系统故障恢复准备向导"对话框，如图 10-30 所示。

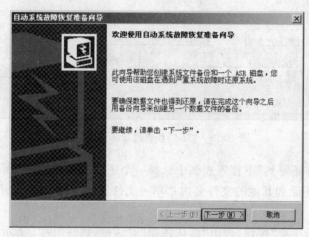

图 10-30   备份选择的信息

（2）单击"下一步"按钮，在弹出的"备份目的地"对话框中需要选择备份媒体或文件名。默认情况下将 A 盘（即软盘）作为备份目标位置。单击"浏览"按钮选择备份位置并命名生成的备份文件，如图 10-31 所示。

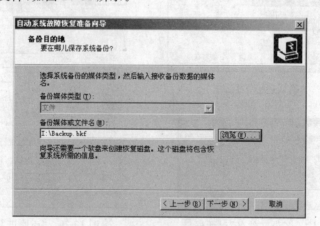

图 10-31   选择备份目的地

注意：系统备份文件很大，放在软盘上是不合适的，可以放置在该计算机的另一个磁盘或者移动存储设备上。不能放在当前磁盘的相关分区上。

（3）单击"下一步"按钮，弹出如图 10-32 所示的"正在完成自动系统故障恢复准备向导"对话框。

（4）单击"完成"按钮，系统开始进行数据备份，如图 10-33 所示。

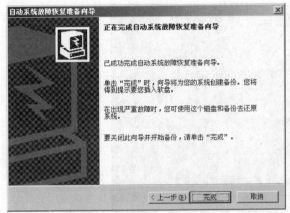

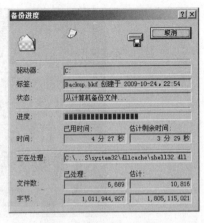

图 10-32　完成 ASR 文件备份

图 10-33　正在备份系统

（5）完成系统备份后自动弹出"备份工具"对话框，提示用户在软驱中插入一张已经格式化的 1.44 MB 软盘。插入符合要求的软盘，并单击"确定"按钮，如图 10-34 所示。

图 10-34　提示插入软盘

（6）备份工具开始创建 ASR 软盘，创建过程无须人为干预，成功创建 ASR 软盘后会弹出对话框，提示用户取出磁盘。单击"确定"按钮返回"备份进度"对话框，然后单击"关闭"按钮完成 ASR 软盘的创建过程，如图 10-35 所示。

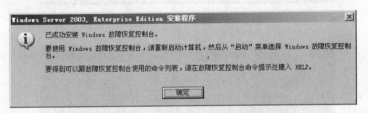

图 10-35　成功创建 ASR 软盘

10.4.2　基于 ASR 的系统恢复

在设置好 ASR 系统备份后，在系统出现故障时，则可以使用 ASR 实现故障的恢复。

（1）由安装光盘引导系统，在出现如图 10-36 所示的窗口时，按 F2 键启动 ASR 恢复。

（2）此时系统要求装入 ASR 紧急修复软盘，把软盘放入软驱，按任意键继续，如图 10-37 所示。

（3）安装程序经过装载相关设备后，出现如图 10-38 所示的界面，要求用户按 C 键删除当前要恢复磁盘上的所有分区。

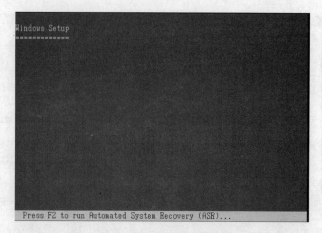

图 10-36　光盘启动窗口

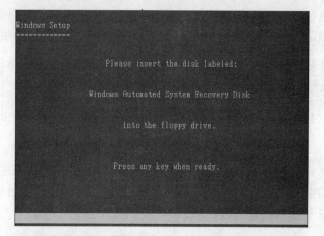

图 10-37　插入 ASR 软盘提示

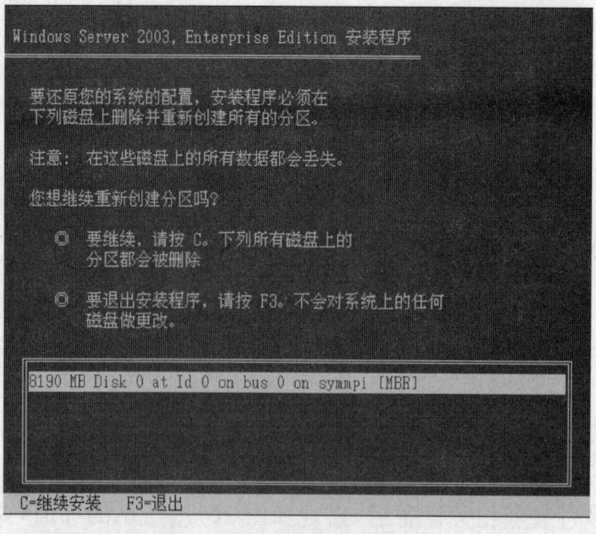

图 10-38　删除原系统分区

注意：这就是备份文件不能放置在同一个磁盘下的原因。

（4）按 C 键删除当前系统后，程序开始格式化当前磁盘，完成格式化后进行磁盘检查，磁盘检查完成后复制系统文件，文件复制完成后，重新启动，系统出现安装界面。如图 10-39 所示是安装进行的过程。

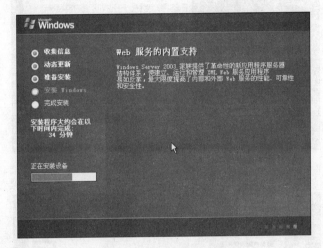

图 10-39　系统安装过程

注意：这是一种最小化系统安装方式。

（5）完成系统的最小化后，系统将实现对当前计算机卷的恢复，如图 10-40 所示。

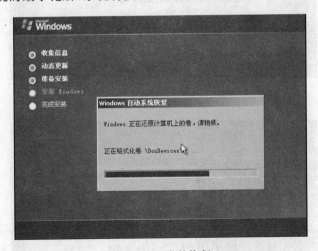

图 10-40　卷的恢复

（6）完成当前卷的还原后，弹出"欢迎使用自动系统故障恢复向导"对话框，如图 10-41 所示。

（7）单击"下一步"按钮，在弹出的对话框中选择备份文件及其位置，如图 10-42 所示。

（8）单击"下一步"按钮，弹出如图 10-43 所示的对话框。

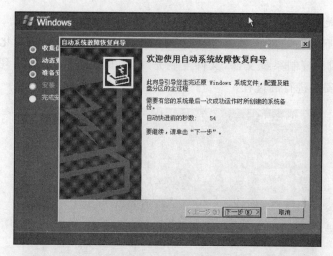

图 10-41　ASR 向导

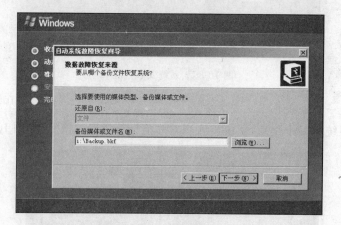

图 10-42　选择备份文件

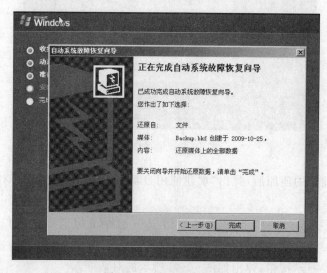

图 10-43　完成恢复向导

（9）单击"完成"按钮，弹出"备份工具"对话框，并显示了当前的还原进度，还原完成后，系统再重新启动一次，这样就完成了恢复过程，如图 10-44 所示。

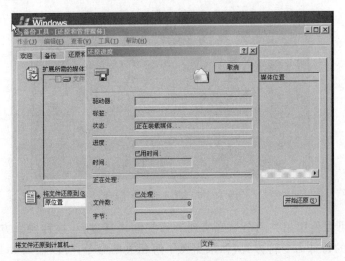

图 10-44　恢复过程

10.5　Windows Server 2003 故障恢复控制台

本节讲述 Windows Server 2003 故障恢复控制台的安装和基本使用。

1. 从启动光盘进入故障恢复控制台

（1）当系统崩溃后，插入当前系统的安装光盘，设置计算机从光盘启动，当启动到出现如图 10-45 所示的"欢迎使用安装程序"界面时，按 R 键。

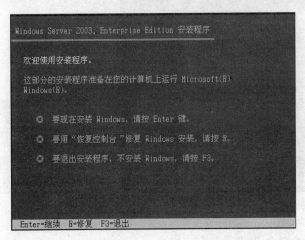

图 10-45　欢迎界面

（2）按 R 键后，安装程序就会对磁盘进行检查。稍候，屏幕上会列出已经找到的存在于当前硬盘上的所有操作系统及其安装目录，并且会给予自动编号。

输入想要修复的 Windows 系统序号，然后按 Enter 键，此时系统会要求输入管理员的密码。输入密码后按 Enter 键，就进入了故障恢复控制台，如图 10-46 所示。

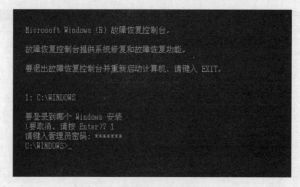

图 10-46　进入后的控制台

（3）此时可以使用相关的命令来实现对系统的修复过程，这种操作方式是 Windows 操作系统提供的特殊命令符方式，如果需要了解相关的命令，可以输入 help 命令，在所有操作完成后，输入 EXIT 命令退出命令恢复控制台即可。如图 10-47 所示，是使用 help bootcfg 命令运行后的显示。

2. 在计算机上安装并进入故障恢复控制台

（1）启动 Windows XP 系统，将安装光盘放入光驱，选择"开始"菜单中的"运行"命令，在弹出的对话框中输入"X:\I386\WINNT32.EXE /CMDCONS"，如图 10-48 所示。

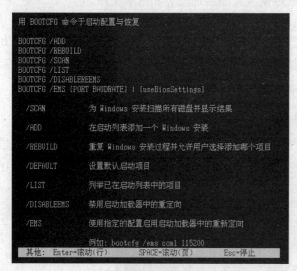

图 10-47　help bootcfg 命令显示

图 10-48　运行安装命令

注意：X 盘为光驱盘符，"/"前有一空格。

（2）单击"确定"按钮后就会弹出"Windows 安装程序"对话框，描述了故障恢复控制台的相关信息，如图 10-49 所示。

（3）单击"是"按钮，系统开始进行故障恢复控制台的安装过程，如图 10-50 所示。

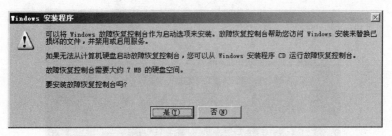

图 10-49　控制台安装信息

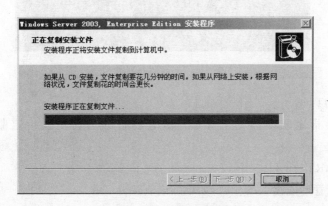

图 10-50　安装过程

(4) 安装完成后弹出如图 10-51 所示的提示对话框,单击"确定"按钮,关闭该对话框。

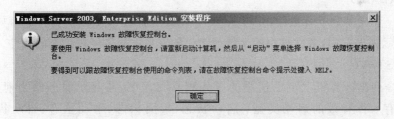

图 10-51　完成安装

(5) 重新启动计算机,此时可以看到,在系统的启动项中多出一项 Microsoft Windows Recovery Console,这个项目就是安装好的系统故障恢复控制台,如图 10-52 所示。

(6) 选择该项目,按 Enter 键,即可进入系统故障恢复控制台,进入后的界面显示和操作,与从该盘启动进入的完全相同,在此不再阐述。

3. 系统故障恢复控制台的相关命令

1) FIXMBR

修复或替换指定驱动器的主引导记录。它检查主引导记录,如果主引导记录损坏,就用正确的主引导记录替换它。

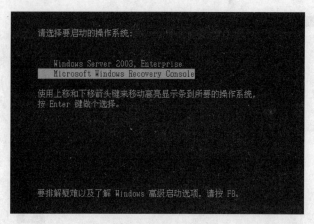

图 10-52　控制台启动项

2）FIXBOOT

修复或替换指定驱动器的引导扇区。它将自动重新生成指定驱动器上的引导
扇区。

3）DISKPART

该命令用于管理磁盘上的分区,如增加或删除分区。

4）LOGON

此命令当故障恢复控制首次启动时自动运行,并自动检查已安装在硬盘上的
Windows 2000 操作系统,运行此命令允许登录到其他已存在的 Windows 2000 系统。

5）EXPAND

展开一个或多个压缩文件,允许从一个 CAB 源文件中抽取出文件。有两个重要参
数:/D 表示列出 CAB 源文件中的文件列表;/R 表示重命名经过扩充的文件。

6）LISTSVC

此命令列出计算机上可以使用的服务和驱动程序,并显示服务的当前启动状态。
服务一共有 5 种有效的启动类型:启动状态、禁用状态、手动状态、自动状态和系统
状态。

7）SYSTEMROOT

此命令作用是进入到 Windows Server 2003 系统安装目录,相当于 CD%
SYSTEMROOT%命令。

8）MAP

该命令显示所有驱动器映射的列表,告诉用户系统中哪些驱动器在故障恢复控制台
中是可用的。

9）EXIT

此命令退出故障恢复控制台,并重新启动计算机。

注意:CD、CHKDSK、DEL、DIR、FORMAT、MD、RD、REN、TYPE 等命令的用法与
正常启动后在命令提示符下的用法基本相同。

4. 使用系统故障恢复控制台的实例

1) 系统文件 Ntfs. sys 丢失

故障描述：在将分区从 FAT32 文件系统转换到 NTFS 文件系统之后重新启动 Windows Server 2003 时出现"Missing or Corrupt Ntfs. sys"错误信息，导致系统无法正常启动。

处理方式：在故障恢复控制台，输入 cd \windows\system32\drivers 命令，转入系统的 drivers 目录。输入 ren ntfs. sys ntfs. old，将损坏的 Ntfs. sys 文件重命名为 Ntfs. old。如果提示没有找到 Ntfs. sys 文件，则该文件丢失了。

把 Windows Server 2003 的安装光盘放进光驱（X 表示光驱盘符），输入 copy X:\i386\ntfs. sys c:\windows\system32\drivers，实际上是将安装光盘上的 ntfs. sys 文件复制到当前系统的 drivers 目录下，完成后输入 exit 命令退出故障恢复控制台，重新启动系统即可。

2) 系统文件 NTLDR 丢失

故障描述：系统启动不了，出现以下错误信息 NTLDR is missing Press any key to restart，提示 NTLDR 文件丢失。

处理方式：进入故障恢复控制台，把 Windows Server 2003 的安装光盘放进光驱，输入 copy X:\i386\ntldr c:\命令（X 表示光驱盘符），按 Enter 键，系统将从光驱复制 ntldr 文件至 C 盘根目录下，接着输入 copy X:\i386\ntdetect. com c:\命令，并按 Enter 键，系统将从光盘复制 ntdetect. com 文件到 C 盘根目录下。

如果系统提示是否覆盖文件，输入 y，然后按 Enter 键。最后输入 type c:\Boot. ini，如果正常显示 Boot. ini 中的内容则可重启，问题应该可以解决。

如果显示为"系统找不到指定的文件或目录"，则说明 Boot. ini 文件损坏或丢失，可到其他安装 Windows Server 2003 的计算机上复制该文件，将它复制到 C 盘下，然后重启即可。

10.6　基于 Ghost 的系统备份和恢复

Ghost(General Hardware Oriented Software Transfer，面向通用型硬件系统传送器) 是美国赛门铁克公司推出的一款硬盘备份和还原工具，可以实现 FAT16、FAT32、NTFS、OS2 等多种硬盘分区格式的分区及硬盘的备份还原。新版本的 Ghost 包括 DOS 版本和 Windows 版本。

系统的备份要求使用 Ghost 软件，并且在将系统启动到 DOS 环境下使用 Ghost，用户可以制作一张 DOS 启动软盘或者光盘，为了方便可以直接在本机上安装一个 DOS 工具箱。

1. 基于 Ghost 的系统备份

(1) 直接启动进入 DOS 后，转入对应的 Ghost 程序目录，运行 Ghost 命令，即可运行 Ghost 程序，显示如图 10-53 所示。

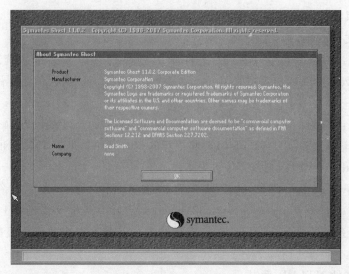

图 10-53　Ghost 界面

（2）直接按 Enter 键后，显示主程序界面，依次选择 Local→Partition→To Image 命令，如图 10-54 所示。

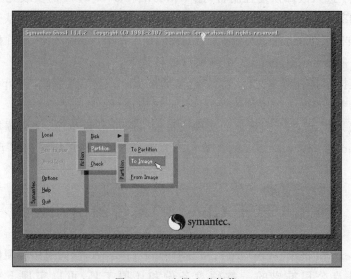

图 10-54　选择生成镜像

（3）按 Enter 键，弹出如图 10-55 所示的对话框，软件将列出本地磁盘，如果有多个磁盘，则可以按光标键选择。

（4）按 Enter 键后，弹出如图 10-56 所示的对话框，设置备份文件的扩展名和保存位置。

注意：Ghost 备份生成的镜像文件扩展名为 GHO，目前网络上出现一种病毒，专门删除 GHO 文件，所以建议在备份完成后，更改 GHO 文件扩展名。

（5）按 Enter 键后，软件准备开始备份，弹出如图 10-57 所示的对话框，询问是否压缩备份数据，并给出 3 个选择：No 表示不压缩，Fast 表示压缩比例小而执行备份速度较快（推荐），High 就是压缩比例高但执行备份速度相当慢，一般软件应选择 Fast 方式。

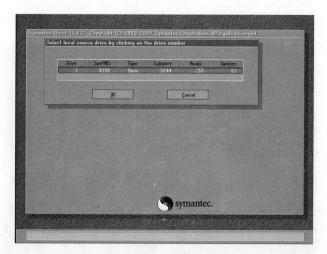

图 10-55 选择磁盘

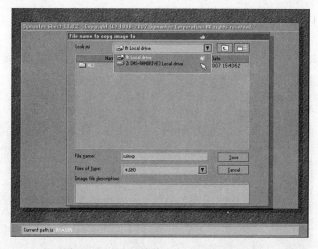

图 10-56 设置镜像文件名和保存位置

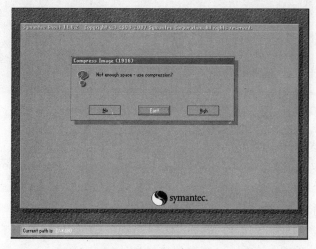

图 10-57 准备开始备份

（6）选择好压缩比后，按 Enter 键即开始进行备份，显示如图 10-58 所示。

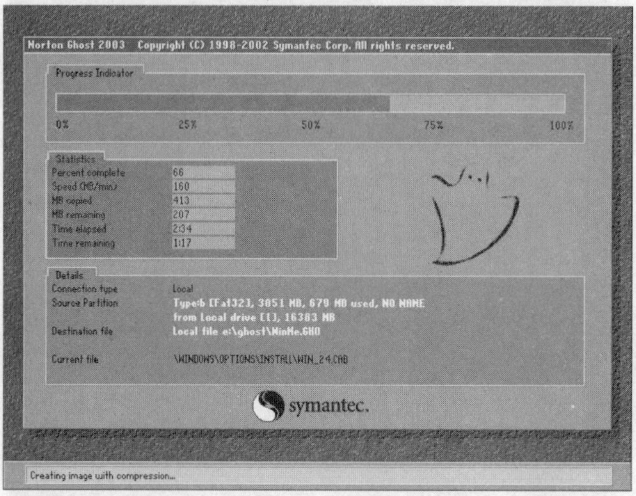

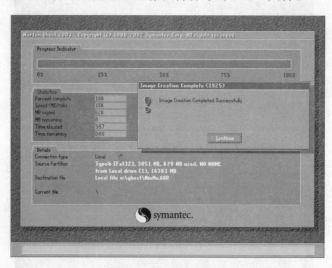

图 10-58　备份过程

（7）整个备份过程一般需要五至十几分钟（时间长短与 C 盘数据多少、硬件速度等因素有关），完成后显示如图 10-59 所示，备份完成后，直接按 Alt＋Ctrl＋Del 组合键重新启动系统，可以查看在设置分区下是否已经存在备份好的 GHO 文件。

图 10-59　完成备份过程

2. 基于 Ghost 的系统恢复

（1）直接启动进入 DOS 后，转入对应的 Ghost 程序目录，运行 Ghost 命令，进入主程序画面，依次选择 Local→Partition→From Image 命令，如图 10-60 所示。

注意：恢复系统时，必须清楚当前备份系统是用哪个版本的 Ghost 软件备份的，一般要求采用和备份系统相同版本的 Ghost，这样一般不出错，但是绝对不能采用低版本的 Ghost 来恢复采用高版本的 Ghost 制作的镜像文件。

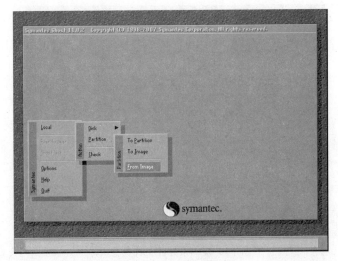

图 10-60 选择恢复镜像

（2）按 Enter 键确认后，在弹出的对话框中选择镜像文件所在的分区，操作如图 10-61 所示。

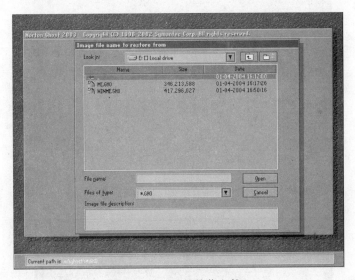

图 10-61 选择镜像文件

（3）用方向键选择镜像文件，按 Enter 键确认后弹出如图 10-62 所示的对话框。

（4）选择将镜像文件恢复到哪个硬盘。按 Enter 键，弹出如图 10-63 所示的对话框，选择要恢复到的分区。

注意：一般都是恢复到 C 盘，C 盘一般作为系统盘。

（5）按 Enter 键，弹出如图 10-64 所示的对话框，提示用户即将恢复，会覆盖选中分区破坏现有数据。

（6）单击 Yes 按钮后，按 Enter 键开始恢复，显示如图 10-65 所示。

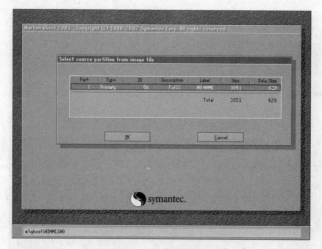

图 10-62　原分区文件信息

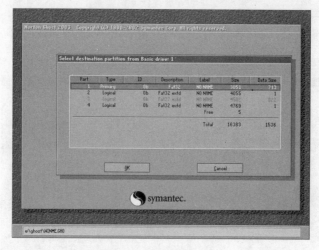

图 10-63　选择目的分区

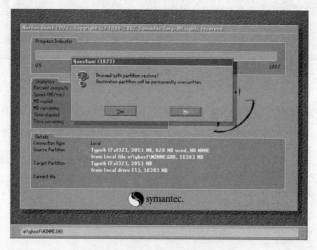

图 10-64　提示对话框

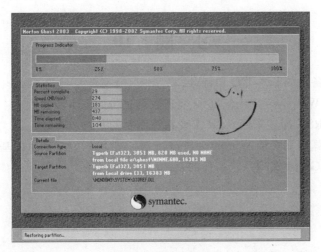

图 10-65　开始恢复

（7）完成恢复后，弹出如图 10-66 所示的对话框，单击 Reset Computer 按钮，按 Enter 键，计算机将重新启动，完成系统的恢复过程。

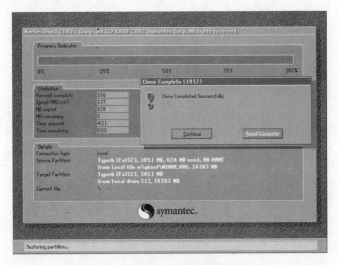

图 10-66　克隆完成

本 章 小 结

本章讲述了 Windows Server 2003 的数据备份和恢复，主要的知识点包括数据备份的基本概念，基于 Windows Server 2003 的数据备份和还原，基于 ASR 的备份和恢复，Windows Server 2003 故障恢复控制台及其应用，基于 Ghost 的系统备份和恢复。学习完本章，应该重点掌握基于 Windows Server 2003 的数据备份和还原，Windows Server 2003 故障恢复控制台及其应用。

习 题 10

1. 简述数据备份的基本类型和特点。
2. 简述基于 Windows Server 2003 实现数据备份的基本步骤。
3. 什么是 ARS? 简述采用 ASR 实现系统恢复的基本步骤。
4. 简述在计算机上安装 Windows Server 2003 故障恢复控制台的基本方法。
5. 简述基于 Ghost 实现系统备份的基本过程。

第11章 Windows Server 2003 网络监视与性能测试

CHAPTER

本章知识要点：

➢ 组网技术性能对比；

➢ 基于 Chariot 的网络性能测量；

➢ 事件查看器；

➢ 网络监视器；

➢ 系统监视器。

11.1　组网性能测试

网络性能的测评范围分为三类：第一类是对网元设备的测评；第二类是对网络端到端的性能测评；第三类是基于分布式的端到端全网性能的测试。网络的性能测量主要是面向客户机和服务器、客户机到 Internet，服务器到 Internet 三个方面。实际上主要面向的还是内部主机向 Internet 的网络性能测试。

测试主要通过网管软件或设备自身管理接口、点到点的双端仪表或专用设备对测、多点到多点的专用系统和设备测试的方式完成。测评的内容包括带宽、流量、时延、丢包和时延抖动几个主要指标。

11.1.1　组网技术性能对比

1. 网络速度对比

网络响应速度是衡量组网性能的重要参数，在组网技术的对比中，测试的网络相应速度主要包括局域网上客户机之间的网络响应速度，客户机到路由器或本地交换机的速度，以及客户机连接 Internet 的速度。

实际上，在 Windows 操作系统中提供的 Ping 命令可以很好地实现基本连接速度的测试过程。用其来查看客户机之间、客户机和服务器之间的连接速度是非常方便的。通过查看该命令中的 time 值来实现查看当前网络响应速度。如图 11-1 所示，是采用 Ping 命令实现的一次测试过程。

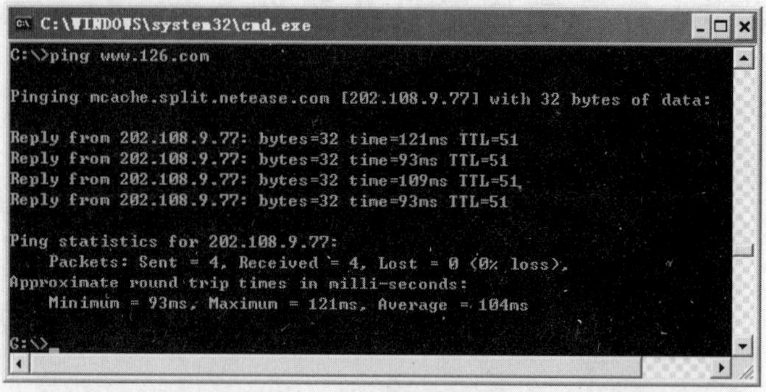

图 11-1　Ping 命令测试

Windows 中另一个功能强大的命令是跟踪路由 Tracert 命令，用户可以使用该命令实现跟踪数据包经过的路由器的数目和对应时间。如图 11-2 所示是采用该命令的测试过程。

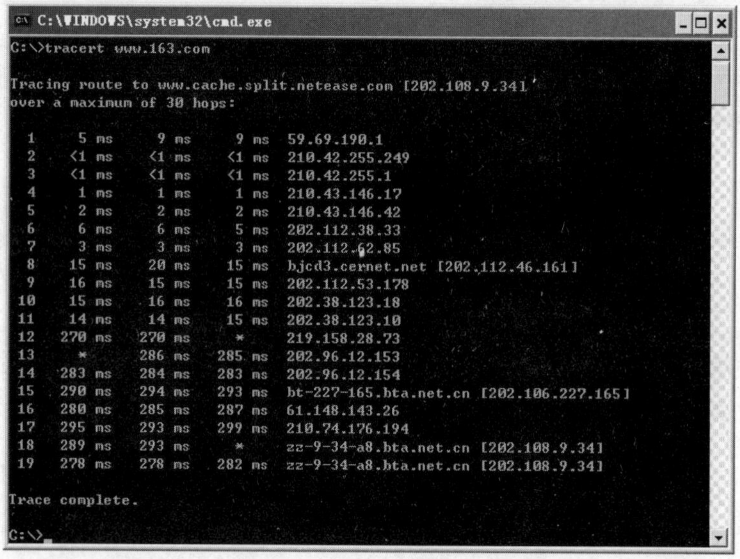

图 11-2　Tracert 命令测试

另外 Internet 上提供很多供用户使用的测试站点和工具，www.linkwan.com 是一个测试比较准确的连接测试工具站点。如图 11-3 所示，是使用该站点后实现本地主机连接到测试站点 IP 地址的详细信息。

2. 安全性对比

安全性是组网要考虑的重要问题。考虑网络的安全性将关系到网络的长期稳定。不管以何种方式接入，对接入本地的网络安全的维护都将成为主要问题。机器一旦接入 Internet，就可能会受到来自外部网络的病毒或者黑客的恶意攻击等问题。所以构建带病毒防护和网络防火墙的网络防御系统是基本的出发点。

网络安全性对比表现在服务器和相关客户机工作的稳定性，网络的正常运行，平均网

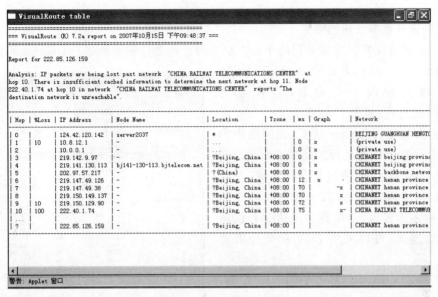

图 11-3　网络工具测试

络故障的均衡等问题。要实现安全性对比，可以构建虚拟的模拟平台，例如采用虚拟机系统、蜜罐系统或者影子系统来实现，通过测试当前网络系统的漏洞，及其所受的攻击对比等相关报告来确定网络组建方案。

3. 价格对比

价格对比也是网络接入中必须要考虑的问题，目前市场上有很多网络服务商，各个服务商的服务价格可能也有所区别。用户在考虑到服务、价格时必须权衡网络服务的维护、稳定的服务质量，在价格、速度和故障维护三者间进行折中选择。

一般来说，速度高、网络稳定、维护及时、故障排除及时的价格一般都比较高，另外通过局域网接入的价格一般高于拨号接入。如果为了达到良好的网络服务效果，还可以考虑使用多条拨号线路共享来代替局域网接入方式。部分接入网络的模式对客户机系统也有较高的要求，比如无线网络，为网络中的每台计算机要配置无线网卡等，不同的接入方式价格的对比考虑必须要兼顾内部网络客户机系统的组网价格和网络端接设备的组网价格。

11.1.2　基于 Chariot 的网络性能测量

Chariot 是 NetIQ 公司出品的一款优秀的应用层 IP 网络及网络设备的测试软件，它可提供端到端、多操作系统、多协议测试、多应用模拟测试。Chariot 可用于测试有线网、无线网、广域网及各种网络设备。可以进行网络故障定位、系统评估、网络优化等，能从用户角度测试网络的吞吐量、反应时间、时延、抖动、丢包等。Chariot 的相关信息可以查看其官方站点 http://www.netiq.com。

Chariot 包括 Chariot 控制台和 Endpoint。Chariot 控制台主要负责监视和统计，Endpoint 负责流量测试工作，Endpoint 执行 Chariot 控制台发布的脚本命令，完成需要的测试。

1. 测量任意节点间的带宽

（1）在通过交换机连接的网络中,给 A、B 两台机器分别安装运行 Chariot 的客户端软件 Endpoint。运行 ENDPOINT. EXE 后,用户可以查看任务管理器,查找名为 Endpoint 的进程,如图 11-4 所示。

（2）安装运行 Endpoint 后,在网络中另外找一台计算机作为运行控制端 Chariot,安装 Chariot 控制台,安装过程非常简单,在此不作讲述。安装完成后,打开控制台出现如图 11-5 所示的窗口,要注意的是这三台机器必须要能连通,可以采用 Ping 命令分别去测试。

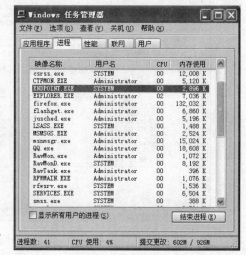

图 11-4　进程查看

（3）单击 Chariot 主界面中的 New 按钮,接着单击 ADDPAIR,在 Add an Endpoint Pair 对话框中输入 Pair 名称,然后在 Endpoint1 下拉列表框中输入 A 计算机的 IP 地址 59.69. 190. 25,在 Endpoint2 下拉列表框中输入 B 计算机的 IP 地址 59. 69. 190. 27。单击 Select Script 按钮,选择软件内置的 Throughput. scr 脚本,操作如图 11-6 所示。

图 11-5　Chariot 控制台

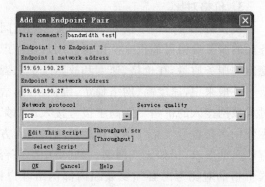

图 11-6　添加测试点

注意：Chariot 可以测量包括 TCP、UDP、IPv4\IPv6 在内的多种协议,用户可以根据需要选择。

（4）单击 OK 按钮,系统返回到主窗口,单击主菜单工具栏中的 Run 按钮,启动测量工作。软件会测试 100 个数据包从计算机 A 发送到计算机 B 的情况。在结果中单击 Throughput 可以查看具体测量的带宽大小。图 11-7 所示是一次测量的实际结果。

注意：由于实际的网络损耗,可以看出实际的带宽往往比理论值要小一些。

2. 双向测量

前面讲述的是 A 到 B 的单项测量,实际网络中为了检测网线的质量等情况,通常需要检测其反方向上的网络速率。这就是所谓双工通信是否速率对等性的测试。

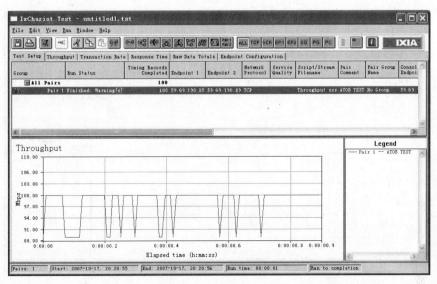

图 11-7　测量结果

（1）和前面讲授单向测试的过程基本相同，分别在要测试的 A、B 机器上安装运行 Endpoint，然后在控制台机器上安装 Chariot，在添加测试的时候，先添加一条由 A 到 B 的 Pair，然后再添加一条由 B 到 A 的 Pair，脚本继续选择 Throughput. scr，操作如图 11-8(a)和(b)所示。

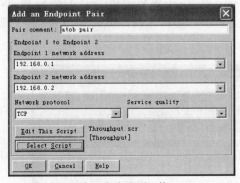

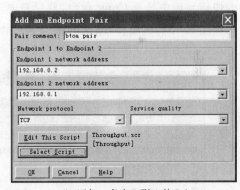

(a) 添加一条由 A 到 B 的 Pair　　　　　　(b) 添加一条由 B 到 A 的 Pair

图 11-8　添加双向测试对

（2）两对 Pair 建立起来后，单击主菜单中的 Run 按钮，系统出现测量过程，系统将由机器 A 向机器 B 发送 100 个数据包，同时由机器 B 向机器 A 发送 100 个数据包，发送完成后，在结果页面中打开 Throughput 选项卡可以查看具体测量的带宽大小，如图 11-9所示。

注意：如果 A 到 B 的速度和 B 到 A 的速度差距过大就说明网络速率不对等，就要查看网线的制作是否合理等。

3. 精确测量

由于网络的速率存在波动性，所以建议用户在实际测量的时候，对于一个网络方向建

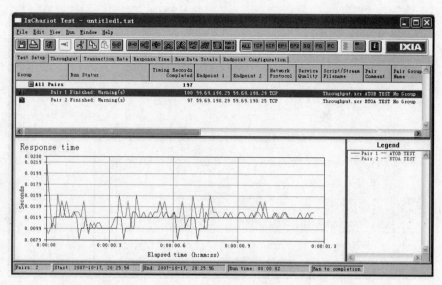

图 11-9　双向测试结果

立相同的多条测试 Pair 对,选择同时测试可以将网络的平均速率测试出来,这也是最为精确的网络速率测试标准。当然对于网络速率十分稳定,波动性非常小的网络是没必要这样做的。

　　按照上面的方式建立由 A 到 B 的一个 Pair 对,完成后,将该 Pair 对选中,右击,在弹出的快捷菜单中选择 Copy 命令,然后选择 Paste 命令,实现粘贴该 Pair 对的过程,按照理论粘贴的 Pair 对越多,测试的结果越精确。完成后,单击主窗口上的 Run 按钮,实现测试过程。如图 11-10 所示是精确测量的一次结果。

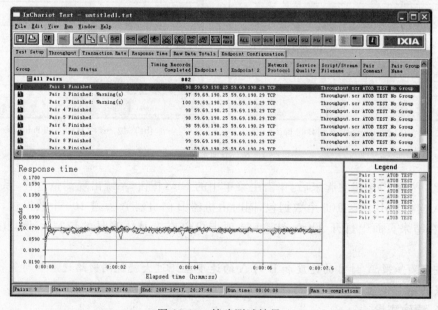

图 11-10　精确测试结果

4. 大包测量法

由于 Chariot 默认的测量数据包的大小仅为 100KB,对于速率较高的网络进行测量的时候,得出的结果就不太准确,这时候就需要将原来默认的 100KB 的数据包进行修改来实现精确测量的过程,这就是所谓的大包测量法。

（1）按照前面的方法,添加一个要测量网络的 Pair,选择 Throughput.scr 脚本,单击 Edit This Script 按钮。弹出如图 11-11 所示的 Script Editor 窗口。在该窗口中将详细地显示该脚本的信息。

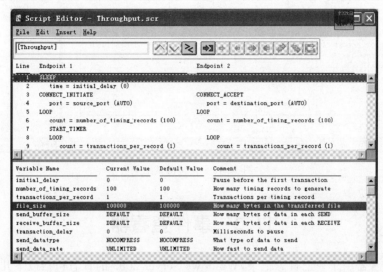

图 11-11　编辑脚本

（2）在窗口下方窗格中双击 file_size,弹出如图 11-12 所示的对话框,将该值修改为实际测试所需要的数据。

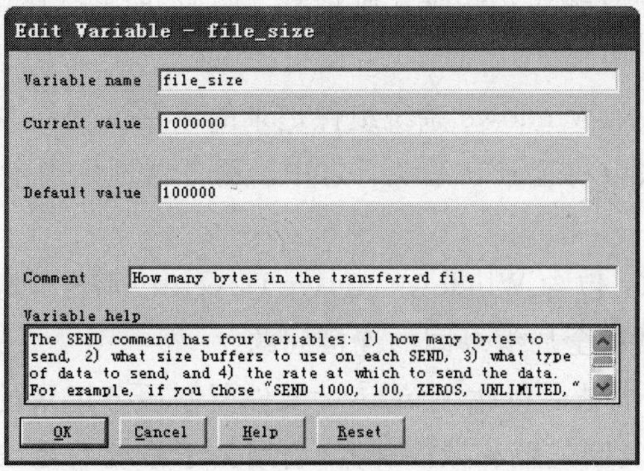

图 11-12　设置测试的数据包

（3）按照设置的数据包运行 Chariot,运行的测试结果如图 11-13 所示。

注意：必须根据实际环境设置数据包大小,这样可以使结果更准确,设置的包过大或者过小将都不利于网络的实际测试。

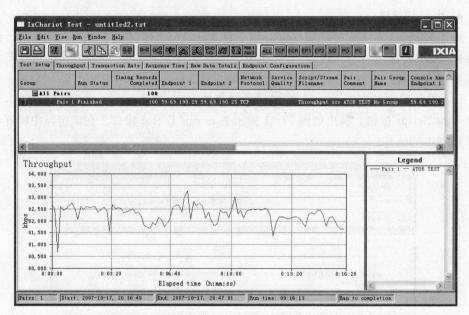

图 11-13　大包测试结果

11.2　事件查看器

事件查看器用于登记日志记录，Windows Server 2003 的日志包括以下几项：

（1）应用程序日志：包含由应用程序或系统程序记录的事件。例如，数据库程序可在应用程序日志中记录文件错误。应用程序开发人员决定记录哪些事件。

（2）安全性日志：包含诸如有效和无效的登录尝试等事件，以及记录与资源使用相关的事件，如创建、打开或删除文件或其他对象。例如，如果已启用登录审核，登录系统的尝试将记录在安全日志中。

（3）系统日志：包含 Windows 系统组件记录的事件。例如，在启动过程中加载驱动程序或其他系统组件失败将记录在系统日志中。服务器预先确定由系统组件记录的事件类型。

（4）目录服务日志：包含 Windows Active Directory 服务记录的事件。例如，在目录服务日志中记录服务器和全局编录间的连接问题。

（5）文件复制服务日志：包含 Windows 文件复制服务记录的事件。例如，在文件复制日志中，记录着文件复制失败和域控制器（利用关于系统卷更改的信息）更新时发生的事件。

1. 查看事件日志

使用“事件查看器”，可以监视事件日志中记录的事件。

（1）选择“开始”→“控制面板”命令，在打开的窗口中双击“管理工具”图标，在弹出的窗口中双击“事件查看器”图标，打开的窗口如图 11-14 所示。

图 11-14　"事件查看器"窗口

（2）在左边的窗格中打开"事件查看器"，单击要查看的日志。在详细信息窗格中，查看事件列表。如果要查看有关特定事件的详细信息，在详细信息窗格中，双击该事件。弹出如图 11-15 所示的属性对话框，查看详细的事件属性。

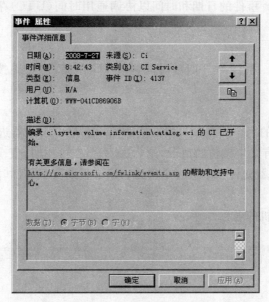

图 11-15　"事件 属性"对话框

根据所安装服务的情况，计算机可能会提供其他类型的事件和事件日志。当启动 Windows 时，"事件日志"服务自动启动。

2．事件类型

"事件查看器"显示以下五种类型的事件：

1）错误

重要的问题，如数据丢失或功能丧失。例如，如果在启动过程中某个服务加载失败，将会记录"错误"。

2）警告

虽然不一定很重要，但是将来有可能导致问题的事件。例如，当磁盘空间不足时，将会记录"警告"。

3）信息

描述了应用程序、驱动程序或服务的成功操作的事件。例如，当网络驱动程序加载成功时，将会记录一个"信息"事件。

4）成功审核

成功的任何已审核的安全事件。例如，用户试图登录系统成功会被作为"成功审核"事件记录下来。

5）失败审核

失败的任何已审核的安全事件。例如，如果用户试图访问网络驱动器并失败了，则该尝试将会作为"失败审核"事件记录下来。

3. 事件头

事件头包含以下信息：

1）日期

事件发生的日期。事件的日期和时间以协调通用时间（UTC）存储，但始终按查看者的区域设置显示。

2）时间

事件发生的时间。事件的日期和时间以 UTC 存储，但始终按查看者的区域设置显示。

3）用户

事件发生所代表的用户的名称。如果事件实际上是由服务器进程所引起的，则该名称为客户 ID；如果没有发生模仿的情况，则为主 ID。在可用时，安全日志条目包括主 ID 和模仿 ID。当该服务器允许一个进程采用另一个进程的安全属性时，则产生模仿。

4）计算机

产生事件的计算机的名称。

5）来源

记录事件的软件，它可为程序名（如 SQL Server）、系统的组件（如驱动程序）或大程序的组件。

6）事件

标识此来源的特定事件类型的数字。说明的第一行一般包含事件类型的名称。

4. 定义日志参数

使用"事件查看器"可以为每一种事件日志定义日志参数。右击左边窗格中的日志，从弹出的快捷菜单中选择"属性"命令，在弹出对话框的"常规"选项卡上，设置日志大小的最大值并指定是否在某段时间内改写或存储事件，如图 11-16 所示。

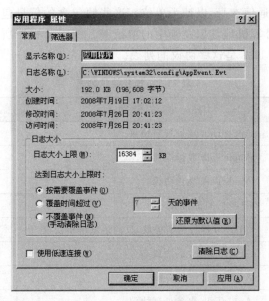

图 11-16　日志属性

5．事件日志覆盖选项

1）按需要覆盖事件

当日志已满时继续写入新的事件。每个新事件替换日志中时间最长的事件。该选项对维护要求低的系统是一个不错的选择。

2）覆盖时间超过×天的事件

保留位于指定改写事件的天数之前的日志。默认值为 7 天。如果想每周存档日志文件，该选项是最佳选择。该策略将丢失重要日志项的几率降到最小，同时保持日志的合理大小。

3）不覆盖事件

手动而不是自动清除或存档日志。只有在无法承受丢失事件时才选中该选项。还可以使用"组策略"设置日志大小的最大值和日志覆盖选项，并设置事件日志的访问权限。

11.3　网络监视器

Microsoft 网络监视器是服务器所包括的一个网络诊断工具。

11.3.1　网络监视器捕获协议

使用网络监视器，可以识别出某些有助于预防或解决问题的模式，从而收集这些信息来帮助网络平稳地运行。网络监视器提供了有关网络通信的信息，这些信息进出于所在计算机的网络适配器。通过捕获并分析这些信息，可以预防、诊断和解决多种网络问题。

用户可以配置网络监视器，使其提供用户最关心的特定类型的信息。网络监视器所提供的信息来自网络通信本身,以帧为单位。这些帧包含的信息包括发出帧的源计算机地址、接收帧的目标计算机地址以及帧中的协议等。网络监视器所支持的每个协议都有相应的分析程序。表 11-1 是这些协议的列表。

表 11-1　捕获协议列表

协议名称	协　议　描　述	对应 DDL 文件
AARP	AppleTalk 地址解析协议	Atalk. dll
ADSP	AppleTalk 数据流协议	Atalk. dll
AFP	AppleTalk 文件协议	Atalk. dll
AH	IP 身份验证报头	Tcpip. dll
ARP_RARP	Internet 地址解析协议/反向地址解析协议	Tcpip. dll
ASP	AppleTalk 会话协议	Atalk. dll
ATMARP	ATM 地址解析协议	Atmarp. dll
ATP	AppleTalk 事务处理协议	Atalk. dll
BONE	面向 Bloodhound 的网络实体协议	Bone. dll
BOOKMARK	网络监视器 BOOKMARK 协议	Trail. dll
BPDU	网桥协议数据单元	Llc. dll
BROWSER	Microsoft 浏览器	Browser. dll
CBCP	回拨控制协议	Ppp. dll
CCP	压缩控制协议	Ppp. dll
COMMENT	网络监视器 COMMENT 协议	Trail. dll
DDP	AppleTalk 数据流发送协议	Atalk. dll
DHCP	动态主机配置协议	Tcpip. dll
DNS	域名系统	Tcpip. dll
EAP	PPP 可扩展身份验证协议	Ppp. dll
ESP	IP 封装式安全措施负载	Tcpip. dll
ETHERNET	以太网 802.3 拓扑结构	Mac. dll
FDDI	FDDI 拓扑结构	Mac. dll
FINGER	Internet Finger 协议	Tcpip. dll
FRAME	底层帧属性	Frame. dll
FTP	文件传输协议	Tcpip. dll
GENERIC	网络监视器 GENERIC 协议	Trail. dll
GRE	通用路由封装协议	Ppp. dll
ICMP	Internet 控制消息协议	Tcpip. dll

续表

协议名称	协议 描 述	对应 DDL 文件
IGMP	Internet 组管理协议	Tcpip. dll
IP	Internet 协议	Tcpip. dll
IPCP	Internet 协议控制协议	Ppp. dll
IPX	NetWare 网间数据包交换协议	Ipx. dll
IPXCP	NetWare 网间数据包交换控制协议	Ppp. dll
IPXWAN	用于广域网的 NetWare 网间数据包交换协议	Ppp. dll
ISAKMP	Internet 安全协会和密钥管理协议	Ppp. dll
L2TP	第二层隧道协议	L2tp. dll
LAP	AppleTalk 链路访问协议	Atalk. dll
LCP	链路控制协议	Ppp. dll
LLC	逻辑链路控制 802.2 协议	LLC. dll
LPR	BSD 打印机	Ppp. dll
MESSAGE	网络监视器 MESSAGE 协议	Trail. dll
MSRPC	Microsoft 远程过程调用协议	Msrpc. dll
NBFCP	NetBIOS 帧控制协议	Ppp. dll
NBIPX	IPX 上的 NetBIOS	Ipx. dll
NBP	AppleTalk 名称绑定协议	Atalk. dll
NBT	TCP/IP 上的 Internet NetBIOS	Tcpip. dll
NCP	NetWare 核心协议	Ncp. dll
NDR	NetWare 诊断转向器	Ipx. dll
NETBIOS	网络基本输入/输出系统协议	Netbios. dll
NETLOGON	Microsoft Netlogon 广播	Netlogon. dll
NFS	网络文件系统	Tcpip. dll
NMPI	IPX 上的 Microsoft 名称管理协议	Ipx. dll
NSP	NetWare 串行化协议	Ipx. dll
NWDP	NetWare WatchDog 协议	Ipx. dll
ODBC	网络监视器 ODBC 协议	Trail. dll
OSPF	开放式最短路径优先	Tcpip. dll
PAP	AppleTalk 打印机访问协议	Atalk. dll
PPP	点对点协议	Ppp. dll
PPPCHAP	PPP 质询握手身份验证协议	Ppp. dll

续表

协议名称	协议 描 述	对应 DDL 文件
PPPML	点对点多重链接协议	Ppp. dll
PPPPAP	PPP 密码身份验证协议	Ppp. dll
PPTP	点对点隧道协议	Ppp. dll
R_LOGON	为登录接口产生的 RPC	Logon. dll
R_LSARPC	为 Lsarpc 接口产生的 RPC	Lsarpc. dll
R_WINSPOOL	为 Winspool 接口产生的 RPC	Winspl. dll
RADIUS	远程身份验证拨入用户服务协议	Ppp. dll
RIP	Internet 路由信息协议	Tcpip. dll
RIPX	NetWare 路由信息协议	Ipx. dll
RPC	远程过程调用	Tcpip. dll
RPL	远程程序加载	Llc. dll
RSVP	资源保留协议	Rsvp. dll
RTMP	AppleTalk 路由表维护协议	Atalk. dll
SAP	NetWare 服务公告协议	Ipx. dll
SMB	服务器消息块协议	Smb. dll
SMT	FDDI MAC 站管理	Mac. dll
SNAP	子网访问协议	Llc. dll
SNMP	简单网络管理协议	Snmp. dll
SPX	NetWare 序列化数据包交换协议	Ipx. dll
SSP	安全支持提供程序协议	Msrpc. dll
STATS	网络监视器捕获统计信息协议	Trail. dll
TCP	传输控制协议	Tcpip. dll
TMAC	令牌环 MAC 层	Mac. dll
TOKENRING	令牌环 802.5 拓扑结构	Mac. dll
TPCTL	测试协议控制语言	Tpctl. dll
TRAIL	网络监视器 TRAIL 协议	Trail. dll
UDP	用户数据报协议	Tcpip. dll
VINES_FRAG	Banyan Vines 分段协议	Vines. dll
VINES_IP	Banyan Vines Internet 协议	Vines. dll
VINES_TL	Banyan Vines 传输层协议	Vines. dll
XNS	Xerox 网络系统	Xns. dll
ZIP	AppleTalk 区域信息协议	Atalk. dll

11.3.2　网络监视器的工作原理

安装网络监视器后,用户可以捕获所有发送到该计算机网络适配器或由其保留的帧,并保存到文件中。然后,就可以查看这些捕获的帧,或者将其保存起来,留作以后分析。用户可以设计捕获筛选程序,以便只捕获所需的帧。可以配置该筛选程序,使其根据一定的条件(如源地址、目标地址或协议)来捕获帧。网络监视器还允许用户设计捕获触发器,以便在网络监视器从网络上检测到一组特定的条件时启动指定的操作。该操作可以是开始捕获、结束捕获或启动程序等。

默认情况下,捕获缓冲区的大小为 1MB。如果缩小捕获缓冲区,就可以减少捕获的数据量。

数据帧包含以下信息:

① 源地址:发出帧的网络适配器地址。

② 目标地址:接收帧的网络适配器地址。该地址也可以指定一组网络地址。

③ 数据报头信息:用于发送帧的各个协议的专属信息。

④ 数据:所要发送的信息(或部分信息)。

同一网段上的所有计算机都能够接收到发送给本网段的帧。而每台计算机上的网络适配器则仅保留和处理发送给本适配器的帧。然后丢弃且不再处理其余的帧。不过,网络适配器会将广播帧保留下来。

11.3.3　捕获过程

网络监视器复制帧的过程称为捕获。用户可以捕获发送到本地网络适配器或从本地网络适配器发出的所有网络通信,也可以设置一个捕获筛选程序来捕获帧的子集。还可以指定一组条件来触发某个事件。创建触发器后,网络监视器就可以响应网络上的事件。例如,用户可以使操作系统在网络监视器检测到网络上的一系列特定情况时启动某个可执行文件。在捕获数据之后,用户可以查看它。网络监视器可以将原始捕获数据转换为逻辑帧结构。

当网络监视器从网络中捕获帧时,"捕获"窗口中将显示帧的统计数据,分为以下几个窗格:

① 图表:发送到本地计算机或从本地计算机发出的帧的图形化表示。

② 会话统计:当前各个会话的相关统计信息。

③ 机器统计:统计发送到运行网络监视器的计算机或从该计算机上发出的帧。

④ 统计总数:捕获过程开始后发送到本地计算机或从本地计算机发出的帧的摘要统计。

网络监视器使用"网络驱动程序接口规范"(NDIS)功能将它检测到的所有帧复制到捕获缓冲区中。网络监视器仅显示其检测到的前 100 个唯一网络会话的统计信息。要重置统计数据并查看有关检测到的下 100 个网络会话的信息,则选择"捕获"菜单中的"清除统计信息"命令。网络监视器使用的默认文件类型和文件扩展名如表 11-2 所示。

表 11-2　网络监视器默认文件类型和文件扩展名

文件类型	文件扩展名	文件类型	文件扩展名
捕获文件	.cap	地址文件	.adr
捕获筛选程序	.cf	打印文件	.txt
显示筛选程序	.df		

11.3.4　安装网络监视器

（1）打开 Windows 组件向导。在"Windows 组件向导"对话框中选择"管理和监视工具"复选框，如图 11-17 所示。

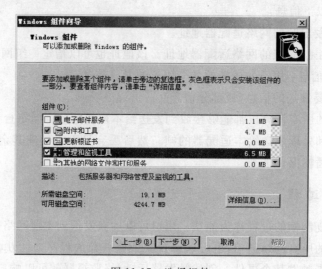

图 11-17　选择组件

（2）单击"详细信息"按钮，在"管理和监视工具"对话框中选择"网络监视工具"复选框，然后单击"确定"按钮，如图 11-18 所示。

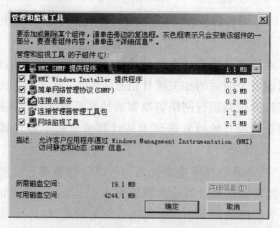

图 11-18　"管理和监视工具"对话框

如果系统提示用户提供其他文件,则插入操作系统的安装光盘,或输入指向网络上文件位置的路径。系统开始安装,直到完成即可。

11.3.5　安装网络监视器驱动程序

(1) 选择"开始"菜单中的"控制面板"命令,在打开的窗口中双击"网络连接"图标,在打开的窗口中右击"本地连接"图标,在弹出的快捷菜单中选择"属性"命令。弹出"本地连接 属性"对话框,单击"常规"选项卡上的"安装"按钮,如图 11-19 所示。

(2) 在弹出的"选择网络组件类型"对话框中选择"协议"选项,然后单击"添加"按钮,如图 11-20 所示。

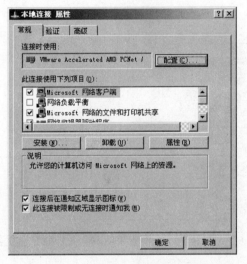

图 11-19　"本地连接 属性"对话框

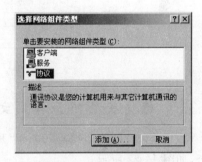

图 11-20　组件类型

(3) 在弹出的"选择网络协议"对话框中选择网络监视器驱动程序,然后单击"确定"按钮,如图 11-21 所示。

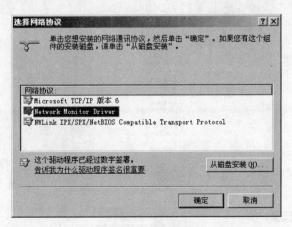

图 11-21　选择驱动

（4）如果系统提示用户提供其他文件，则插入操作系统的安装光盘，或输入指向网络上文件位置的路径。安装完成后，返回发现该驱动程序已经安装。

实际上用户在选择安装网络监视器的时候已经自动安装了该驱动，如果要为相关的网络接口设置该驱动，重复上面的操作即可。显示如图 11-22 所示。

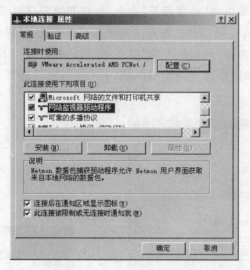

图 11-22　安装好的驱动

11.3.6　将捕获的帧保存到文件

（1）要启动"网络监视器"，选择"开始"→"所有程序"→"管理工具"→"网络监视器"命令，如图 11-23 所示。

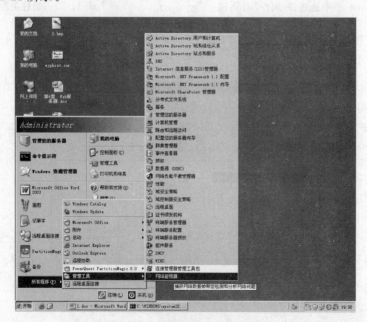

图 11-23　网络监视器位置

（2）如果添加网络接口，则必须重新启动网络监视器，然后才能捕获该接口上的数据。要更改默认网络，在打开的窗口中选择"捕获"菜单中的"网络"命令。从弹出的对话框中选择要捕获其中数据的网络，如图 11-24 所示。

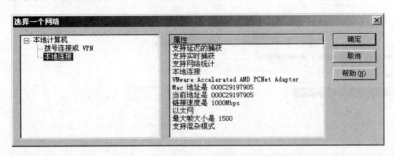

图 11-24　选择网络

（3）打开网络监视器。如果出现提示，则选择在默认情况下要从中捕获数据的本地网络。如图 11-25 是捕获的主窗口。

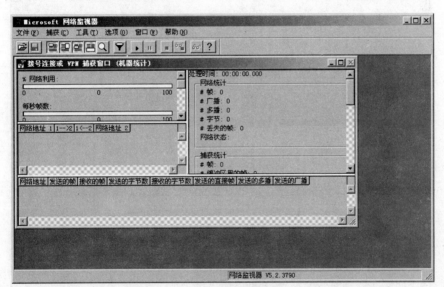

图 11-25　网络监视器主窗口

（4）选择"捕获"菜单中的"缓冲区设置"命令，在弹出的对话框中设置相应缓冲区和帧的大小。如图 11-26 是操作过程。

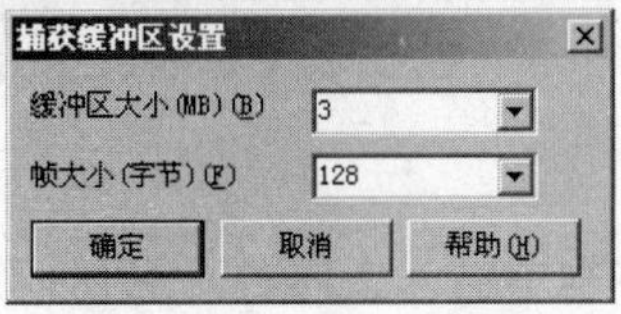

（5）选择"捕获"菜单中的"开始"命令。这时候系统开始捕获相关的数据帧，如图 11-27 是对捕获信息的统计。

（6）要临时中断数据捕获，则选择"捕获"菜单中的"暂停"命令。要停止数据捕获并进行查看，则选择"捕获"菜单中的"停止并查看"命令。如图 11-28 是捕获的相关结果。

图 11-26　缓冲区设置

（7）选择"文件"菜单中的"另存为"命令。打开要保存文件的文件夹，在"文件名"文

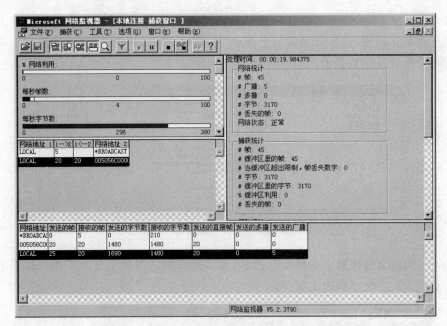

图 11-27　捕获后的主窗口

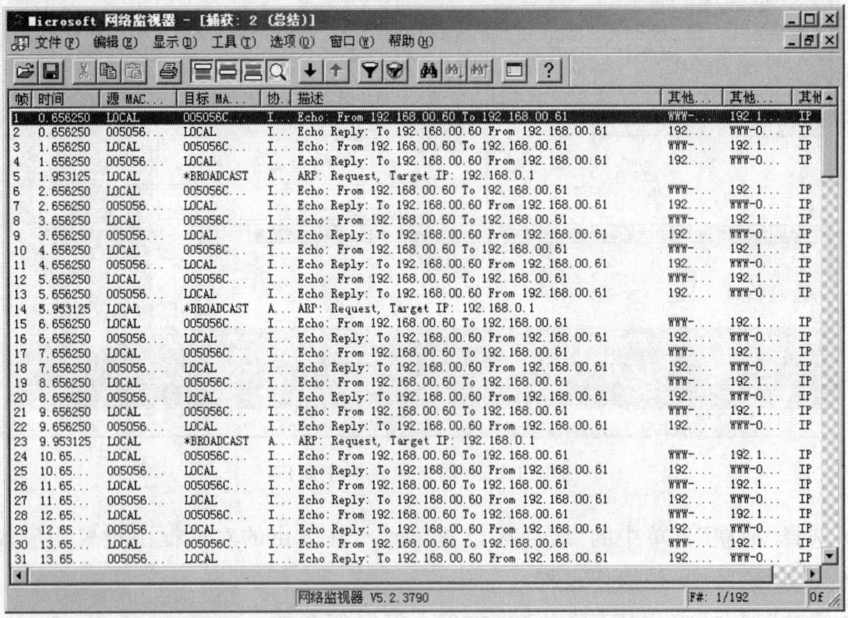

图 11-28　捕获结果

本框中输入文件名。如有必要,执行以下某项操作。

　　要保存一组帧,在"从"文本框中输入起始帧号,然后在"到"文本框中输入结束帧号。要保存仅在使用当前的显示筛选程序时显示的帧,选中"被筛选"复选框,单击"保存"按钮。如图 11-29 是保存过程。

　　注意:要执行该过程,用户必须是本地计算机 Administrators 组的成员,或者用户必

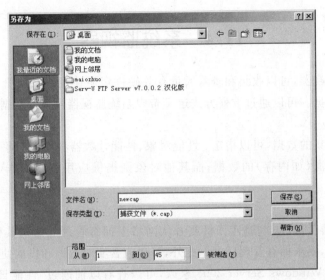

图 11-29　保存捕获结果

须被委派适当的权限。如果将计算机加入域，Domain Admins 组的成员可能也可以执行这个过程。

（8）如果要使用网络监视器加载已保存的文件，使用 .cap 文件扩展名。如果不指定，网络监视器会自动使用该文件扩展名。网络监视器无法打开大于 1GB(1024MB)的捕获文件。如果要保存一组帧或在应用显示筛选程序后保存已筛选的帧，网络监视器会对所保存的帧从 1 开始重新编号。

不过，用户可以创建文件来保留原来的帧编号。要执行这项操作，选择"文件"菜单中的"打印"命令，在弹出的对话框中打开"常规"选项卡，然后选中"打印到文件"复选框，如图 11-30 所示。

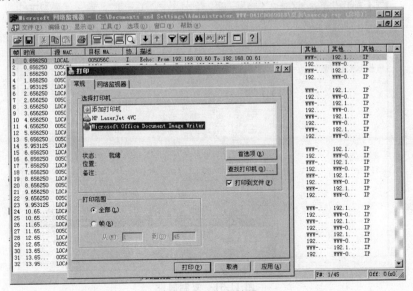

图 11-30　打印结果

11.4　系统监视器

使用系统监视器,可以收集和查看大量有关硬件资源使用以及所管理的计算机上系统服务活动的数据。可以通过下列方式定义希望系统监视器收集的数据。

1) 数据类型

要选择将收集的数据,可以指定:性能对象、性能计数器和性能对象实例。有些对象提供关于系统资源(如内存)的数据,而其他对象则提供应用程序操作(如系统服务)的数据。

2) 数据源

"系统监视器"可以从本地计算机或者从网络上拥有管理凭据的其他计算机收集数据。默认情况下,要求拥有管理凭据。此外,可以包含实时数据和以前使用计数器日志收集的数据。使用 Windows Server 2003 家族,可以查看以前通过"性能日志和警报"服务收集并存储在 SQL 数据库中的性能数据。

3) 采样参数

系统监视器根据指定的时间间隔支持手动、按需采样或自动采样,这种功能仅适用于实时数据。查看记录的数据时,还可以选择开始和停止时间,以便查看跨越特定时间范围的数据。

11.4.1　合并显示到网页

(1) 选择"开始"菜单中的"控制面板"命令,在打开的窗口中双击"管理工具"图标,在打开的窗口中双击"性能"图标,在"性能"窗口的左边窗格中选择"系统监视器"选项,然后在工具栏中单击"复制属性"按钮,如图 11-31 所示。

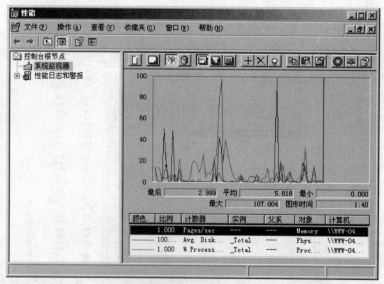

图 11-31　复制属性

（2）在写字板或其他文本编辑器中打开网页。将光标插入要显示控件的位置，右击，从弹出的快捷菜单中选择"粘贴"命令。如图 11-32 是粘贴后打开显示的结果。

图 11-32　粘贴内容

（3）在浏览器中打开网页时，系统监视器图表将以静态显示。它表示的性能数据与复制图表时显示的数据相同，如图 11-33 所示。

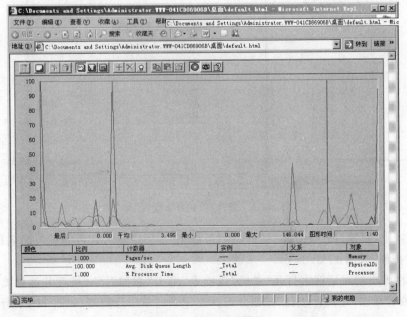

图 11-33　网页显示结果

要监视简单服务器配置的性能，需要收集某个时间段内的三种不同类型的性能数据。

① 常规性能数据：该信息可帮助用户识别短期趋势。经过一段时间的数据收集后，用户可以求出结果的平均值并用更紧凑的格式保存这些结果。这种存档数据可帮助用户在业务增长时作出容量规划，并有助于在以后评估上述规划的效果。

② 比较基准的性能数据：该信息可帮助用户发现缓慢、历经长时间才发生的变化。通过将系统的当前状态与历史记录数据相比较，可以排除系统问题并调整系统。由于该信息只是定期收集的，所以不必对其进行压缩存储。

③ 服务水平报告数据：该信息可帮助用户确保系统能满足一定的服务或性能水平，也可能会将该信息提供给并不是性能分析人员的决策者。收集和维护该数据的频率取决于特定的业务需要。

要收集所有三种类型的数据，可以使用"性能日志和警报"来创建计数器日志。还可以从命令行收集该信息。然后可以通过手动或使用自动计划来长期运行该日志。通过添加对象和添加计数器，可以自定义计数器日志。

11.4.2 创建计数器日志

（1）打开"性能"窗口，在左边窗格中展开"性能日志和警报"，选择"计数器日志"。任何现有的计数器日志都将在详细信息窗格中列出。绿色图标表明日志正在运行；红色图标表明日志已停止运行。右击详细信息窗格中的空白区域，从弹出的快捷菜单中选择"新建日志设置"命令，如图 11-34 所示。

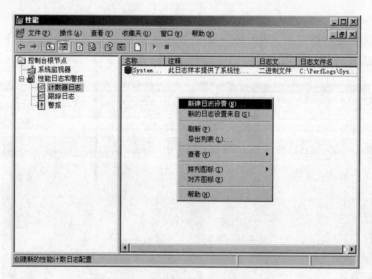

图 11-34　选择"新建日志设置"命令

（2）弹出"新建日志设置"对话框，在"名称"文本框中输入计数器日志的名称，然后单击"确定"按钮，如图 11-35 所示。

（3）在弹出的对话框中打开"常规"选项卡，单击"添加对象"按钮并选择要添加的性能对象，或者单击"添加计数器"按钮并选择要记录的单个计数器，如图 11-36 所示。

图 11-35　日志名称设置　　　　　　　　　图 11-36　对象常规属性

必须使用"运行方式"文本框和"设置密码"按钮才能从远程管理的计算机收集计数器数据。这些功能使用户可以为该日志指定登录账户名。可以从"常规"选项卡中访问这些功能。如果要更改默认的文件和计划的信息,在"日志文件"选项卡和"计划"选项卡上进行更改即可。

11.4.3　将对象添加到日志

对于要在日志中添加的每个对象,执行以下步骤即可。

(1) 打开"性能"窗口,在左边的窗格中展开"性能日志和警报",选择"计数器日志"或"警报"。在详细信息窗格中,双击要修改的日志或警报。在弹出的对话框中单击"常规"选项卡上的"添加对象"按钮。

(2) 要从将运行"性能日志和警报"服务的计算机记录对象,选中"使用本地计算机计数器对象"单选按钮。

若要从指定计算机记录对象而不考虑运行服务的位置,可选中"从计算机选择计数器对象"单选按钮,并指定要监视的计算机的通用命名约定(UNC)名称。

(3) 在"性能对象"列表中,选择要监视的对象,然后单击"添加"按钮,如图 11-37所示。

图 11-37　设置添加对象

本 章 小 结

　　本章主要讲述网络监视与性能优化的相关内容,主要的知识点包括组网技术的性能对比,基于 Chariot 的网络性能测量,事件查看器,网络性能监视器和系统监视器等。学习完本章,应该重点掌握基于 Chariot 的网络性能测量,网络性能监视器和系统监视器的使用。

习　题　11

1. 组网性能的对比主要表现在哪些方面?
2. 基于 Chariot 的网络性能测试方法有哪些?
3. 简述事件查看器的基本作用。
4. 简述网络监视器的功能。
5. 简述系统监视器的功能。

参 考 文 献

1. 王建平. 实用网络工程技术. 北京：清华大学出版社，2009.
2. 王淑江. Windows Server 2003 系统安全管理. 北京：电子工业出版社，2009.
3. 赵光力. 计算机组网技术. 北京：电子工业出版社，2009.
4. 张伍荣. Windows Server 2003 服务器架设与管理. 北京：清华大学出版社，2008.
5. 商宏图. Windows Server 2003 应用技术. 北京：机械工业出版社，2008.
6. 刘文林. 组网工程. 北京：北京邮电大学出版社，2008.
7. 黄骁. 计算机实用组网技术. 北京：机械工业出版社，2008.
8. 程光. 网络工程与组网技术. 北京：清华大学出版社，2008.
9. 吴文虎. Windows 组网技术实训教程. 北京：清华大学出版社，2007.
10. 戴有炜. Windows Server 2003 Active Directory 配置指南. 北京：清华大学出版社，2006.
11. 王建平. 计算机网络技术与实验. 北京：清华大学出版社，2007.
12. 王建平. 计算机网络技术基础与实例教程. 北京：电子工业出版社，2006.

读者意见反馈

亲爱的读者：

感谢您一直以来对清华版计算机教材的支持和爱护。为了今后为您提供更优秀的教材，请您抽出宝贵的时间来填写下面的意见反馈表，以便我们更好地对本教材做进一步改进。同时如果您在使用本教材的过程中遇到了什么问题，或者有什么好的建议，也请您来信告诉我们。

地址：北京市海淀区双清路学研大厦 A 座 602 室 计算机与信息分社营销室 收

邮编：100084　　　　　　　　　　电子邮件：jsjjc@tup.tsinghua.edu.cn

电话：010-62770175-4608/4409　　　邮购电话：010-62786544

教材名称：Windows Server 组网技术

ISBN：978-7-302-22144-9

个人资料

姓名：＿＿＿＿＿＿＿＿　年龄：＿＿＿＿　所在院校/专业：＿＿＿＿＿＿＿＿＿

文化程度：＿＿＿＿＿＿　通信地址：＿＿＿＿＿＿＿＿＿＿＿＿＿＿＿＿＿

联系电话：＿＿＿＿＿＿　电子信箱：＿＿＿＿＿＿＿＿＿＿＿＿＿＿＿＿＿

您使用本书是作为：□指定教材 □选用教材 □辅导教材 □自学教材

您对本书封面设计的满意度：

□很满意 □满意 □一般 □不满意　改进建议＿＿＿＿＿＿＿＿＿＿＿＿＿

您对本书印刷质量的满意度：

□很满意 □满意 □一般 □不满意　改进建议＿＿＿＿＿＿＿＿＿＿＿＿＿

您对本书的总体满意度：

从语言质量角度看 □很满意 □满意 □一般 □不满意

从科技含量角度看 □很满意 □满意 □一般 □不满意

本书最令您满意的是：

□指导明确 □内容充实 □讲解详尽 □实例丰富

您认为本书在哪些地方应进行修改？（可附页）

＿＿＿＿＿＿＿＿＿＿＿＿＿＿＿＿＿＿＿＿＿＿＿＿＿＿＿＿＿＿＿＿＿＿＿

＿＿＿＿＿＿＿＿＿＿＿＿＿＿＿＿＿＿＿＿＿＿＿＿＿＿＿＿＿＿＿＿＿＿＿

您希望本书在哪些方面应进行改进？（可附页）

＿＿＿＿＿＿＿＿＿＿＿＿＿＿＿＿＿＿＿＿＿＿＿＿＿＿＿＿＿＿＿＿＿＿＿

＿＿＿＿＿＿＿＿＿＿＿＿＿＿＿＿＿＿＿＿＿＿＿＿＿＿＿＿＿＿＿＿＿＿＿

电子教案支持

敬爱的教师：

为了配合本课程的教学需要，本教材配有配套的电子教案（素材），有需求的教师可以与我们联系，我们将向使用本教材进行教学的教师免费赠送电子教案（素材），希望有助于教学活动的开展。相关信息请拨打电话 010-62776969 或发送电子邮件至 jsjjc@tup.tsinghua.edu.cn 咨询，也可以到清华大学出版社主页（http://www.tup.com.cn 或 http://www.tup.tsinghua.edu.cn）上查询。

普通高校本科计算机专业特色教材精选

Windows 程序设计教程　杨祥金　　　　　　　　　　ISBN 978-7-302-14340-6
编译设计与开发技术　斯传根　　　　　　　　　　　ISBN 978-7-302-07497-7
汇编语言程序设计　朱玉龙　　　　　　　　　　　　ISBN 978-7-302-06811-2
数据结构(C++版)　王红梅　　　　　　　　　　　　ISBN 978-7-302-11258-7
数据结构(C++版)教师用书　王红梅　　　　　　　　ISBN 978-7-302-15128-9
数据结构(C++版)学习辅导与实验指导　王红梅　　　ISBN 978-7-302-11502-1
数据结构(C语言版)　秦玉平　　　　　　　　　　　ISBN 978-7-302-11598-4
算法设计与分析　王红梅　　　　　　　　　　　　　ISBN 978-7-302-12942-4

图形图像与多媒体技术

多媒体技术实用教程(第2版)　贺雪晨
多媒体技术实用教程(第2版)实验指导　贺雪晨

网络与通信

计算机网络　胡金初　　　　　　　　　　　　　　　ISBN 978-7-302-07906-4
计算机网络实用教程　王利　　　　　　　　　　　　ISBN 978-7-302-14712-1
数据通信与网络技术　周昕　　　　　　　　　　　　ISBN 978-7-302-07940-8
网络工程技术与实验教程　张新有　　　　　　　　　ISBN 978-7-302-11086-6
计算机网络管理技术　杨云江　　　　　　　　　　　ISBN 978-7-302-11567-0
TCP/IP 网络与协议　兰少华　　　　　　　　　　　ISBN 978-7-302-11840-4